人民共和國文化與文學叢書

五 編

李 怡 主編

第 **14** 冊

迷茫的跋涉者
——中國當代知識分子的心靈歷程（1976～1994）（下）

張 志 忠 著

花木蘭文化事業有限公司

國家圖書館出版品預行編目資料

迷茫的跋涉者——中國當代知識分子的心靈歷程（1976～1994）
（下）／張志忠 著 — 初版 — 新北市：花木蘭文化事業有限公司，
2017〔民106〕
目 4+190 面；19×26 公分
（人民共和國文化與文學叢書 五編：第 14 冊）
ISBN 978-986-485-085-3（精裝）
1. 中國當代文學 2. 文學評論
820.8   106013286

人民共和國文化與文學叢書
五 編 第十四冊　　　　　　ISBN：978-986-485-085-3

迷茫的跋涉者
——中國當代知識分子的心靈歷程（1976～1994）（下）

作　　者　張志忠
主　　編　李 怡
企　　劃　北京師範大學民國歷史文化與文學研究中心
　　　　　四川大學現代中國文化與文學研究中心
總 編 輯　杜潔祥
副總編輯　楊嘉樂
編　　輯　許郁翎、王 筑　美術編輯　陳逸婷
印　　刷　普羅文化出版廣告事業
出　　版　花木蘭文化事業有限公司
社　　長　高小娟
聯絡地址　235 新北市中和區中安街七二號十三樓
　　　　　電話：02-2923-1455／傳真：02-2923-1452
網　　址　http://www.huamulan.tw 信箱 hml 810518@gmail.com
初　　版　2017 年 9 月
全書字數　311621 字
定　　價　五編30 冊（精裝）台幣56,000 元

迷茫的跋涉者

——中國當代知識分子的心靈歷程（1976～1994）（下）

張志忠　著

目

次

第四編　關山何處是家鄉——
心靈寓所的尋覓

　　昔人已乘黃鶴去，
　　此地空餘黃鶴樓。
　　黃鶴一去不復返，
　　白雲千載空悠悠。
　　晴川歷歷漢陽樹，
　　芳草萋萋鸚鵡洲。
　　日暮鄉關何處是，
　　煙波江上使人愁。

（唐）崔顥《登黃鶴樓》

崔顥的《登黃鶴樓》，往日讀過背過，亦曾信手引用過。今次把它錄在這裡，卻是認真地思索過，而另有心得的：關於黃鶴的美麗傳說，令人神往而又無跡可尋，鶴去樓空，憑添惆悵；漢陽和鸚鵡洲，草木豐沛，生意盎然，卻終非吾之所居。日暮時分，煙波浩渺，這一顆漂泊動蕩的心靈，將要在流浪和漫遊中蹣跚到什麼時候，才能重返它的家園呢？

　　在這裡，「鄉關」未必是確指，而是心靈的疲憊和焦渴對於平靜和安寧的呼喚。星移斗轉，時移世易，當代的中國知識分子，對精神家園的渴盼和尋覓，更是顯得激切萬分，更是顯得刻不容緩；經濟的對外開放，伴隨著文化的對外開放，外來文化的形形色色，風來八面，長期禁錮在死海裏的思想之

-163-

帆，重新升起來，心靈的復蘇，希望的召喚，鼓勵著人們去尋覓真理，探索未來。但是，大開放所帶來的也有大混亂，亂花迷眼，五色眩目，選擇的困惑和困惑中的選擇，都在進行著；不只是波濤漫捲的海面在考驗著人們的心志和毅力，那理想的彼岸，又知向誰邊呢？我們一次又一次地在強逆的海風中看見閃爍的燈塔，一次又一次地拂落苦澀的海水而欣喜地宣告發現了新大陸，然而，我們又一再地失落和歎息，在那些大島小嶼和海市蜃樓面前或稍事憩息或掉頭而去。而且越到後來，追尋的狂熱便越來越蒙上失敗和倦怠的陰影，而歸於淡漠和心平氣和。是絢爛之極歸於平淡呢，還是經不起挫折而心灰意冷？還是二者兼而有之？「路漫漫其修遠兮，吾將上下而求索」，屈原的名句，不知被多少人反覆引用，以表明自己的志向，而求索之艱難，又遠遠地超出人們的預測之程度，何去復何從呢？

　　本編所描述的，就是 70 年代末期以來中國知識分子在思想文化上的不斷求索和選擇，以及由此而帶來的諸多困惑和矛盾；價值的判斷和價值的懷疑，理想的張揚和理想的背棄，理性的力量和理性的局限……思潮迭起，變化繁多，亂花迷眼，目不暇接。這構成當代思想史的一個重要側面，也是當代知識分子心靈最活躍最多樣化地展現的一個舞臺。尤其是越來越接近世紀末年的今天，這些困惑和矛盾不但沒有減弱，相反地，隨著市場經濟和商業化社會的興起，它更加深化和複雜化了。

　　這是一個饒有興趣的課題。

　　本編共分為三個部分：科學主義與人文主義的消長；對文化問題的重視和關於五四新文化運動的再評價；今天知識分子面臨的新挑戰和精神危機。

第八章　科學主義與人文主義的消長

　　實踐是檢驗真理的唯一標準的命題，由於它的可證性（即從馬克思到列寧到毛澤東都對實踐至為重視，作過大量的易於為常人所見和所理解的論述），由於它暗合於國人的認知心理（即務實的經驗論的實踐理性），更由於它對於當代迷信和造神運動的摧毀性力量，而啓動了思想解放運動的閘門。洪流出谷，頓成洶湧澎湃、波瀾壯闊之勢。

　　然而，這一命題只具有方法論意義，而不是價值論的。它是用一架合理性的天平取代了扭曲事實的一邊倒的舊秤，並對先前被毫無保留地認可的一切做出新的衡量。換言之，它只是結構性的，在除舊的意義上它是意味著創新，但卻無法替代思想文化上的新的建設和新的倡導。它掃清了奧吉亞斯牛圈，但它卻並不自命作新的主人。它虛位以待。

　　科學主義和人文主義應時而登場。

科學主義與方法崇拜

　　中國 80 年代的重要文化現象是「叢書熱」，首開紀錄的，則是《走向未來》叢書。它的窄於通常書籍的「袋裝本」形式，它的明快而強烈的黑白兩色的封面設計，以及它的新鮮而富有啓示性的內容，一下子就攫住了青年人尤其是大學生的心靈。

　　該「叢書」特別推重於「科學的思想方法」，把自然科學研究所得出的規則和方法提升為哲學方法論，並推廣到人文科學和社會科學領域。科學主義，成為它的旗幟。據筆者粗略統計，它的第一輯 12 種書目，除了《人的發現》一書是論述 16 世紀由馬丁·路德所倡導的宗教改革運動，其餘 11 種著述，無論是翻譯的羅馬俱樂部關於人類困境的研究報告《增長的極限》，還是研究中

國歷史的《在歷史的表象背後》，無論是介紹新學科新理論的《經濟控制論》，還是討論改革現狀的《現實與選擇》，論述對象不同，著述方式各別，但它們共同的特徵是洋溢著科學和理性的態度，它所恪守的，是自然科學研究中的某些原則，以及剛剛興起的「三論」即系統論、控制論和統計學方法引入中國古代史和中西科學技術發展比較史的領域，而得出令人耳目一新的結論，給傳統學科注入了生機。

對科學方法的尊崇，便是對科學的尊崇。《走向未來》叢書正是把握住了這一時機，並且對科學主義的思潮起了推波助瀾的作用。如果要究其實，科學主義，可以看作是七八十年代之交的一個聲勢浩大的文化思潮，《走向未來》不過是它的一種投射和體現。

粉碎「四人幫」，社會生活開始艱難地轉入正常的發展軌道，瀕臨破產和崩潰的經濟秩序，落後低下的生產力，最先地引起了人們的關注。睜開眼看世界，這才發現，現代科學技術的高速發展，在我們忙於「鬥爭」和「革命」的年代，已經把中國又一次遠遠地甩在後邊。如同 19 世紀末期一樣，讓我們自慚形穢的最觸目驚心的例證便是我們的東瀛鄰國日本。第二次世界大戰結束之後，戰敗國的日本一片廢墟，直至 50 年代，中日兩國的經濟發展都相差無幾，然而隨後的短短 20 餘年，日本經濟高速起飛，重新躋身於世界的經濟強國，給噩夢初醒的中國人以強烈的刺激。科技興邦的信念，一時間成為國人的共識。位高權重的葉劍英欣然題詩「攻書莫畏難，攻關莫畏艱，科學有險阻，苦戰能過關」，以表達向科學進軍的決心。垂暮之年的郭沫若在全國科技大會上作了《科學技術的春天》的抒情色彩頗濃的致詞。高考制度恢復，中斷了 12 年的大學招生考試，吸引了數百萬報名者和競爭者。廣播電臺開設了英語講座，廣播電視大學和各種各樣的函授大學、自修大學紛紛成立。

正因為對科學的極端推崇，當老作家徐遲在《哥德巴赫猜想》中破天荒地把「哥德巴赫猜想」以高深的數學公式的形式置於作品的開篇第一段的時候，這對於常人來說如同天書的、完全悖離文學作品之通達明快的數學公式，不但沒有受到任何批評，反而被人們欣然接受，並被交口稱贊，不脛而走。更有甚者，一些求知欲強烈的中學生，由此而得以知曉這一數學難題，並用他們有限的數學知識去破解它，攻克它，這種極端化的例子，也正表現出向科學進軍的全民熱情。

更重要的是，科學不只是被視為改造自然，推動生產力發展的槓桿，它

還被上升到哲學高度加以認識，科學方法在普遍意義上得到評價。就世界文化的發展而言，它帶有明顯的 20 世紀的特徵，索緒爾研究語言學的結構主義的方法，玻爾在現代物理學研究中提出的互補原理，科學哲學家庫恩提出的範式理論與「必要的張力」，波普的證僞理論，都從他們各自研究領域被提升到哲學的方法論意義上加以評價，並擴展到眾多的學科之中。然而，對於被長久地桎梏在「貧困的哲學」即「鬥爭哲學」之中坐以待斃的中國知識分子來說，它首先是思想解放的有力武器，是拂除障眼雲煙的強勁雄風。

　　未曾經歷過那個動蕩年代的人，也許會奇怪，數學家哥德爾的不完備原理，竟然會成爲人們打破個人崇拜和現代迷信的思想武器，爲了精神的解放，人們又是何等如饑似渴、囫圇吞棗地啃讀那些或深奧或新奇的科學著作；但筆者作爲一個同時代人，卻對科學主義思潮的興起感同身受。記得讀罷《公開的情書》，我頓覺震聾發聵，醍醐灌頂，時值思想解放運動方興未艾，我們整日討論的是實踐、理性和民主，卻不曾料到，從當代自然科學思想發展中去汲取改變哲學和我們的思維方式會具有如此巨大的潛力和前景。這也就是後來我們讀維納的控制論，讀皮亞傑的認知圖式，讀庫恩的範式理論，以至於在生吞活剝現代科學方法的「三論」即控制論、系統論和信息論之後，我們又急切地冠之以「老三論」，而稱熵論、協同論、耗散理論等爲「新三論」，追風捉影、馬不停蹄地不斷去發現新大陸。「觀念變革」、「方法革新」，率先在美學和文學評論界展開，鬧得沸沸揚揚，不亦樂乎。

　　在一部文藝研究新方法論文集的代序中，編者曾經充滿信心地展望說：「當今的世界，是一個科學技術突飛猛進的時代，洶湧而來的新技術革命浪潮，正拍打著我國的東南海岸，也行將席捲全國各地。從更高的歷史角度看，這不過是『四大發明』的故鄉當年通過絲綢之路向世界發出的信息的反饋。我們必須在不太長的時間內建成科技昌明、文化發達的現代化強國，向全世界重新發出強大的信息。我國實行的對外開放政策，既表明我們對外部信息的迫切要求，也體現了我們對自身消化力與免疫力的自信心。大系統已經開放，作爲小系統的文藝研究領域更應該結束過去的封閉狀態，因爲封閉系統內會出現增熵趨勢，我們的國民經濟在閉關鎖國的『四人幫』時期就瀕臨了崩潰的邊緣。我們的文藝研究工作者也應該有對新信息的強烈要求，也應該相信自身的消化力與免疫力。到目前爲止，『移植法』〔註1〕在文藝研究中的

─────────────────────

〔註 1〕 指將其他領域的研究方法和理論借鑒過來但又加以改造、「移植」。

運用還處於嘗試階段，但已經給這個系統帶來了『負熵效應』，使我們的研究有了新的生氣與活力。當然在運用中也出現了一些問題，如生吞活剝、晦澀難懂等，但這些畢竟是可以克服的枝節問題。從發展趨勢看，我們敢斷言，『移植法』將是文藝研究方法現代化的主要推動力！」該文作者還進一步預測說，「想起這誘人的前景，我們就很難抑制住激動的心情。將來的文藝研究論著很可能是百科全書式的、圖文並茂的、文字語言與數學語言並進的，華麗的文采和嚴密的論證將結合得水乳交融」〔註2〕。這一段文字，不只是表達出人們因方法的拓展而帶來的情感和思想的豁然開朗，還表現出 80 年代中期的典型的文風，即所謂「新名詞大轟炸」，信息，系統，反饋，增熵和負熵，今日讀來，令人愕然，但它從文體上印證了科學主義對人文科學的滲透。

從為科學技術知識分子正名，熱情洋溢地歌頌他們的頑強進取和無私奉獻，到對新技術革命的歡呼和倚重，科學主義在社會生活中佔有了越來越重要的地位，它的直接槓桿便是托夫勒的《第三次浪潮》和奈斯比特的《大趨勢》在中國的出版和流行。為托夫勒所稱頌的代表第三次浪潮的科技領域，可再生的能源，電子工業革命，外層空間和海洋的探測和開發，遺傳工程，信息和通訊手段的變革，人工智慧等等，莫不受到空前的重視：科學家被請進政治局的會議室，向黨和政府的要員宣講新興的前沿學科；報刊上在刊載普及這些新學科的介紹材料；新學科新方法與當代中國的討論會、報告會紛紛舉行；繼《第三次浪潮》首次印行即達 10 萬冊之後，同名的電視專題片和托夫勒寫於 1970 年的《未來的衝擊》也先後在國內流行。可以說，托夫勒給 80 年代中國帶來巨大的衝擊波——

這個新的文明是多麼深刻的革命呵！它向我們固有的一切觀念挑戰：陳舊的思想方法，老一套的公式定律，過時的教條和觀念形態。對於這些，無論你多麼珍愛，運用起來多麼得心應手，這都於事無補，它們已經不再適合實際情況了。

世界正在從崩潰中迅速地出現新的價值觀和社會準則，出現新的技術，新的地理政治關係，新的生活方式和新的傳播交往方式的衝突，需要嶄新的思想和推理，新的分類方法和新的觀念。我們不

〔註2〕 江西省文聯文藝理論研究室、《江西文藝界》編輯部編印《文藝研究新方法論文集》一書的代序《文藝研究方法論新探》。該書以資料選編形式印行，未正式出版。

能把昨天的陳規慣例，沿襲的傳統態度和保守的程序，硬塞到明天
世界的胚胎中。〔註3〕

這樣，借助於新科學技術革命浪潮，由 70 年代末期所開始的除舊布新、繼往
開來的歷程，由社會生活和經濟領域的變革進入了人們心靈和價值觀念的變
革，由科學技術是生產力進一步確認科學技術是第一生產力，科學主義發展
到了空前的地步。

也許令異國他鄉的人士所無法理解的是，一部以發達國家的經濟和生產
力現狀為依據的、屬於普及型的未來學論著，一部也許並不具備經典意義的
暢銷書，何以會在世界的東方，在中國的黨政官員和知識分子階層中，激起
如許熱烈的反響。然而，接受和選擇，從來都不是單向的、無條件的，而是
存在著潛在卻又深刻的內在機制的。我們之所以歡迎《第三次浪潮》，之所以
充滿熱情地鼓吹觀念更新，是因為我們從中得到了信念——在工業文明的第
二次浪潮中落伍的中華民族，有可能抓住第三次浪潮所提供的機遇，奮起直
追，後來居上，越過漫長的工業化時代，而與發達國家並駕齊驅於現代科學
技術革命的大潮之中，實現夢寐以求的現代化藍圖。

新的科學技術革命改變著人們的思想觀念，人們的思想觀念又都轉向新
的科學技術革命，乘著第三次浪潮，揚現代化之帆，圓民族振興之夢，這才
是最深刻的心理動因。在一段時間裏，以新的科學技術革命為特定語境的「挑
戰與機遇」一詞，成為社會流行用語，既是空前的挑戰，又是天賜良機，蹣
跚學步一個半世紀的中國人，忽然看見了呼嘯而來的現代科技革命的列車，
他幾乎是不假思索地衝上前去，希望實現在即，怎不欣喜若狂！

正是由於這樣的思想軌跡，中國的作家們才會不約而同地關注起科學技
術來，他們不只是與科學家結成好朋友，瞭解其生平和業績，還進一步深入
他們的研究領域，在枯燥的公式、單調的實驗和漫長的跋涉中，開發出詩的
意興，體驗到美的存在。老作家徐遲，飽經風霜而老當益壯，寫出一系列謳
歌科學家的報告文學《地質之光》、《哥德巴赫猜想》、《生命之樹常綠》、《結
晶》。黃宗英的《大雁情》、《小木屋》，熱情地為女科學家立傳與冷峻地剖析
現實的弊端相結合，風格獨具。理由以他旺盛的創作活力，寫了《高山與平
原》、《依傍田野的小屋》、《她有多少孩子》、《癡情》，表達出他對當代知識分
子的一片癡情。還有陳祖芬，以《祖國高於一切》、《中國牌知識分子》、《朝

〔註3〕 阿爾溫・托夫勒《第三次浪潮》第 43 頁～44 頁。三聯書店 1983 年 3 月版。

聖者與富翁》、《活力》等，刻鏤出「中國牌知識分子」的奮鬥和襟懷。不只是愛屋及烏，更由於對現代科技的近乎神聖的崇拜，他們不約而同地在抽象的思維與實驗的領域中發現了詩意的輝光。

理論家們則在文學研究中引進和推重科學的方法；一度時間，他們中的一些人，甚至相信起科學萬能來。曾經以《論阿 Q 性格系統》和《藝術魅力的探尋》而引人注目的中年學者林興宅，竟至於預言，數學萬能，有可能用數學手段解開審美和藝術之謎。前面我們所引的「將來的文藝研究論著很可能是百科全書式的、圖文並茂的、文字語言與數學語言並進的」，同樣表現出這種信念。

然而，這種對科學方法的大量移植和借用，在擴展人們的視野、豐富人們的研究方法的時候，卻也顯示出它並非萬能的一面來。一是由於當代知識分子尤其是從事人文科學和社會科學的人們過份地順應變化頻繁的社會思潮，「熱」得快也冷得快，熱起來一擁而上，競為新奇，冷下去淺嘗輒止，作鳥獸散，新觀念新方法一時間把多少人推上潮頭，系統論美學，信息論美學，模糊性美學，藝術範式，都有人致力和鼓譟，後來大潮退下，人們又都移情別戀，而沒有幾人能夠鍥而不捨，精研慢進，以產生多少累積和沉澱過的成果。二是自然科學的研究方法，對於很少有能力有條件潛入該學科內蘊的「外行」來說，是不容易把握其要領和精髓的，即便是心領神會，也未必能夠嫻熟地應用於人文科學和社會科學之中。任何課題的提出以及闡釋它回答它的方法，都不能沒有前提沒有條件地存在。

譬如說，在自然科學的許多領域中，定量化的研究是學科得以確立的必要條件；但是，用數學方式解答審美和藝術之謎，去詮釋人的心靈奧秘，卻未必能夠奏效。

再譬如說，把系統論、控制論等方法引入歷史研究，不啻是打開了一扇透進清新空氣的窗戶。但是，對方法論的過份推重，誤以為它可以無往而不勝，忽視了歷史發展的諸種相關條件，便會進入新的誤區。

一位曾經把方法論看得比收集材料更重要的青年學者，反思當年的「方法熱」、「觀念更新」時，頗有見地地指出，這一代人從小接受的教育，就是「將理論看得高於實際，將本質看得高於現象，將規律看得高於歷史，將方法看得高於材料」。70 年代末，人們開始告別偶像，告別絕對真理，但卻仍然敬服那抽象的理論之神。「當你戴上一副新的理論眼鏡，驚訝地發現一切都變

了模樣的時候，你怎麼能不敬服理論本身的神力呢？」正是這樣的方法崇拜，造成了「美學熱」和所謂的「方法年」、「觀念年」，人們競相在方法更新上用力氣，競相在全盤皆新的思路、擲地有聲的斷言和另起爐竈別出心裁上下工夫。但是，從方法崇拜中醒來，從阿基米德式的亢奮中醒來，才發現，儘管大道上塵土飛揚，實際上卻沒有前進多少。「看上去人人都在運用新方法，排列新思路，可你仔細讀讀這些年出版的書籍和文章，就會發現許多人對文學作品的具體感受，對歷史材料的基本判定，其實都還是老一套，就彷彿造一幢新大樓，設計是新的，圖紙也是新的，可那造樓的材料，還是用舊平房拆下來的磚和瓦，甚至最關鍵的預製件，也是照舊平房的尺寸鑄就的，這大樓怎麼造得起？這些年也確實是提出了一些新創見，各處地方都長出了研究的新萌芽，可許多年過去了，你卻難得看到有哪一株已經長成了大樹，多數還是從前的老樣子，依然是幾條空洞的宣言，不見有多少具體的實踐，也依舊是某個局部的嘗試，不見有多少深化和擴展。」〔註4〕

因為是過來人，對個中利弊感觸頗深，因此，這種反省和批判，的確是勾勒出人們對方法的崇拜以及退潮之後的失望，由狂熱到清醒，進而重新確定方法的適當位置的思索軌跡。

人文主義與道德張揚

比起科學主義的推崇，人文主義在中國當代思想文化界擁有更強大的基礎，也掀動起更加壯闊的波瀾。

從關於人情、人性和人道主義的論戰，到圍繞人的主體性展開辯詰；

從對於薩特及存在主義的關注，到對弗洛伊德和精神分析學說、馬斯洛的人本主義心理學的借助；

從小說《人啊，人》，到電影《大紅燈籠高高掛》；

在這不斷演進、時起時伏的思想潮流中，它一直是以人文主義為其主導傾向的。

正是因為在清算十年動亂的過程中，對於極左思潮對廣大民眾的摧殘和破壞，對於踐踏人的尊嚴、草菅人命的暴行和「獸道主義」的憎惡和憤怒，以及由此而追根溯源地反思1950年代以來持續不斷的對於「地主資產階級的人性」、「抽象的人性」、「資產階級人道主義」等的批判，引發了人們對於人

〔註4〕王曉明《擱淺的航船》，載《讀書》1993年第3期。

情、人性和人道主義的思索，一位當年曾經在「我愛我師，但我更愛真理」的豪壯宣言中批判老師所宣傳的人道主義，曾經努力理解和繃緊「階級鬥爭」、「路線鬥爭」這兩根弦，「做過『大批判』的『小鋼炮』，當過『紅司令』的『造反兵』」的大學教師，在反省自己的思想情感之謎誤時說：

> 終於，我認識到，我一直在以喜劇的形式扮演一個悲劇的角色：一個已經被剝奪了思想自由卻又自以為是最自由的人；一個把精神的枷鎖當作美麗的項圈去炫耀的人；一個活了大半輩子還沒有認識自己、找到自己的人。

> 我走出角色，發現了自己，原來，我是一個有血有肉、有愛有憎，有七情六欲和思維能力的人，我應該有自己的人的價值，而不應該被貶抑為或自甘墮落為「馴服的工具」。

> 一個大寫的文字迅速地推移到我的眼前：「人」！一支久已被唾棄、被遺忘的歌曲衝出了我的喉嚨：人性、人情、人道主義！

> 我如夢初醒，雖然是冷汗未乾，驚魂未定，但總是醒了。〔註5〕

對人情、人性和人道主義精神的張揚，就是在這樣的背景下驟然而興，並迅速即成為一種強大的、佔據主導地位的思潮，老一代的美學家朱光潛，文藝理論家周揚，哲學家王若水、汝信以及一大批中年作家和理論家，莫不以自己的各種方式，投入到這大潮中來，當然，它所遭受到的批評和批判也是相當強大的，這場論戰，從馬克思主義的基本命題，社會主義和共產主義的終極目的，到總結歷史經驗教訓和如何評價現實生活中的弊端，以及文藝作品的價值取向，涉及到思想文化和社會生活的諸多方面。

在《打開魔瓶之後》一章中，我們曾經提到從探討「人為什麼變成獸」的角度接觸了這一思潮，不擬在這裡詳加評述。我們只是想從本章的思路梳理開去，認證它為人文主義思潮的一個重要方面。

正是在人文主義思潮的意義上，薩特及其存在主義、弗洛伊德的精神分析和馬斯洛的人本主義心理學，才能夠受到中國當代思想文化界的重視，並成為80年代先後影響和滲透到知識分子的文化心理結構的幾個重要現象。

究其原初，存在主義也罷，精神分析也罷，並不是在80年代才叩響中國知識界的認知之門的。早在本世紀20年代，「五四」新文化運動時期，弗洛

〔註 5〕 戴厚英《人啊，人》後記，花城出版社 1980 年版。

伊德的名字和他的學說就傳入中國，魯迅、郭沫若、郁達夫等都不同程度地受到其影響，魯迅曾坦言說，他的《補天》就有性力驅動創造世界的痕跡。存在主義的作品，在 1960 年代也已經介紹到中國，如薩特的一些論著。但是，它們被空前地予以關注，卻是在思想解放運動所引發的人文主義思潮之中，是人們對於「人學」的思索和探尋，導致了它們的再度被發現。

　　薩特的思想，有其發展的前期和後期，還有他在不同的時間和環境下所做的不同詮釋。但薩特的意義卻是多方面的，他以其思想的不同側面，分別影響了不同的人們，早在 70 年代中期，薩特的《辯證理性批判》就和德熱拉斯的《新階級》、愛倫堡的《人‧歲月‧生活》等一起在下鄉知青中流傳，在文化專制主義極盛時期給人們提供了思想資料和批判武器。〔註6〕薩特的一句名言，「是懦夫把自己變成了懦夫，是英雄把自己變成了英雄；而且這種可能性是永遠存在的，即懦夫可以振作起來，不再成為懦夫，而英雄也可以不再成為英雄，要緊的是整個承擔責任，而不是通過某一些特殊事例或者某一特殊行動就作為你整個承擔責任」〔註7〕，這對於「紅衛兵——知青」一代來說，就是意味著在動盪和迷惘之中擔當民族的重任，也就是主動選擇、承擔責任的英雄豪氣。

　　另一方面，薩特所宣稱的馬克思主義忽略了人，他要用人道主義補充馬克思主義，在東歐，曾經激發了著名哲學家沙夫寫作《人的哲學——馬克思主義與存在主義》，在中國，它也促使了人們重新考察馬克思主義的「人學觀」，要用馬克思主義的人道主義去回擊薩特的挑戰。

　　同樣地，弗洛伊德的精神分析學說，也因為從另一個方面加重了人的分量而受到思想文化界的歡迎。人的內心世界，人的潛意識和性心理，過去一向被輕視被排斥，在弗洛伊德這裡，它們都爭得了相當重要的地位，把它們和人的一生、人的成長發展聯繫在一起。並在細緻入微的研究中探尋內在的緊張、釋放與昇華的規律。正像在當年的奧地利那充滿對人的私生活和內心情感的禁錮和輕蔑的社會環境下，弗洛伊德的學說帶有一種解放的意義一

〔註6〕　洪子誠、劉登翰著《中國當代新詩史》第 404 頁，所引白洋淀知青讀書活動
　　　　及書目。人民文學出版社 1993 年版。另據《「文化大革命」中的地下文學》
　　　　一書介紹，知青閱讀的書目中還有薩特的《厭惡及其他》。朝華出版社 1993
　　　　年版，楊健著。
〔註7〕　薩特著、周煦良等譯《存在主義是一種人道主義》第 20 頁，上海譯文出版社
　　　　1988 年版。

樣，當「鬥私批修」、「在靈魂深處爆發革命」、和以「革命需要」規範人們的行為，存天理、滅人欲的禁欲主義和蒙昧主義達到了極致的時代結束之後，人們重新認識和評價自己包括給個人心靈世界以新的評價的時候，弗洛伊德學說就像是通向心理迷宮的一束金羊毛。說實在的，結論的正確與否並不是最重要的，關鍵在於，它給人們打開了一扇層層封閉的門，並引起人們探討和發掘人的心靈世界、正視人的種種潛在欲望的興趣。

如果說，由王蒙、李陀等人所開始的對意識流小說的借鑒，是通過沃爾芙、普魯斯特而間接地接近了弗洛伊德，開創了所謂的「東方意識流」（如王蒙《蝴蝶》、《夜的眼》，李陀《七奶奶》、《自由落體》），那麼，王安憶的《小城之戀》、《崗上的世紀》，莫言的《金髮嬰兒》，劉恒的《伏羲伏羲》、《白渦》等一批作品，就可以看作是在弗洛伊德學說直接影響之下對靈與肉的關係的探討，這些作品，對靈肉合一的愛情的追求，對生命的本能欲望的考察，對被種種社會桎梏和功利目的所摧殘扭曲的人的自然天性的同情和悲憫，在開掘小說表現的新領域的同時，更表現出對於人的生存欲望和潛意識的充分尊重。

正是沿著精神分析的方向，使人們有可能像解除沉重的咒語一樣去破譯夢的奧秘，去正視自己的那些難以言說的、「甚至一閃念的罪惡心理」，從而放鬆自己，解脫自己，從這種「罪惡心理」中擺脫，去直面生活。當然，生活並非如此順遂，所謂「一切為了人，一切為了人的利益」的口號，也往往在現實中顯得蒼白無力。欲望與現實的抗爭，可能會導向喜劇，但更多是趨向於悲劇，近年來以《紅高粱》、《菊豆》、《大紅燈籠高高掛》和《秋菊打官司》等影片在國際影壇贏得聲譽的張藝謀，就是以表現欲望導致的悲劇見長。史鐵生其實也是擅長於這欲望悲劇的，只不過，他的欲望之所以受挫，在很多時候是由於作品主人公的身體殘疾所致，張藝謀則是在社會的文化、倫理和生存秩序的壁壘上毀滅著生命的欲望給人看，來顯示欲望的反叛與社會的虐殺。有論者指出，「張藝謀把個體內在的欲望像吹氣球一樣吹脹起來，讓我們看清它的花紋和色塊關係。然後『砰』地一聲炸為碎片，從而使我們意識到那個膨脹的氣球的某種不真實性。在《紅高粱》中，一個少年朦朧勃起的欲望在『我爺爺和我奶奶的故事』中放大和膨脹，然而，它的熱烈和奔放卻嚇壞了那個年幼的孩子。在《菊豆》的影像表現中，欲望是一種放出瓶子的惡魔，無奈，最亢奮的激情也無法穿透兩人之間的無形的屏障，『兩人合為一體』這個古老而美麗的夢，只是一種愈追求愈遠逝的幻象。執著的欲望和社

會的鐵壁水火不能相容，受挫折的欲望必然轉化爲復仇，一場大火燒盡了一切，落得個漫天通紅倒也眞乾淨。」〔註8〕是否可以說，張藝謀所導演的影片所達到的深度，就是精神分析學說在中國所深入的程度？

薩特以其人格的巍然，理性的強悍維護了人的心靈自由、承擔了人的社會責任，是對人的尊嚴和道義感的絕對肯定；弗洛伊德探隱索微，循著蛛絲馬蹟進入人的潛意識領域，在揭示人的生命欲望和非理性衝動的同時，便貫注了理性精神，並且拓展了心理學研究即對人的內心生活的研究；馬斯洛的人本主義心理學，則是從更爲寬泛的人的需求上，理出了頭緒，規範了層次，並呼籲著給予這需求以必須的滿足和實現。要是說，人道主義的論戰和張揚，是從社會與人的關聯上提出了基本原則的話，那麼，上述這三種學說，則是在豐富和開掘「人學」的不同側面，提供了新的機緣和新的可能性：如何去認識人、關心人，如何去實現人的使命。

中譯本《第三思潮：馬斯洛心理學》的翻譯者向中國讀者介紹說，比起帶有宿命論即決定論色彩的精神分析心理學，馬斯洛心理學更積極更樂觀，充滿了對人與人之間的愛的堅信和人可以超越生理需要而實現精神追求的期望：「驅動人類的的確是若干始終不變的、遺傳的和本能的基本需要，但這些需要不僅是生理的，同時也是心理的。當人的生理需要得到滿足後，其他更高一級的需要就出現了，而且後者是起著主導作用的。」「因此，馬斯洛第一次把『自我實現的人』和『人類潛力』的概念引入了心理學的範疇、自我實現的人是人類中最好的典範，是『不斷發展的一個部分』。他們的精神健全，能充分開拓並運用自己的天賦、能力、潛力。」〔註9〕這樣，馬斯洛就給我們帶來了雙重啓示：對於普通民眾，我們應當儘量地滿足他們的基於不同層次的需要並爲之創造條件；同時又要激勵那些有抱負有嚮往的人們將超越生理局限、實現自我的精神追求作爲更高的目標。

這一次又是文藝理論家表現出了比心理學家更大的熱情。文學以其敏感和擁抱新知的激情，以其對各種理論和學說的融彙和借用，表現出它的容受力和創新的驅動力。在咸與維新、競爲新奇的文學潮流中，作家和理論家都不能不睜大警覺的眼睛，去尋找新的啓示、新的靈感，以致一位練達的批評

〔註8〕　王杰《高高掛起的欲望》，《讀書》1993 年第 4 期。
〔註9〕　弗蘭克・戈布爾著，呂明、陳紅雯譯《第三思潮：馬斯洛心理學》「譯者的話」。上海譯文出版社 1987 年版。

家說，創新這條狗，咬得作家連停下腳步撒尿的機會都沒有。因此，在外來文化的衝擊下，無論是哲學、歷史學、心理學，還是自然科學方面的新介紹新譯作，都往往跨越其專業領域，爲作家和文藝理論家迫不及待地拿將過來。一位正在研究作家的精神主體性的學者，便把馬斯洛納入自己的筆下，依循人的需求的基本層次即生存需求層次、安全需求層次、歸屬需求層次、尊重需求層次和自我實現需求層次，在作家的精神主體中一一找到對應——

　　生存需求層次：「著書都爲稻粱謀」，爲生存而命筆，缺乏必要的從事創造的外在自然條件，不可能進入深邃的精神生活。

　　安全需求層次：爲了自身安全而寫作，把作品作爲自己的護身符和社會通行證，一般地說，都不得不降低自己的人格，也談不上主體性。

　　歸屬需求層次：爲自己所隸屬的階級、派別、團體而寫作，是遵命文學。積極地把個性和黨派性階級性融合在一起，可以寫出成功的作品：消極地被動地尋找歸屬，服從狹隘的功利性要求，主體性就會失落。

　　尊重需求層次：作家通過自己的創作去贏得社會的尊重，在社會中找到自己的位置；爲此，作家意識到自己的尊嚴感和榮譽感，認眞創作，是每一個有成就作家起碼的主體意識。

　　自我實現層次：就是作家精神世界的充分展示。它是作家全心靈的實現，全人格的實現，也是作家的意志、能力、創造性的全面實現。〔註10〕

很顯然，論者是從人本主義心理學中把握了一種論據，而爲精神的主體性張目的。同時，馬斯洛論高峰體驗的內容，也爲國內的美學工作者借用來討論審美中的高峰體驗。

　　人文主義的旗幟下，聚集起來從主張「文學是人學」的學者，到在人道主義與異化問題的論爭中披堅執銳的鬥士，而以 1986 年 10 月的「新時期十年文學研討會」達到高峰。劉再復所做的作爲大會主報告的《論新時期文學主潮》，在描述文學發展軌跡的時候，就明確宣稱，「新時期文學的發展過程，是社會主義人道主義的觀念不斷地超越『以階級鬥爭爲綱』的觀念的過程。

〔註10〕劉再復《論文學的主體性》，《文學評論》1985 年第 6 期。

我們可以找到一條基本線索，就是整個新時期文學都圍繞著人的重新發現這個軸心而展開的，新時期文學的感人之處，就在於它以空前的熱忱，呼喚著人性、人情和人道主義，呼喚著人的尊嚴和價值。」〔註11〕如果想到在此前的幾年裏，堅持人道主義信念的人們曾經承受過相當巨大的政治壓力和精神壓力，屢遭批判，那麼，這種再一次的確證和朗聲宣告，則表明思想文化界自身的蓬勃活力，又一次把人道主義托升到中心的位置上，發出了時代的強音。

　　然而，爲人們所始料不及的時候，人文主義的鼎盛和衰落，幾乎就發生在同一時刻。就是在「新時期十年文學討論會」的同一講壇上，更年輕的一代人出來向人道主義發難。上海的一位青年學者李劼站出來宣告人道主義已經過時和落伍，現在應該張揚個性解放。這一論斷曾經在與會者之中激起反響，並成爲一個熱點。緊接著，仍然是在同一個會議上，劉曉波以更強烈的反叛態度崛起，大聲疾呼新時期文學「面臨危機」。這兩個來自不同地區、持有不同的文學觀和文化觀的青年學人，不約而同，先後在同一講壇上宣告他們的判決，純屬偶然巧合，但又共同表現出更激進更前衛的態度，一個對人道主義的合法性提出懷疑，一個從新時期文學自身的評價上抽掉了人道主義賴以附麗的基石——正當人道主義者們剛剛爲反覆的論爭和坎坷的行進所贏得的立足之地而欣慰的時候，他們剛剛衝破思想束縛而建立起來新的模式，那些曾經跟在他們身後前行的又一代年輕人，卻已經把這模式也視作必須破除的傳統了。

　　更深刻的原因在於人文主義尤其是人道主義者的自身局限。如果說，科學主義和方法崇拜不是萬能的，那麼，人文主義也不是萬能的；然而，人文主義之所以更有吸引力，在於它往往是把置身於其間的人的道德激情也激發出來，使人容易把道德上的自我陶醉混同於人文主義的理想光芒。當他們因爲受到來自外界的壓力、甚至這壓力幾乎強大到不可抗拒的時候，那種爲了追求真理而獻身的悲壯感，更是給他們以充實和自信。然而，把對於道德的崇高和情感的悲壯放大到湮沒了理性思索的地步，失去了對人文主義自身的質疑、判斷和亟需發展、豐富的清醒認識，自然而然地，便使自身陷入了新的困境。人文主義和科學主義一樣，並非萬能的，它們在互相激昂、互相牴牾和互相促進中，才能不斷爲自己開闢前進的道路。

〔註11〕　《論文學的主體性》，《文學評論》1985 年第 6 期。

啓蒙思潮和國民性改造

在「新時期十年文學討論會」上，當人道主義者在講壇上侃侃而談的時候，機智的王蒙卻舉重若輕地表示了他的諷諫之意。他的漫談式的發言，由文學之路上的「紅燈綠燈黃燈一塊兒亮」講到近日報紙上刊登的一則消息，河北某地的農民，爲了能夠從廢品收購站賣得幾十元錢，竟將價值數十萬甚至更昂貴的通訊設備器材破壞掉了。關心中國現實的人們，自然爲之感歎，王蒙卻話鋒一轉，這樣的人，你跟他講人道主義，管什麼用？

這也是發生在 1986 年 10 月「新時期文學十年討論會」上的一個插曲。在這樣的善意的卻又是很有針砭意義的反詰中，人道主義的局限性是難以掩蓋的。

正是意識到這種現實中存在的蒙昧愚頑，意識到民族性格的改造問題，在許多人都聚集在人道主義的旗幟下的時候，另有一批學人和作家卻致力於文明啓蒙，倡導「改造國民性」。——嚴格地說，科學主義、人文主義和文明啓蒙，是互生互補的：讓科學的光芒照亮自己，是一種啓蒙，自然科學的發展，又是啓蒙運動的重要推動力；人文主義和啓蒙精神，可以相互包容，互爲表裏，全看你著眼於哪一方面，如何歸納你的思路。現在把人文主義和文明啓蒙加以區分，只是爲了更好地梳理文化思潮，並將人文主義部分更多地與人道主義的倡導融合在一起，而把有關啓蒙運動的內容放在這一節中予以論述。

歷史往往具有驚人的相似性。本世紀初，「百日維新」和義和團運動失敗之後，中國沉入最深重的黑暗之中，魯迅先生便在思考，什麼是理想的人性？中國國民性中缺乏的是什麼？它的病根何在？這給他的好友許壽裳留下深刻印象。到五四新文化運動時期，他仍然執著地思考改造國民性的問題，以小說「揭出病苦，引起療救的注意」。60 年一個輪迴，從 1919 年到 1979 年，被稱作第三次思想解放運動的大潮中，啓蒙主義和改造國民性的問題又一次被提出來。

較早地提出對民族性格的重新審視的，是中年作家高曉聲。在 50 年代中期，剛登上文壇不久的高曉聲，和幾位青年作家一道，籌備在南京創辦同人刊物「探求者」，這份醞釀中的文學刊物以「大膽干預生活」爲宗旨，卻生不逢時，尚未問世就夭折，因此被打成「右派」的高曉聲，在鄉村整整生活了 20 年。生活在最底層的獨特經歷，使他深味農民衣食住行的艱辛和他們的精

神狀態。他幾乎是和當年的魯迅一樣，對於辛苦而又麻木地生活的農民，哀其不幸，怒其不爭，寫下《「漏斗戶」主》、《李順大造屋》、《陳奐生上城》等小說。「李順大在十年浩劫中受盡了磨難，但是，當我探究中國歷史上為什麼會發生這種浩劫時，我不禁想起像李順大這樣的人是否也應該對這一段歷史負一點責任。9 億農民的力量哪裏去了？為什麼沒有發揮應有的作用？難道 9 億人的力量還不能解決 10 億人口國家的歷史軌道嗎？看來他們並不曾真正成為國家的主人，他們或者是想當而沒有學會，或者是要當而受到阻礙，或者徑直是誠惶誠恐而不敢登上那個位置。造成這種情況的歷史原因和社會原因值得深思。」「我不得不在李順大這個『跟跟派』身上反映出他消極的一面——那種逆來順受的奴性。」〔註 12〕高曉聲筆下的陳奐生，的確有著阿 Q 的神韻，他到城裏去賣小吃，稀裏糊塗地把賺得的 5 元錢付了招待所的住宿費，蝕了本錢，卻贏得了向村民們誇耀的資本；他在城裏花大錢開了眼界，使一向只能聽別人扯談的陳奐生也開口講他的奇遇，如同阿 Q 從城裏回來大講上城的異聞一樣，經濟上受了損失，精神卻勝利了。在後來的《陳奐生轉業》、《陳奐生包產》等續作中，陳奐生仍然渾渾噩噩，仍然在生活的波濤中起起伏伏，無力把握自己的命運。

正是站在啓蒙主義的立場上觀察中國當代思想文化的演進，或者反過來，從現實生活的迫切需要意識到啓蒙主義的當代意義，從事美學理論和文學研究的一批學子，從各自的角度倡導著文化啓蒙運動——如同在五四新文化運動和魯迅先生那裏一樣，他們都把文學作為啓蒙的重要手段，並以此考察和評述 80 年代的文學現象。

美學家高爾泰便旗幟鮮明地提出了文學要肩負起啓蒙的使命。「把啓蒙僅僅看作是教育家的事情只是一種狹義的理解。廣義地來說，啓蒙應當包括人們自我意識的喚醒；主體意識的建立；精神維度的開拓；美感、崇高感和羞恥心的培養；感受、反應方式以及整個歷史地形成的文化心理結構的轉換。不用說，以精神麻木為特徵的這片廣袤的大漠，也是作家們馳騁的天地。一個當代中國作家，應該比其他文化工作者更強烈地意識到和執著於自己的這一馳騁的機會和歷史賦予的道義責任。因為這是他的事業的生命線。任何語言大師的操作對象——語言，都必須依其表現性的需要形成一個活的有機整

〔註 12〕高曉聲《〈李順大造屋〉始末》。《新時期獲獎小說創作經驗談》第 189 頁，湖南人民出版社 1985 年 6 月版。

體才能變成形式──文學作品。文學作品既不是物理定律也不是數學方程，因爲它具有人的主體性和思想性，從而也必然具有當代性和現實性。而當代現實最強烈的進步需要就是啓蒙。因此啓蒙不僅是當代作家應該意識到道義責任，也是他們的作品走向世界走向永恒的必由之路。」〔註 13〕在這裡，高爾泰幾乎是從最高的意義上，從精神世界的開拓，美感和崇高感的培養，感受和反應的方式諸方面，討論啓蒙的必要性；因此，他對從事啓蒙的作家也提出了極高的要求。他把啓蒙的重負和作家的自我更新結合在一起：

> 應當認識到單靠文學不能改造世界，應當認識到我們自己並不比「普通人」高明。如果缺乏自我批判、自我更新的能力，如果心靈不能爲別人的痛苦而悸動，爲人間的不幸而燃燒起來，如果不能把自己的靈魂作爲鏡子，讓人們穿過異化的迷霧，在其中照見他們漸漸有點畜類化了的面孔，而感到大羞恥和大恐怖，而在大羞恥和大恐怖中復活，那就談不上啓蒙，也談不上文學的當代意義。……消除精神麻木的道路，同時也是作家自我創造和在創造中形成文學的道路。〔註 14〕

追溯起來，早在 80 年代之初，當人情、人性和人道主義正在成爲一個敏感的理論熱點和文學熱點的時候，已經有人看到它的局限性，看到它過份地強調對於善良、對於愛、對於同情、理解和關懷的推崇，而容易忽略普通人精神上的積弊和蒙昧，已經在思考啓蒙和精神文化之變革。這就是爲季紅眞所提出、并爲學術界所認可、爲許多人所引用的「文明與愚昧的衝突」之命題〔註 15〕。季紅眞把七八十年代之交的文學的總主題概括爲文明與愚昧的衝突。她把農業經濟的生產方式與民族心理的鈍化聯繫起來，並從其對時代變革的阻礙上和從它作爲剛剛結束的十年動亂之文化根源指出其危害性；「在小生產的生產方式中滋生，因歲月久遠而深入民族心理。帶有封建印記的落後意識，又像夢魘一樣糾纏著人們的頭腦，限制著人們的眼界，使這個民族有可能通過對世界各民族文化的接受、借鑒，長足跨入現代化社會的可能性受到嚴重阻遏……解放與禁錮、改革與守舊、進步與落後，就集結了這個時代從政治

〔註 13〕 高爾泰《文學的當代意義》。1988 年 12 月 20 日《人民日報》。
〔註 14〕 高爾泰《文學的當代意義》。1988 年 12 月 20 日《人民日報》。
〔註 15〕 季紅眞的長篇論文《文明與愚昧的衝突》，發表於《中國社會科學》1985 年第 3、4 兩期，收入同名的文集。浙江文藝出版社 1986 年版。

經濟、社會倫理到精神心理等全部社會生活中最主要的矛盾。」循著文明與愚昧的衝突的線索，季紅眞從大量作品的耙梳中，理出從政治文化到民族文化的小說主題演進過程；通過對作品的主題性歸納，將文學轉化爲一種思想資源，以豐實的材料支撐起啓蒙的燈塔。因此，她就使自己立於一種高屋建瓴之勢，而贏得人們的贊同。

　　從另一種角度，繼承魯迅的「改造國民性」的主題，歷史學家黎澍特別地指出個人崇拜在現實中的危害。在反思歷史的時候，在有關機構的有關歷史經驗的文獻中，都曾經談到領袖與個人崇拜的關係問題；黎澍的深刻性在於，他指出個人崇拜是「思想意識最深層的東西」，又是中國歷史哪怕是五四新文化運動都沒有觸及、沒有清算的，根深蒂固，源遠流長，在現實中仍然彌散：「民主傳統從來沒有建立，就是把皇帝推翻罷了。而推翻一個皇帝，後面不知跟了多少人想做皇帝。解放後出過多少皇帝？恐怕有好幾百，『文化革命』當中就出了不少，什麼山東、陝西等等，好像許多省裏都出過。奇怪的是有人稱帝，居然就有人擁護，就有人送女兒給他當妃子，似乎這才是做皇帝的排場。自己想做皇帝，擁護別個做皇帝，都是帝王思想。在中國社會上，特別是在農村，這種思想直到現在也還不能認爲已經絕滅，說不定什麼時候怪事又出現了。」「毛澤東利用人家對他的崇拜來發動『文化大革命』是不對的；但有那麼多人都去崇拜，這就是我們大家的責任了。……有了愚昧，就有教條主義，就有個人崇拜，就受人利用，任人宰割。」〔註16〕人們習慣於把個人崇拜和現代迷信歸罪於這種崇拜和迷信的製造者。黎澍卻以此而觀照國民性格中的愚昧和奴性，使得國人無從逃避其責任。或許，正如黑格爾所言，有什麼樣的國民，就有什麼樣的政府；崇拜者和被崇拜者都是同一文化源流的產物，是同一事物的不同側面，都應該對歷史負責；走出蒙昧，乃是國民的當務之急。

　　由此便牽涉到與啓蒙主義相關的另一個命題，即現代清官的歷史意義及評價。當蔣子龍的《喬廠長上任記》一鳴驚人，大刀闊斧、聲勢逼人的改革家喬光樸受到人們的熱烈稱贊的時候，睿智的批評家吳亮就一針見血地指出，在喬光樸那種獨斷專行、敢作敢爲的背後，藏著一種可怕的專制性格。無論是在對工廠的管理上，還是在他與童貞的感情糾葛上；缺少民主意識，

〔註16〕黎澍《關於「文革」產生的文化背景的對話》，《「文化大革命」中的名人之思》第304～313頁，中央民族學院出版社1993年版。

乃是他的致命傷。因此，改革者首先要改善自己的精神狀態。然而，這樣的
警語，不只是熱情期盼改革的民眾沒有去理會，連諸多文化人也對其視而不
見。數年之後，根據同名小說改編的電視連續劇《新星》，推出了被作品中的
農民稱之爲「李青天」的年輕縣委書記李向南，他在古陵縣大刀闊斧地推進
改革，傾聽民聲，落實政策，平反冤獄，爲民分憂。這一次，文化界不再沉
默，圍繞著「李青天」，人們指責作品缺乏現代意識，仍然存在著封建主義的
陰影。《新星》的作者柯雲路，則在他後來的《衰與榮》中，讓李向南面對批
評者爲自己頑強地辯護——

> 「可你的這一套做法，鐵腕，長官意志，微服出行，首長辦案，
> 就完全符合老百姓對青天的期望。古陵改革什麼了？不過是用新的
> 長官意志代替了舊的長官意志，新的人治取代舊的人治，看不到法
> 制，看不到任何公民意識。」
>
> 「可是新的長官意志如果比舊的長官意志更講效率，更決心改
> 革經濟、建立法制呢？」他溫和地問。
>
> 「那沒什麼意義。」
>
> 「中國的法制也是由人治建立起來的。」
>
> 「是由人治破解後一點點掙扎出來的。」
>
> 「對，但現在在中國，特別是在廣大農民中，是提反對官僚主
> 義，還是提反對『青天』觀念更能提高人民的公民意識呢？」
>
> 「都應該反對！首先是反對『青天』觀念！」
>
> 他笑了笑。說眞的，農民在經濟上沒有富起來，沒有更多的文
> 化，對他們講公民意識多半是句空話。現在，爲了經濟改革——這
> 是增強國民意識的根本——先要在政治上反對官僚集權。這個口
> 號，大概比反對「青天」的口號更能提高人民的公民意識。「青天」、
> 「清官」觀念是要批判，但大概還不是首要批判對象。這不是書生
> 理論問題，而是實踐策略問題。

批判「青天」和「清官」思想的人是有理由的，他們看到了當代清官所隱示
著的蒙昧現象；李向南的辯護詞也是有理由的，作爲一個縣委書記，他必須
考慮現實的需要，從最能牽動全縣工作和全縣農民的注意力的地方入手；邁
出漂亮的第一步來，爲今後的工作奠定好的基礎。

　　現實的存在或許比理論的武器更爲雄辯，一部搬上了銀幕的喜劇戲曲電影《七品芝麻官》，有兩句樸素的唱詞，「當官不爲民做主，不如回家賣紅薯」，一時間，居然不脛而走，廣爲流傳，那些立志爲民眾謀利益的幹部把這兩句話作爲自己的座右銘，那些善良而苦澀的民眾，也用這兩句話來要求他們的上司。民主意識與爲民做主，仍然是這樣的糾纏不清。

　　由此，我們也就明白啓蒙主義者所面臨的雙重困境——這種雙重困境，並非始自今日，而是從魯迅那樣的時代即已存在；問題在於，直至今日，我們都無法擺脫它，而取得長足的進步。

　　不論啓蒙主義者所側重的是清除封建主義，是呼喚民主與科學，是張揚人道主義，還是要普及法制意識，乃至剷除奴性，張揚個性，改造國民精神，都是一種非常艱巨的難題。要把他們經過潛心思考和文化比較所達到的覺悟，灌輸到民眾之中去，就必須尋找到一種互相溝通、交流和對話的方式，以便行之有效地把新思想新文化普及開來，但是，從五四運動及大革命年代的喚起民眾，到 30 年代的「文藝大眾化運動」，到 40 年代討論民族形式，京劇革命，和明確文藝的「團結人民、教育人民，打擊敵人、消滅敵人」的使命，都是在尋找切實可行的啓蒙的渠道，爲了適應民眾的接受能力，知識分子不得不把自己的個性主義讓位於集體主義，不能不把尋覓和拓進的思維轉移到現實的層次上，屈己以干人，犧牲自己的某些思想鋒芒和內在理路去做最基本的普及工作。然而，謹嚴的體系，完整的學說，並非像今日把《資治通鑒》和《二十四史》都翻譯成白話文那樣，可以在一種極低的文化水平的社會平均值上加以詮釋的。列寧有言，只有用全人類創造的精神財富武裝自己，才能成爲眞正的共產主義者。20 世紀的中國知識分子，卻是要在一個愚昧落後、遍地文盲的國度裏喚起思想文化革命和政治革命，在信息的交流和傳遞之中，損失掉其中極爲可貴的部分，把由德國古典哲學、英國古典政治經濟學和法國空想社會主義綜合改造而產生的科學社會主義理論簡化爲戰爭年代的「打土豪，分田地」和建國之後的「階級鬥爭」、「路線鬥爭」，把這些觀念灌輸到社會生活的各個階層和各個角落。現代的思想文化，被簡單明快地用來爲現實鬥爭服務；與現實鬥爭相游離和相悖謬的，則通通被排斥被抑制。簡單明快的口號發動了聲勢浩大的群眾運動，武器的批判取代了批判的武器，民眾的英勇鬥爭和群體暴力，使多思多疑、長於思索而怯於行動的知識分子相形見絀。魯迅先生就說過，他是沒有能力充當政治家的，搞政治要

流血，無論是流自己的血還是他人的血，他自己都不忍爲之。在這樣一個幅員遼闊，人口眾多的國度裏，現代文明星星點點地湮沒於其間，傳統的農民造反形式則很快被民眾認同。有人曾經用啓蒙與救亡的衝突解釋這種現象。但是，更深刻的原因，恐怕在於始終無法尋找到進行文化啓蒙的、具有廣泛群眾性的切實可行的方式。啓蒙者曾經一度失落了他們的文化優越感，主動地或者被動地成爲被教育者被改造者。即使在歷史重新得到校正的 80 年代，關於啓蒙主義，仍然是知識分子中間的話題；它如何走向民眾，仍然是懸而未決的。

這就是曾經苦惱著魯迅、也苦惱著當代知識分子的一種困境。魯迅先生曾經對閏土、阿 Q、祥林嫂發出「哀其不幸，怒其不爭」的感歎，向吃人的宴筵發出淒厲的吶喊。但是，吶喊聲在無物之陣中寂滅，阿 Q 們的生存狀態依然故我；魯迅也曾經倡導過版畫和連環畫，他明白，有能力讀小說的，只是一群熱情的知識青年。人之子被釘在十字架上，他爲之受難的民眾卻只是充當冷漠的看客，希望有什麼新鮮的刺激以調節他們麻木而因循的生活和情感。這真是最深刻的絕望。從早年的「任個人而排眾數」，到《野草》時代的剖心自噬，拒絕表演，都潛隱著絕望的悲觀。鐵屋子裏昏睡的人們能喚醒嗎？喚醒之後又將如何，他們有能力打碎這鐵屋，還是因爲意識到這死亡之不可逃避而更加痛苦？

時至 80～90 年代，這種狀況並未得到根本改變。魯迅先生的作品，依然只是在一個較小的範圍裏被閱讀被討論；啓蒙精神的話題，似乎只是憂患之士的精神奢侈品。老一代學者金克木，在一篇文章中感慨：「『桐城謬種』、『選學妖孽』斂跡，讀懂古文及古書的越來越少，能作文言文及駢語的青年恐已寥若晨星。然而，『孔家店』似倒非倒。舊戲曲忽衰忽興。『鴛鴦蝴蝶派』亦存亦亡。『德、賽兩先生』半隱半現。大可異者，『非孝』之說不聞，而家庭更趨瓦解。戀愛自由大盛，而買賣婚姻未絕。『娜拉』走出家門，生路有限。『子君』去而復返，仍傍鍋臺。一方面婦女解放直接進入世界新潮；另一方面怨女、曠夫、打妻、罵子種種遺風未泯。秋瑾烈士之血不過是楊枝一滴。……」〔註17〕這不能不透露出濃重的沮喪感。

這樣的情形，既表明啓蒙的迫切性，卻又從另一個側面否定著實現啓蒙理想的可能性。當 80 年代的陳家村裏，仍然飄蕩著阿 Q 的影子，四川的鄉村

〔註17〕金克木《百無一用是書生》，《讀書》1985 年第 5 期。

裏，仍然有買賣婚姻攫奪少女的青春，而且，幾近絕跡的吸毒、賣淫等醜惡
現象又一次死灰復燃，啓蒙的力量和成效何在呢？進入 90 年代第一春，一部
電視連續劇《渴望》風靡大江南北，幾位作家所精心策劃的，被按照傳統的
「東方女性」標準塑造的劉慧芳，溫柔敦厚，逆來順受，面對種種的不公正
和苛刻的索求，她無怨無悔，默默忍從，博得了眾多觀眾的眼淚和同情。《渴
望》是在社會生活處於轉折時期，由高歌猛進到停滯和低落之際，傳統文化
和保守主義回潮的社會心理的折射。

　　而且，最重要的是，啓蒙主義究竟是中國的迫切需要，還是知識分子的
自作多情？自以爲握有精神和理論的利器，自以爲能夠高舉「引導國民前進
的火光」，卻忽然發現身後並沒有多少人跟上來，自己卻正在被社會冷落和遺
棄，這眞是莫大的諷刺。在一次討論轉型期價值觀問題的座談會上，一群中
青年學者對人文知識分子的價值作了這樣的思考——與會學者認爲，80 年代
初期，各界知識分子以思想解放運動爲軸心，創造了一個偉大的被稱之爲「新
時期」的文化時代。中國知識分子歷經磨難，終於走出歷史陰影，站在改革
開放實踐的前列，這是一個令知識分子激動和充滿激情的創造的時代，也是
其自身價值非常輝煌的時代。但是，80 年代後期，在商品經濟和市場經濟大
潮中，民眾有了自己的實踐方式、生活方式和價值判斷。於是，曾經起過啓
蒙作用的人文知識分子陷於失落、迷惘中。對此，與會學者認爲，市場經濟
與社會轉型把知識階層拋至邊緣的地位，從某種意義上說這未嘗不是件好
事。這種狀態有可能促使知識階層正確認知自己的角色地位，從而重新劃定
自己的學術空間和探索的規範。〔註 18〕這裡的豁達和自省，固然表現了喧囂
復歸於平靜之後的洞達心態，但其中畢竟包含了被迫和無奈。社會的現實與
啓蒙的終結（中斷），人文知識分子的惆悵和失落，這些，畢竟不是由於文化
人的主動選擇，恰恰相反，它與我們的初衷相去甚遠。爲我們所懷戀的 80 年
代中期的文化繁榮，究竟是「過去的好時光」，還只是曇花一現？文化之繁榮，
究竟是靠社會環境的容受，還是靠文化人自己的確切不移的勞作和努力？當
啓蒙主義在現實中難以爲繼的時候，應該懷疑乃至摒棄的，是啓蒙的方式及
其部分內涵，還是連啓蒙主義也統統棄之如敝屣，掉頭而去？

　　數年之前，一位學者在《周作人傳》中，論述周作人的啓蒙主義的困境

─────────

〔註18〕趙劍英《首都中青年學者座談社會轉型期價值觀念問題》，《光明日報》1994
　　　　年 3 月 30 日。

時，說了一段極其透闢的話：

> 思想文化的啓蒙必然導致被啓蒙者變革現實的直接政治行動，這
> 是啓蒙者無法預先控制的。擴大了説，這是一切思想啓蒙者必然面臨
> 的「兩難」境地：或者與自己的啓蒙對象一起前進——從思想走向行
> 動，不僅必然按照「行動」（特別是政治行動）邏輯對思想的純正性
> 作出某些必要的與不必要的修正、妥協（在行動邏輯中這兩者本是難
> 以劃分的），而且還不可避免地爲狂熱的往往是偏激的群眾所裹挾，
> 給自己帶來許多違心的煩惱，弄不好連自己也失去了啓蒙者特有的理
> 性精神，在與群眾「同化」的過程中發生自我的「異化」。如果拒絕
> 這樣做，那又會最後被自己的啓蒙對象無情地拋棄……〔註19〕

這裡所談論的不止是 20 年代的周作人，其中也滲透了對剛剛逝去的 80 年代
之時代風雲的深切體悟。

這只是危險的一個方面，但它已足以令人深省。啓蒙主義打開了思想禁
錮之閘，但它有足夠的力量規範民眾的激進和狂躁，用理性之繮繩制馭狂逸
的奔馬，還是這種奔馬與馭手的比喻便已經徹頭徹尾地錯了？

現代化與強國之夢

倡揚啓蒙精神的人們，大多沉浸在自覺半自覺的對「五四」新文化運動
的效法和摹仿的激情之中，他們試圖要重振歷史的雄風，重造知識分子的氣
候；對於啓蒙任務的艱巨和長久，還大多略而不計，估計不足，經常流露出
盲目的樂觀和自許。看到它的嚴重困難的人，則把希望轉向經濟領域，把希
望寄予經濟發展和生活改善上。

歷史學家黎澍在談到反封建的思想啓蒙任務時說，「根本的辦法，我以爲
一是發展經濟，二是提高文化，三是普遍推行民主制，杜絕個人專斷。只有
這樣，我們才能說，我們眞進步了。但這是一個非常緩慢的過程。多少年？
一百年，還是幾百年？很難說。」這樣漫長的看不到其終點的行程，難免令
人灰心喪氣。黎澍強調的是經濟基礎的決定作用，思想啓蒙仍需依賴於經濟
條件：

> 只有基礎變了，歷史發展的軌道才眞正變了。我過去曾相信情
> 形會一下子改變，現在看來不行，一定要在和平安定的環境裏，「和

〔註19〕 錢理群《周作人傳》第 219 頁，北京十月文藝出版社 1990 年版。

平演變」。革命現在看來是不得已事，最好不要革，要靠教育發達，
文化繁榮，還有民主精神生成。而這些還是有賴於生活富裕。一個
人經濟上獨立了，思想就獨立了，精神也就獨立了，否則老是想著
要去依附他人。〔註20〕

中國的民眾和中國的知識分子，延續著百年夢幻，那就是富國強兵，使東方
文明古國再度輝煌，一掃近代鴉片戰爭以來的積貧積弱，洗雪被侵略被踐踏
的國恥。本世紀後半期，它歸結為實現現代化這一具體的目標。正是在這樣
的社會思潮之下，當代知識分子也把自己的價值取向定位在現代化的實現
上。不只是從內容上，產生了為實現現代化吶喊助威的「改革文學」，在藝術
形式上，也急於創造出與現代化時代相適應的現代派文學來。倡導現代派文
學的作家理論家，懷著生怕落在現代化步伐後面的緊迫感，來不及分辨現代
派文學的駁雜和紊亂，來不及梳理它的文化淵源和文化流變，而是把它與現
代經濟發展和生產水平對應起來，加以闡釋：

> 蒸汽機發明後，人類歷史發生了很大的變化，文學藝術也起了
> 很大的變化。但我們人類的歷史現在已經又跨進了一個新的歷史時
> 代——電子和原子時代。機械手已經代替了「流血流汗」的體力勞
> 動，自動化成為了我們時代生產方式的特徵，腦力勞動已經在許多
> 先進國家也成為了國民生產總值中的重要因素。人們對事物的認識
> 也跟著起了很大的變化，因此，表現這種認識的方式也與蒸汽機時
> 代不同，在文學藝術上從而也就有許多不同的流派、表現形式和風
> 格出現。〔註21〕

> ……在它繼續發展的進程中，我們可以相信，西方現代派文藝
> 也將創作出有利於人類進步的信心百倍的理想主義的作品，描繪出
> 未來的新世界的新姿。物質文明將推動精神文明前進。資產階級的
> 現代化的物質建設正在為新世界創造它的物質條件，這種物質條件
> 也必然會為新世界創造它的精神條件。這個新世界必將到來，則是
> 毫無疑問的。〔註22〕

〔註20〕黎澍《關於「文革」產生的文化背景的對話》，轉引自《「文化大革命」中的
　　　　名人之思》，中央民族學院 1993 年版。
〔註21〕葉君健《現代小說技巧初探・序》。花城出版社 1981 年版。
〔註22〕徐遲《現代化與現代派》。《外國文學研究》1982 年第 1 期。

葉君健和徐遲，都是老一代作家，他們不只是精通外語，還有過在國外生活和訪問的經歷；他們都是既做文學翻譯又從事文學創作的，對西方的社會生活和文學狀況都有相當瞭解：那麼，何以他們的上述表述都變得如此的樂觀而天真呢？如果不是因為對現代化渴盼已久、求勝心切，而且是充滿信心，怎麼會對西方現代派文藝的前景如此看好？須知，在徐遲作如上判斷的時候，西方現代派文藝的全盛期早已成為歷史，而且也未曾顯示其重新出現轉機的徵兆。

　　如果說，這是因為對現代化抱有滿腔熱忱而出現的善意的誤解，那麼，關於「新權威主義」的倡導，則可以說是為了實現現代化的宏偉目標而不惜付出沉重代價的文人心態。1986 年春夏之交，學者張炳久在北大和中央黨校舉辦的關於政治體制改革的「沙龍演講」中，首倡新權威主義，提出通過「精英政治」穩步推行市場經濟，最終實現多元民主。至 1988 年，引發出關於這一命題的大討論。關於人文主義與科學主義、關於人道和啟蒙的話題，大多是在思想文化領域裏展開，而較少進入現實的功利和實施層面；新權威主義卻是與現實的政治運作密切相關，或許可以說，這是當代中國的知識分子力圖參與和改善現實的政治體制，從而不只在思想文化的形而上領域，也在政治運作中發揮自己的作用而努力。

　　從邏輯的運演上來講，新權威主義的倡導並非說不通的，它正視了中國民眾的基本素質之低下，也明曉啟蒙主義任重道遠，難以立竿見影；而市場經濟的建立和奏效，又非得有穩定的社會環境和政治保障──它弱小、稚嫩、格外容易受傷害，格外需要精心培育。為此，在避害取其輕的權衡之下，與其在經濟活動與政治運作的互相摩擦和牴牾之中兩敗俱傷，當然不如以對社會民主的部分犧牲為代價，換取長遠的進步和發展。

　　這不能不使我們想到當年孫中山先生的治國方略。他正是看到了國民的素質低下，一向缺乏民主的薰陶，又無法在短期內把他們提高到理想的高度，孫中山才提出，要先經過軍政和訓政的階段，然後才能還政於民，實現民主政治。這和新權威主義的主張不無暗合之處。

　　這也令我們想到十年動亂。從某種意義上來說，那的確是實現了最大程度的民主和給予了民眾極大的自由，它是以巴黎公社的大民主為榜樣的。然而，它並沒有產生任何積極的建設性的成果，卻帶來了全面的破壞和經濟的瀕臨崩潰。或許，先現代化，後民主化，也不失為一條可行之路。

　　還有爲人們所津津樂道的亞洲「四小龍」。它們的經濟發展速度，令世界
爲之驚歎。長久的專制政府，不但沒有影響經濟的自由發展，反而給先現代
化後民主化提供了範例。

　　如果聯想到 80 年代末發生的那場政治風波，以及它給中國的政治經濟諸
方面造成的巨大影響，那麼，新權威主義未必不是一種權宜之計。

　　然而，中國的社會狀況是如此錯綜複雜，一方面，在理論上說得通講得
明的，在現實中卻並不是必然具備可行性；另一方面，卻又因爲排列組合的
多種可能性，從某一個角度提出一種理論，便也會自圓其說，會產生相當的
影響。新權威主義的現實意義，以及先現代化後民主化的步驟，有其合理的
一面；它悖謬的一面，恐怕不在于堅持推進政治改革、堅持民主化與經濟爲
社會發展之兩翼，而在於《新權威主義的三點疑難》的作者所提出的，「用什
麼保證出現的權威主義是新的而不是舊的？具有現代化民主意識和政治才能
的人怎樣才能確立其強有力的權威地位？沒有包括公開的政治競爭和輿論獨
立評價在內的民主環境，怎樣保證出現的『新權威』是精英而不是別的什麼？」
〔註23〕那些出於對封建專制的警懼而批判新權威主義的人們，自然是具有理
論上的優勢和情感上的激切的，但是，它卻並不能令人信服。新權威主義討
論的是政治運作的可能性問題，而不是要不要民主、要不要政治改革的原則。
但是，新權威主義的提出，恰恰又背離了它自己的規則，它所認定是現實可
行的東西，其實並不具備現實可行性，那就是新權威如何產生，以及它如何
取代舊的權威，這種取代又要以社會穩定和政局的平靜爲其「和平過渡」的
首要條件。那麼，通向這一目標的道路在哪裏？走向現代化，是一個漫長的
歷史過程，包含了許多現實的和虛幻的內容，當新權威主義者自以爲尋得了
一條現實的功用性的道路的時候，其實，這條路確實是虛浮在海市蜃樓中的。

　　與之互相映襯的，則可以拈出《河殤》來。新權威主義的倡導是要以中
止和延後民主化進程以便全力以赴地推進經濟現代化的進程，《河殤》則是不
惜以對民族文化和傳統的全部揚棄爲代價而奔向「蔚藍色」所代表的現代文
明，宣佈黃河文化的衰亡，討伐龍文化和長城的自我閉鎖，評說千秋功罪，
以便更快地邁向現代文明；迫切之情，溢於言表。

　　情繫現代化，人們在爲現代化的實現尋找各種各樣的方式和途徑，寧願
爲此而苦熬苦忍，以現世的某些利益和原則的喪失，作爲將來的理想實現的

〔註23〕《1976～1992 中國政治風雲錄》第 208 頁，改革出版社 1993 年版。

預支代價。在現實生活中，是蔣築英、羅健夫、鄧稼先這樣一批知識分子，在低收入高付出、超負荷大工作量下積勞成疾、英年早逝的殉身，在思想文化中，則是這種把價值歸依寄寓在現代化的實現上，不惜抑制民主、決裂傳統；兩者的表現形態雖然各不相同，但其心理趨向卻有暗合之處——前者是以個人的生命做了犧牲，後者則不惜以民主和傳統文化爲犧牲。價值合理性的衝動，道德合理性的自許，又一次排斥了形式合理性和方法的合理性。現代化，被賦予了至高無尚的、絕對化了的價值。通向現代化之路上拋灑的血淚，發達國家中伴隨著現代文明而帶來的種種社會病，以及西方現代派文學中那強烈的社會批判和自我否定的色彩，人們都遠遠沒有加以考慮。

學者丁濤在批評《河殤》及它反映的那種社會心態時說，「我們說，民族的心靈在痛苦，這不假，但絕對不是因爲『文明衰落了』，反而莫如說是由於急於擺脫這種已衰落的文明，而又苦於擺脫不得而感受到的痛苦。不是尋夢，而是惡夢，夢魘般的沉重與痛苦。對於正在騰飛的中國人來講，不但要承受死人窒息活人之苦，而且還要承受現代化進程所必然帶來的種種痛苦。中華民族將在雙重的痛苦中邁嚮明天，心中都懷抱著很自然的希望，希望改革帶來生活的改善與富足。然而，對於改革可能付出的代價和犧牲，人們是沒有什麼心理準備的。西方各國，到達今日的繁榮，幾百年間，人民所付出的代價是多麼巨大！這一大份遺產，理應成爲我們實現現代化的殷鑒。人類的文化發展到今天，正待解決的時代課題，是對蔚藍色文明的反省意識。西方自盧梭、康德以來，便建立起堅固的批判哲學的傳統，西方的近現代文化，正是在對自身深刻而自覺的反思中創建著自身。盧梭是在法國大革命的前夕，對傾畢生之力而奮鬥的未來社會，發出大膽的懷疑；康德身處的德國，所面臨的實際任務，是消滅封建專制，結束中世紀社會，然而康德的眼光，卻緊緊看著即將到來的明天的文明，深刻地感受並指出新紀元的文明所帶來的人類痛苦的二律背反。資產階級啓蒙者們高揚理性，尊崇科學，而盧梭與康德，恰恰指出理性內在的矛盾，科學的有界性。偉大的戲劇家莎士比亞，同樣站到了與康德並肩的歷史高度，他筆下不朽的哈姆雷特，其偉大的猶豫，正是出自於理性的眞知灼見，把本民族的文化提高到人類文化的巔峰上來加以關照，把世界性的時代課題放在本民族的土壤上來加以回答，這才是每一個民族思想家們所應還給人民的思考與激情。」〔註24〕

〔註24〕丁濤《〈河殤〉的失落》，《中國文化報》1988 年 7 月 31 日。

是的，當理論家們對現代化之光翹首以盼，蜂擁而前的時候，他們負載的是一個半世紀的心理積澱，而忘記了我們在書籍報刊、大會小會上說得爛熟的辯證的眼光，把現代化的理想絕對化了，彷彿只要跨進現代化的門坎，一切問題就可迎刃而解。50 年代的「共產風」，60 年代的「史無前例」的「文化大革命」，其實都是在同一種思維模式下形成的，儘管主語不斷變化，語法和邏輯卻未曾改變，都是爲了明天的某種理想而犧牲現實。令人想起魯迅先生當年的質問：你們把黃金世界許給了明天，卻有什麼留給今天？

生活之樹常綠，而理論則往往是灰色的，與現實生活保持了緊密聯繫的作家，顯然是從生活中受到啓迪，而保持了某種清醒的和批判的目光。張賢亮的《男人的風格》中，代表新一代人的兒子向擔任市委書記的父親陳抱帖進言：「我只希望你領導建設的社會主義，是人人都高高興興地願意在裏面生活的社會主義，不是那一種雖然有吃的穿的，卻讓人處處找到不隨心、不痛快的社會主義！」這幾乎是巧合地預先回答了新權威主義的倡導，卻也表明了現實生活的邏輯力量。

對於現代化進程的某些困惑，更多地是通過經濟發展與道德淪喪和傳留久遠的民風民俗、田園意境的衰亡而展開的——

沿襲多年的鐵飯碗打破了，生產承包和分配製度的改革，不光是取代了平均主義和「大鍋飯」，也使得人們因爲循從舊管理制度所養成的惰性心理受到衝擊，感到陣痛。這是鄧剛的小說《陣痛》；

貧困的生活，使農民造新屋的願望幾近於奢想，時代的變革，使這奢想化作了現實，但剛剛因爲到處建房而興旺起來的畫屋業，以及它所代表的民俗文化，又隨著一座座樓房的興建而告終結。這是李杭育的小說《沙竈遺風》。

還有王潤滋，在他的發表於 1980 年的小說《賣蟹》中，較早地捕捉到商品經濟與社會道德之間的不諧和音；在後來的《魯班的子孫》中，又進一步拓深之。因而被概括爲反映商業行爲與道德價值的悖反的「王潤滋命題」。

由更多的困惑所催生出更多的作品，也產生更大影響的，是以寫商州風情著稱的賈平凹。他的《雞窩窪人家》，曾經以質樸而又深沉地表現出昔日閉鎖的山窪人家在變革颶風中出現的新的變化，而被評論家和讀者稱贊爲表現改革的力作。尤其是作品改編爲電影《野山》之後，贏得了更多的觀眾和更多的讚譽。但是，賈平凹並沒有繼續去追蹤時代的足跡，而是開始考察變革和前進中出現的負面影響，即關於道德問題的思考。他的《小月前本》、《遠

山野情》、《九葉樹》、《天狗》，都是在鄉村中的三角戀愛之中去描寫人們的道德和心靈的世界的。那些順應時勢而成爲弄潮兒的人們，在得時代風氣之先，走向致富道路的時候，卻同時在背棄對道德的承諾，相反地，那些老實本分的青年農民，在無所作爲或探尋新路的時候，卻依然恪守傳統的道德準則。在後來的長篇小說《浮躁》中，他更是以鋪陳揚厲的筆墨，表達了他對時代的保留和批判；他勾勒出因爲時代轉折而激盪起來的人們的浮躁、盲目的心態，通過他筆下的兩位青年農民金狗和雷大空在時代激流中浮浮沉沉、得而復失的悲劇，對這一時代作出某種反詰。當金狗帶著體味世態炎涼、看破紅塵的心態，遍體傷痕心力交瘁地從城市返回鄉村的時候，作家的價值選擇，顯然是對這些農民寄予深切的關注和同情的。在被高度地擴張起來的欲望和嚮往與布滿回流和漩渦的航道之間，仍然是充滿風險和曲折的，仍然會給人們造成痛苦和血淚創傷的，舊的生活秩序已經打破，新的明天卻並沒有順暢的路途。新與舊，進步與落後，先前被認作分屬於文明與愚昧的涇渭分明的兩極，在此已經失去了界限，變得涘涯莫辯，而使先前爲改革開放大唱讚歌的作家也感到惶惑和蒼涼。

從另一個角度對現代化提出質疑的，是一群生活於現代都市裏的青年作家。他們生活在發展變化最快的大城市裏，生活在政治、經濟、文化和社會生活最先接受現代洗禮並隨之發生變化的所在，也深刻地體會到現代生活的嘈雜、混亂和對傳統價值觀念的衝擊，和社會規範的傾圮。一群正在開始自己的人生軌跡、接近自己的青春憧憬和確立自己的生存價值的青年人，在這新舊交替的時代，對傳統持一種反叛姿態，但對於現代性所伴隨的諸多現象，也保留了自己的選擇和批判。

劉索拉的《你別無選擇》則是表現出現代青年面對現實時的迷茫。在瘋瘋癲癲，故作瀟灑的表現下面，他們執著地尋求著什麼，這些學音樂的大學生，爲此付出了沉重的代價。但是，壓抑和束縛著他們的，不只是那思想僵化而又以勢壓人的賈教授，以及他所代表的陳舊傳統；而且，他們自以爲是千辛萬苦地追尋的充滿野性和荒蠻的現代音樂，也不能安慰他們的痛苦靈魂。作品中的森森，作品在國際比賽中獲了獎，然而，他聽自己的音樂，「越聽思路越混亂，越聽心情越沉重，一股冷氣從他腳下慢慢向上蔓延」；在莫扎特的音樂裏，他才得到心靈的棲息地，「頓時，一種清新而健全的充滿了陽光的音響深深地籠罩了他。他感到從未有過的解脫。彷彿置身於一個純淨的聖

地，空氣中所有渾濁不堪的雜物都蕩然無存。他欣喜若狂。突然，他哭了。」
正如一位論者所言：這是真正絕望的哭泣。森森正是從此刻的欣喜若狂當中，
看清楚了自己的失敗：他真心喜愛的其實還是莫扎特，還是「朱庇特交響曲」
那樣明快樂觀的旋律；他自己譜出的那些粗野的音響，其實並不是源於自己
的本性，而是被環境逼迫出來的呼喚，是對環境的不自覺的反叛。這刺耳的
呼聲越是動人，也是說明他靈魂的變形愈加嚴重：森森一旦悟出自己的獲獎
是付出了什麼樣的代價，他能不失聲痛哭嗎？〔註25〕

審美境界：從康德到尼采

對現代化的關切，是維繫著人們的現實利益的；當然，這種利益包含有
諸多方面的：從經濟狀況的改善，到自我價值的實現。另一方面，在形而上
的領域裏，則有一批學者把他們的價值歸依寄望於審美境界，在審美和藝術
中實現自我拯救。

這種自我拯救，不只是說，許多的人都在十年動亂之後由原先各自的職
業而選擇了文學，並且把文學作為能夠充分地表達他們的喜怒哀樂和所思所
感的唯一方式；而且是說，他們把審美和藝術提高到人生哲學的制高點上，
希望在美的天地裏實現精神的自由和人的解放。

老作家汪曾祺，以他的作品的東方神韻而令人稱道。在他眼中，著述《論
語》的孔子不只是很有人情味的人，並且是個詩人。他特意指出《論語》中
的篇章來作例證——暮春時節，草長鶯飛，春裝新試，沐浴於春水之中，在
原野上頌詩作舞，與弟子和學童一道，其樂融融。汪曾祺讚歎說，「這寫的實
在非常的美，曾點的超功利的率性自然的思想是生活境界的美的極致。」〔註
26〕在東方的天人合一、率性自然的審美情致中，汪曾祺找到了生活的至高境
界。

不過，更多的美學家和文藝家，在體認審美境界是人生最高境界的時候，
走的卻是另一條路，是由康德到尼采，是對德國浪漫派美學的某種認同。同時，
對馬克思的《1844年經濟學——哲學手稿》的關注，不只是激發了人們重新思
考人的意義，而且也由此加深了對馬克思學說中的美學觀的理解。這兩條路線，
有時互相交疊，有時相互背離，在撲朔迷離之中，卻有著內在的同源性。

〔註25〕王曉明《疲憊的心靈》，《上海文學》1988年第5期。
〔註26〕汪曾祺《自報家門》，《作家》1988年第7期。

　　率先接近康德的李澤厚就說過這樣的話，「當看到馬克思主義已被糟蹋得眞可說是不像樣子的時候，我希望把康德哲學的研究與馬克思主義的研究聯繫起來。」「馬克思主義哲學本來就是從康德、黑格爾那裏變革來的；而康德哲學對當代科學和文化領域又始終有重要影響，因之如何批判、揚棄，如何在聯繫康德並結合現代自然科學和西方哲學中來瞭解一些理論問題，來探索如何堅持和發展馬克思主義哲學，至少是値得一提的。」〔註 27〕而正是在論述康德哲學的時候，李澤厚指出，美的本質是人的本質的最完美的展現，美的哲學是人的哲學的最高級的峰巓。康德把審美作爲連接人的認知和倫理即眞與善之間的橋梁，李澤厚則用馬克思關於「自然的人化」和「人化的自然」的理論改造和充實這一橋梁，把它提到最高的地位，賦予它一種終極的價値──

　　　　審美作爲與這自由形式相對應的心理結構，是感性與理性的交
　　融統一，是人類內在的自然的人化或人化的自然。它是人的主體性
　　的最終成果，是人性最鮮明突出的表現。在這裡，人類（歷史總體）
　　的積澱爲個體的，理性的積澱爲感性的，社會的積澱爲自然的。原
　　來是動物性的感官自然化了，自然的心理結構和素質化成爲人類性
　　的東西。如果說，認識論和倫理學的主體結構還具有某種外在的、
　　片面的、抽象的理性性質，那麼，只有在美學的人化自然中，社會
　　與自然，理性與感性，歷史與現實，人類與個體，才得到眞正內在
　　的、具體的、全面的交融合一。如果說，前二者還是感性中內化和
　　凝聚的理性，那後者則是積澱了理性的感性；如果說，前二者還只
　　表現在感性的能力、行爲、意志中，那麼後者則表現在感性的需要、
　　享受和嚮往中得到的人與自然的統一。這種統一是最高的統一。也
　　是中國古代哲學講的「天人合一」的人生境界。這是能夠替代宗教
　　的審美境界，它是超道德的本體境界。〔註 28〕

李澤厚標擧的是感性與理性的統一，是隨心所欲不逾矩的人生狀態；與之相近，卻更加強調審美的解放意義和自由本性的，是另一位美學家高爾泰。他用散文詩一樣的語言寫道：

〔註 27〕李澤厚《批判哲學的批判》（修訂本）第 441 頁，人民出版社 1984 年 6 月第 2
　　　　版。
〔註 28〕李澤厚《批判哲學的批判》（修訂本）第 435～436 頁，人民出版社 1984 年 6
　　　　月版。

　　美是自由的象徵，所以一切對於自由的描述，或者定義，都一概同樣適用於美。

　　如果說自由是目的，那麼同樣可以說，美是目的。

　　如果說自由是手段，那麼同樣可以說，美是手段。

　　如果說自由是手段和目的的統一，那麼同樣可以說，美是手段和目的的統一。

　　如果說自由是一種體驗，一種經驗形態，一種快樂和幸福，那麼同樣可以說，美是一種體驗，一種經驗形態，一種快樂和幸福。

　　如果說自由是規律性和目的性的統一，是主體和客體的統一，是內在的精神世界同外在的物質世界的統一，那麼同樣可以說，美是規律性和目的性，主體和客體，內在的精神世界同外在的物質世界的統一。〔註29〕

在這裡，自由並不是抽象和空洞的理念，而是與人的創造活動聯繫在一起的，「創造，這是人類自由的主要形式。這種形式，也是審美活動和藝術活動的主要形式。」「通過自由而有意識的活動，人不僅創造了世界，也創造了他們自身。」〔註30〕審美活動和藝術活動，正是這創造的一部分，是一種偉大的精神創造；它可以把人從歷史的異化和一己的憂患得失中解放出來。高爾泰的「象徵」一詞，則是指稱美是現實之自由的折射，是人類解放的預兆，「馬克思把迄今為止的全部世界歷史，稱之為人類的史前史，他指出真正的人類歷史，是在消滅了分工和私有制、實現了共產主義以後才開始的。就審美事實的屬性來說，恰像是那將來時代的一個消息，恰像是那光明燦爛的白天的到來之前的一線曦微的曙光。」〔註31〕這裡見出高爾泰與李澤厚的區別：雖然他們都是高張審美之意義的，但是，對於李澤厚，他的審美境界是獨立自足、以自身為旨歸的，對於高爾泰，審美的自由會導向未來的人類解放，是一種導向彼岸的象徵。

　　也許正像里夫希茨所言，在人們的審美活動中，即使是處於奴隸制、農奴制、資本主義制度的壓迫之下，也有可能形成另一種更優秀的人，一種無

〔註29〕高爾泰《美是自由的象徵》，《論美》第36～37頁，甘肅人民出版社1982年版。

〔註30〕同上，第37頁。

〔註31〕高爾泰《美是自由的象徵》，《論美》第77頁，甘肅人民出版社1982年版。

愧於自己的社會本質、同自然和自己本身和諧一致的人。正是通過「美」的形式，人們清晰地看到了他們所朦朧地意識到的社會生活理想——主體與客體的、對象世界與人的活動的統一。這就是以往的美學著述所包涵的最深刻的內容。〔註 32〕惟其如此，那些叩問哲學之謎、叩問人之謎的學者，都會先後把他們的視線轉向審美，從審美活動中獲得超越和救贖。惟其如此，才會有與「人學」大盛相伴隨的「美學熱」。

劉小楓的《詩化哲學》，在某種意義上代表了青年學人的美學趨向。他也把美學思考投向德國的哲人，不過，他不是像李澤厚那樣去澄清撲朔迷離的康德學說，也不是從純學術研究的角度去評述德國古典美學（如撰著《德國古典美學》的蔣孔陽所為），而是帶著自己對人生、對存在的思索，去古老的哲學之鄉德意志求解的。他給美學在哲學中確定位置說，美學作為哲學的殿軍，「必須關心人的現實歷史境遇，關心人的生存和價值和意義，關於有限的生命的超越」，〔註 33〕這和老一代美學家們相去不遠。但是，在李澤厚和高爾泰那裏，美學所要解決的，是人的解放，是自由的展望，是和政治性的思考分不開的；劉小楓所關注的，卻是從對工業文明的憂慮之反思和批判入手，去把握德國哲學的內在理路。李澤厚研究康德，是以通過審美判斷溝通、協調認識理性和道德倫理，以實現感性與理性的和諧統一，實現知、情、意三者的和諧統一，帶有更多的古典色彩。劉小楓討論德國美學，卻是著意突出其浪漫主義的特徵，強調它對自我、直覺和情感的推重，而對創造了現代工業文明的唯理主義和科學精神保持有深刻的懷疑，反抗日益功利化、機械化的現實。劉小楓概括浪漫美學的特徵說：

　　……在這美學的洪流中，浪漫美學一直保持著自己的獨特個性。……他們始終追思人生的詩意，人的本真情感的純化，力圖給沉淪於科技文明造成的非人化境遇中的人們帶來震顫，啟明在西方異化現象日趨嚴重的慘境中吟痛的心靈。一百多年來，浪漫美學傳統牢牢把握著如下三個主題：一、人生與詩的合一論，人生應是詩意的人生，而不應是庸俗的散文化；二、精神生活應以人的本真情感為出發點，智性是否能保證人的判斷正確是大可懷疑的。人應以自己的靈性作為感受外界的依據，以直覺和信仰為判斷的依據；三、追求人與整個大

〔註32〕里夫希茨《馬克思論藝術和社會理想》第 397 頁。
〔註33〕劉小楓《詩化哲學》第 2 頁，山東文藝出版社 1986 年版。

> 自然的神秘的契合交感，反對技術文明帶來的人與自然的分離和對
> 抗。在這些主題下面，深深地隱藏著一個根本的主題：有限的、夜露
> 銷殘一般的個體生命如何尋得自身的生存價值和意義，如何超逾有限
> 與無限的對立去把握著超時間的永恒的美的瞬間。〔註34〕

與其說這種近似於中國魏晉六朝文人對短暫、有限之人生的美學沉思是德國近代美學的特徵，勿如說，這是劉小楓循著自己對「夜露銷殘一般的個體生命如何尋得自身的生存價值和意義」的質詢，而借助於德國的詩人和哲學家的作品梳理自己的思路。他曾經說過，德國浪漫美學大都不作學院式的四平八穩的美學研究，無意於尋求關於美、藝術、審美情感等概念的教科書式的規範定義，也無意於從某一現代人文學科的成果出發，去解釋審美現象，不想去建立一套面面俱到的美學理論架構，而徑直奔向人的本體性思考。劉小楓自己的研究方式也是這樣，與其說他是冷靜而理智的學者，莫如說他更看重詩意的生命感悟，靈性的體驗。因此，他繞開了以客觀的理性的態度對待美學問題的歌德和黑格爾，以康德的主觀體驗本體論美學為出發點，經由諾瓦利斯、費希特、施勒格爾、到叔本華、尼采的生命意志和酒神沉醉，一直推演到現代的生命哲學、解釋學、新馬克思主義，去探索人生之詩化的可能性和現實性。

在詩意地棲居於人世的命題中，劉小楓給短暫的有限的人生蒙上一層詩意的光芒，愛與美、回憶與想像、靈性與詩心，足以給被工業文明扭曲、窒息的心靈以復蘇和潤澤。他也曾論及叔本華和尼采，但並未給其以過多的關注和顯赫的地位，而只是作為浪漫美學中的一個環節。但是，就在《詩化哲學》問世前後，尼采和叔本華，卻出人意料地在中國大陸尤其是青年學人中突然流行開來，西方哲學史上的異端、「超人」，忽然在東方遇到知音。

尼采之最著名的口號，「重新估價一切價值」，當然是最迷人的，他為那些面對現實充滿憤懣和不滿的人們提供了一種思想批判和社會批判的武器。重新估價一切價值，是最簡明最強烈也最情緒化的，它來勢洶洶，似乎是所向披靡，但並沒有給思想文化界留下多少深刻的印記。從理論上來講，把艱深的哲學體系簡化為一句話，必然是破綻百出，誰來估價，誰有資格有權利充作宣判者，以及取代現行價值的新價值何在，這種新價值又怎樣證明自己的合法性和權威性；在這些必要的前提都沒有弄明白之前，重估一切，必然

〔註34〕劉小楓《詩化哲學》第11頁，山東文藝出版社1986年版。

地帶有極大的盲目性、情緒性和破壞性。從現實性講，十年內亂中的打倒一切、全面否定，記憶猶新；而改革大潮中湧現出來的新的事物、新的思想、新的文藝現象，還非常稚嫩，還帶有先天的不足和後天的失調；但這並不就是將其統統絞殺的依據，相反，它更應該得到更多關心和扶持。因此尼采的文化批判精神，只是在青年人之中激起了巨大的喧嘩和騷動，並以其桀驁不馴、睥睨一切的個性給他們以行動的勇氣和力量，而沒有對思想文化界留下多少深刻的印記。

相反地，尼采的美學思想，卻給當代學人以強大的影響。他所倡揚的「酒神精神」，已經內化在當代中國美學和文藝學之中。「隨著尼采著作的逐步譯介到中國，人們發現，尼采那富有傳奇色彩的執著、浪漫的一生，以及他那詩一般的語言風格、那狂放不羈的行文、那深刻、富於洞見的思想似乎更接近於注重表現的中國美學性格」，〔註35〕此言極是。尼采的推重生命直覺、本體感悟和陶然沉醉、物我兩忘的境界，以及行文中的詩意和狂放，都和中國傳統美學有許多暗通暗合之處。遙想當年的朱光潛，既對中國傳統文化有深厚造詣，又遊學歐陸多年，潛心於哲學和美學研究，卻皈依於尼采和叔本華的門下，並非偶然。80 年代中期的一批青年學人，如《悲劇的誕生》的中文新版的翻譯者周國平，和前面論述過的劉小楓，都對尼采和叔本華的美學思想進行了大量的評介。日神精神和酒神精神，都對當代文學藝術產生了相當影響。張藝謀執導的著名影片《紅高粱》，就承襲並強化了莫言的同名小說中張揚的自由、狂放的中國的酒神精神，特意增加了載歌載舞的「酒神祭」的場面，濃墨重彩，酣暢淋漓。

不過，更深刻地切入尼采，從主觀生命體驗和張揚的角度認同尼采的美學思想的，是劉曉波《審美與人的自由》。其實，正如任何反叛傳統的人都無法完全背棄傳統，任何企望遺世而獨立的人都無法斬斷他與現實的種種聯繫一樣，該書對審美境界與人的解放、人的自由之關係的理解，與李澤厚、高爾泰並無大的區別，也復述過審美是人的自由的象徵這一命題；同時，在推重審美活動對理性和工業文明的批判和超越上，也與劉小楓並無二致。劉曉波同樣是以審美境界為人生至境，但他更標舉審美活動中的個性張揚、悲劇意識、衝突與逆反中的創造和非理性主義，從主體上認同了尼采的酒神精神。

〔註35〕王寧《西方文藝思潮與新時期文學》，《西方文藝思潮與二十世紀中國文學》第 411 頁，中國社會科學出版社 1990 年版。

個性內涵豐富多彩，該書卻獨標感性，要在審美活動中放逐理性，「審美決不是感性與理性、情感與思想的統一，而是感性與超感性、外在形式與內在意味、有限與無限、實與虛的統一。藝術的外在的、可感的、有限的感性形式中所蘊含的內在的、無限的意味儘管是超感性的（只限於人的感官可以直接感受到的意義上的感性，而從生命本體上看，人的生命存在和動力是感性的），但它決不是理性或思想的內容，而是非理性的情感內容，如幻覺、錯覺、夢、潛意識等等。如果承認審美是感性和理性的統一（特別是在我國的美學理論界），那就等於把藝術形式所表現的意味限制於思想這一極為狹窄的範圍內，就等於承認公式化、概念化的圖解也是藝術，等於允許用單純的思想標準去欣賞和評價藝術，等於把藝術賣給了理論、政治和道德。」〔註36〕

在討論審美共鳴的幾種類型時，劉曉波聲稱，最有深度、也最有震撼力的是衝突型或逆反型共鳴。這種共鳴不是來自欣賞者與藝術作品之間的心心相印的和諧，而是來自互相對立的衝突——這不禁讓人想起西方的古典美學中對崇高美的論述。但是，他又把它的內涵加以改變了，融進了現代美學中的審醜和審惡：「與之相伴隨的情感體驗不是親切感、故園感、同情感和敬仰感，不是激發人的意志，而是陌生感、異地感、恐懼感或厭惡感，是令人絕望。在這種關係中，審美對象所呈現出的是一個惡魔般的世界，到處是陰森、冷漠、鮮血、搏鬥以及人的可怕的破壞欲、佔有欲，征服欲的大爆發。主人公既不是值得同情的弱小，也不是一見如故的朋友，更不是人格高尚的榜樣，而是邪惡而又充滿力量，卑鄙而又智慧超人，是魔鬼撒旦。」「西方的現代藝術中有不少作品所呈現出的就是這樣一個惡魔般的審美世界。混亂、掙扎、絕望、冷漠、虛無、頹廢，畫面失去了古典美的均衡、協調，形象失去了古典美的英雄氣質，看了這些作品，你會覺得那些藝術家們都瘋了，而這種瘋狂正是人類命運的一種存在狀態。」這種瘋狂、邪惡、絕望，在擊打著人們的脆弱心靈，摧毀著人們的浪漫幻想，折磨著人們的敏感神經。

在這裡，破壞的對象是非常明顯的，即人們對於真、善、美的憧憬，建設什麼，卻是語焉不詳。劉曉波的審美理想，贊同它，可以有許許多多的理由，否定它，也可以有許許多多的理由；我想說的是，從李澤厚到劉小楓以至在以審美作為人生的至高境界和向德國美學尋求答案的共有框架下，卻出現了有趣的排列：

〔註36〕劉曉波《審美與人的自由》第 55 頁，北京師範大學出版社 1988 年版。

從理性主義者的審美觀，到浪漫詩人式的美學觀，再到生命哲學家的美學觀；

從對理性、感性與倫理三者的平衡調諧，到對感情因素的突出和對與工業文明相聯繫的理性精神的懷疑，再到置感性於獨一無二的地步，把感性的膨脹和擴張視爲至境；

從把審美作爲一種建構的力量，融接認識論與價值論，到把審美作爲對機械文明的逃避和心靈撫慰的憩園，再到以審美去破壞和毀滅人們的認知與善良的幻影；

這樣，當審美的境界由通向彼岸世界的橋梁，到如朝露日稀的有限生命的棲居之地，再到充滿破壞和毀滅、恐懼和瘋狂的超人世界，它的建立之時，恐怕也就是它的毀滅之時——當「破壞中的建設，叛逆中的創新」實現的時候，自己精心構築的審美理論，便也被這破壞與叛逆的精神所拋棄了。新的建設和眞正意義上的創新，卻並沒有隨之而生長。酒神精神，本是在這大毀滅、大痛苦中體味瘋狂和暈眩的；人之初，性本惡，也在對惡的體驗中獲得滿足。曾有人言，爲什麼在有些偉大作家的筆下，最深刻的人生哲理和生命體驗往往出自瘋子、騙子、流氓、惡棍、魔鬼之口？爲什麼藝術作品中所表現的極端邪惡的力量能夠產生撼人心魄的藝術魅力？就是因爲這一切都是人所具有的，是發自人的最深層的本體世界的生命動力。與人的生命動力相比，理性、道德、良心不過是人類對自身的破壞力的恐懼的產物，是亞當和夏娃用來掩蓋裸體、以便平衡心靈傾斜的遮羞布。人類文明的主要功用之一便是充當這塊遮羞布。在這裡，感性與理性的對立，進一步推演爲本能與文明的對立，而比起原始本能來，文明又是如此蒼白無力，還有什麼建設可言！

路漫漫其修遠兮，吾將上下而求索。經過這 10 餘年的苦苦探求和艱難跋涉，從科學主義與人文主義的消長，到啓蒙精神的兩難困境，再到對現代化的認同和對審美境界的嚮往，才能眞正感受到屈原這兩句詩的沉甸甸的分量。

中國古代哲學中有一個至關重要的術語：道。這既是指一種終極的價值，即大道，又是指通向這終極價值的道路和方法。在方法與目的的統一中，去完成對理想的追尋和實現，這的確具有非常誘人的魅力。

然而，我們今天面對的，卻是這種道路與未來、方法與目的的雙重困惑，科學主義思潮的興起，表明了我們對既有方法和道路的懷疑。然而，當用科學主義去解釋我們既成的結論的時候，它所完成的，只不過是傳統方法的變

奏而已；若是依照科學方法論自身的規則，毫無目的性約束，我們又會被引導向何方？當自然科學的飛速發展，使大規模的毀滅性武器和半人半獸的雜交怪物已經具備現實性和可能性，自然科學界都在呼籲科學倫理學，要用必要的倫理道德對科學發展的方向加以規範，科學還是萬能的嗎？科學主義能把我們引渡到幸福的彼岸嗎？

與科學主義相近的，是對於現代化的渴盼和寄予厚望，並為此而不惜付出諸種代價和犧牲。不準確地說，在我們的視野裏，科學主義與現代化是互為表裏的，現代科學技術，才帶來了我們所理解的現代化；反過來，現代化的諸方面，科技現代化又是最重要的。於是，對科學主義的懷疑，同樣可移置於對以現代化為終極價值之選擇：從方法和道路上講，10 餘年來，我們一直處於尋求和探索之中，沒有現成的平坦大道，只有「摸著石頭過河」；從目的論來講，現代化並非是理想天國，它在取得社會進步的同時，也帶來生態破壞、環境污染、人際關係金錢化、社會道德水準下降等弊病，西方的社會進程已經證明了這一點，我國的沿海地區和大城市的現狀，也在證明這一點。而且，在新權威主義的倡導者那裏，現代化更多地意味著經濟的發展，是功利性的，人的現代化又在哪裏呢？

審美境界，似乎是這種現實功利性的反駁。它關注的是精神的境界，是超功利性的、非關利害的，是方法論與目的論的統一，是形式合理性與價值合理性的統一。然而，在李澤厚和高爾泰那裏，它顯得過於宏闊、過於樂觀，承擔起幾乎是拯救世界的使命；在劉小楓那裏，它又過於神秘和深邃，帶有濃厚的神秘和不可知論色彩，而且還清冷幽暗；劉曉波的美學至境，本來就是為少數強者所設定的，又以破壞性為前提，那麼，在舊的殿堂已經拆毀，新的華廈尚且遙遙無期的時候，人們到哪裏去審美或者審醜審惡？更重要的，審美至境，畢竟是精神的「奢侈品」，是心靈的最高享受，高則高矣，卻是：只恐瓊樓玉宇，高處不勝寒。這就是這些美學家在標明他們的理想所在之後，卻自己就不肯在其中久棲久留，「詩意地棲居」其間。在社會現狀未得到長足發展和改善之前，對審美至境的張揚，是很容易幻滅的。難道不是嗎？

對啟蒙使命的確認和對人文精神的倡揚，同樣未能如人意。如果說，科學主義、現代化迷戀和審美至境，首先是為己的，既為了知識分子自己，為改善自己的研究方法和確立自己的價值歸依，而且也更多地是為人的、為社會的，它面向大眾，面向現實，是為了人民大眾的思想意識之提高，以直接

推進人的現代化的。然而，用什麼東西去啓蒙，和以什麼方法去啓蒙，卻的確是無法解決的難題。其一，方向永遠是對的，道路卻可能永遠是錯的。從理論上來講，知識分子傳播現代文明，刻不容緩，責無旁貸，但它一旦付諸實施，要麼是空有壯懷激烈，卻無人響應（如魯迅小說《藥》和《孤獨者》所描寫的那樣），要麼是喚出民眾的非理性的、盲目的社會運動，溢出啓蒙和理性的河床（如錢理群在《周作人傳》中所揭示的那樣），二者皆不能令人滿意。其二，救人與救己的關係。傳說中的呂洞賓，一個窮書生，在得知大道之後，發誓要度盡天下眾生，然後才去做無憂無慮的活神仙；中國民眾比起佛陀來，更崇敬南海觀音，也是因爲她比佛陀更多人間氣味，普度眾生；然而，普度眾生談何容易，終生碌碌，收益幾何？有人曾經發問，不能救己，如何救人？我對曰：若能救己，何必救人？這不是禪宗似的公案，而是說群己之間那難以斷然兩分的關係，最鮮明的例子，要算是佛門，看破紅塵，六根清淨，管自修煉好了，卻偏又要入世，要勸人向善，要超度眾生。這便是先知先覺者永遠的困惑，卻也給他們帶來道德和心靈的慰藉。然而，這慰藉擴張起來，卻又把他們的終極目的弄模糊了。只問耕耘，不問收穫，固然可贊，若是播下龍種，收穫跳蚤，君復何言？

曲徑迷蹤，歧路亡羊。或許，終極價值，本來只是人們的一種設定，方法道路，也不過是相對而言；二者之間，既可以有互相聯繫、互相轉換，又會互相排斥、互相割裂；而人們也只能在這樣的迷宮中永遠徘徊和摸索，營造起精神文化的一個個寓所，卻又無法就此滿足，安歇下來。猶如浮士德，以生命爲抵押去尋找至美，但他一旦呼喚出「真美啊，請你停一停，時間！」生命便棄他而去。心靈永遠處於尋找和流放之中，卻也因此獲得活力和動力。今天的知識分子，有誰能像當年留學歸國的胡適那樣朗聲宣告，「我們回來了。一切都會不同了。」〔註37〕只要能以「我思故我在」的心態去在精神的旅途上繼續跋涉，便也差強人意——

心，在尋找著歸宿，

腳，卻在召喚著道路。

〔註37〕林太乙著《林語堂傳》第 29 頁，中國戲劇出版社 1994 年版。

第九章　舊夢與新思

　　現代中國的文化建設的起點，是五四新文化運動，現代中國知識分子的形成，同樣是五四新文化運動。當人們總結歷史進程，尤其是思想文化運動和現代知識分子的精神發展史的時候，總是會不由自主地以五四新文化運動為其起點（如同李澤厚在《中國現代思想史論》中把評析五四運動的《啓蒙與救亡的雙重變奏》置於首篇一樣）；當人們思考現實有關命題的時候，也總是情不自禁地以五四新文化運動作為其參照系，以便在更廣闊的思想文化背景之下取得較為確切的評價（周揚在總結 70 年代末期由實踐是檢驗真理的唯一標準所引發的大討論時，就提出了五四新文化運動、延安整風運動和現實中進行的對兩個「凡是」的批判為三次偉大的思想解放運動）。對於文學史分期的不滿，使研究者們漸漸趨向於將所謂「現代」和「當代」的文學史打通，而建立起 20 世紀中國文學的新觀念。80 年代以來對徐志摩、周作人、胡適、蔡元培等人的重新關注，也表現出人們對於這一群五四新文化運動弄潮兒的新的理解和評價。那些以啓蒙主義為旗幟的人們，更是直接地承襲了五四精神——至少在他們自己來說是如此設想的。

　　但是，隨著時間的推移和新一代知識分子的成長，對五四新文化運動的反思，也逐漸產生了分歧和論爭；尤其是林毓生的《中國意識的危機》中提出的對五四新文化運動的批評，產生了相當的影響，更加豐富和啓發了學人的思考和批判精神。是的，途窮返本也好，追根溯源也罷，思考中國當代文化和確立當代知識分子的使命，都不能不從它的起點開始；這種思考，可以窺出當代知識分子心態的一個重要側面，理論的和情感的，懷舊的與新潮的。一切歷史都是當代史，何況這近在幾十年間、時代依然處於同一背景之下的昨天呢？

光榮與夢想

往事並不遙遠。曾經在五四新文化運動時期叱吒風雲的人物，有的長壽健在，那些辭別人世的，也都留下了他們的聲音和風采。接下來的一代代後人，無不籠罩在五四新文化運動的影響之中，並以之作爲自己的傳統，在對歷史的體認中前瞻未來。

令人驚奇的是，後來的人們，一說到「五四」，往往投入了更多的情感，更多的心理認同，那些在「五四」時代領過風騷的人們，卻容易顯得平靜和恬然。

在談到被後人推重和稱引的文學創作時，冰心以平淡的口氣述說——「我寫《繁星》和《春水》的時候，並不是在寫詩，只是受了泰戈爾《飛鳥集》的影響，把自己平時寫在筆記本上的三言兩語——這些『零碎的思想』，收集在一個集子裏，送到《晨報》的《新文藝》欄內去發表。我之所以不稱它們爲詩，因爲我總覺得詩是應該有格律的，音樂性是應該比較強的。三言兩語就成一首詩，未免太單薄太草率了。」〔註1〕

以如此恬然的神態談論往事，在群情鼎沸的愛國運動中，依然會嗅得槐花的濃香；把備受推崇的小詩的寫作，又陳述得若無其事，眞有些匪夷所思。同樣地，無論是讀郭沫若的創作談，〔註2〕還是讀胡適的《四十自述》，你都會感到，這些經歷過狂潮巨瀾的人們，是如何以平靜的口吻回顧既往的。

到巴金老人這一代，情形便有些不同了。五四新文化運動，在數十年的醞化中，已經變得如此神聖和莊嚴，使後來者們心中充滿虔敬之情。第一代的啓蒙者，新文化的奠基人，如此地令後來人愛戴和嚮往。「六十年前多少青年高舉著兩面大旗：科學和民主，喊著口號前進。我如饑似渴地搶購各種新文化運動的刊物，一句一行地吞下去，到處寫信要求人給我指一條明確的出路，只要能推翻舊的，建設新的，就是赴湯蹈火，我也甘願。和我同時代的許多青年都是這樣，雖然我們後來走上了不同的道路。我們是五四運動的產兒，是被五四運動的年輕英雄們所喚醒所教育的一代人。他們的英雄事跡撥開了我們緊閉著的眼睛，讓我們看到了新的天地。可以說，他們挽救了我們。」〔註3〕

〔註1〕 冰心《從「五四」到「四五」》，《文藝研究》1979年第1期。

〔註2〕 《郭沫若論創作》中的有關文章。上海文藝出版社1983版。

〔註3〕 巴金《五四運動六十週年》，《隨想錄》（第一集）第64頁，人民文學出版社1986年版。

　　熟悉巴金創作的人，都會留意他與法國文學的聯繫，他曾一再表白，他是在盧梭影響和啓蒙之下，在巴黎聖母院的鐘聲中開始寫作的；然而，他卻正是害怕由此引起誤解，特意補充說：

　　　　新文學一出現就抓住了我，我入了迷，首先做了一個忠實的讀
　　　者，然後拿筆寫作又成爲作家。我的第一本小說在國外寫成，我說
　　　過《懺悔錄》的作者盧梭是教我講眞話的啓蒙老師。其實我動身去
　　　法國的時候，腦子裏就裝滿了新文學運動第一個十年的大量作品。
　　　我沒有走上邪路，正是靠了以魯迅先生的《狂人日記》爲首的新文
　　　學運動的教育。它們使我懂得愛祖國、愛人民、愛生活、愛文學。……
　　　我和無數的青年一樣，如饑似渴地從新文學作品中汲取養料，一篇
　　　接一篇，一本接一本，它們像一盞長明燈照亮了我的心，讓我不斷
　　　地看到理想的光輝。儘管我在生活中遇到困難，受到挫折，走過彎
　　　路，可是從新文學作品中我一直受到鼓勵，得到安慰，我始終熱愛
　　　生活，從未失去鬥爭的勇氣。〔註4〕

巴金老人的話，質樸而坦誠，尤其是他所強調的從新文學中懂得了「愛」：愛祖國、愛人民、愛生活、愛文學，這與他一貫的文學情感是內在吻合的。到了更晚一代人那裏，那些並沒有趕上那個風起雲湧的時代，卻在文化禁錮和荒蕪之中苦熬苦忍了多年的人們那裏，他們不是自然而然地沿著五四新文化運動的道路向前邁進，而是在跌入文化的低谷、蒙昧的深淵之後，矚望新文化運動的第一個、幾乎也是後來人所無法企及的高峰的；高山仰止，使他們對「五四」抱有迷戀和「神化」之情。

　　請聽李澤厚對冰心的評價。我想，連冰心自己聽了這一段話，也會重新「發現自己」罷：

　　　　你看，二十歲剛出頭的女學生冰心的作品，她那幾年的《繁星》、
　　　《春水》、《寄小讀者》，便第一次以脱去傳統框架的心態，用純然嬌
　　　弱的赤裸童心，敏感著世界和人生：憧憬著光明、生長、忠誠、和
　　　平，但殘酷的生活、醜惡的現實、無聊的人世到處都驚醒、搗碎、
　　　威脅著童年的夢，沒有地方可以躲避，沒有東西可以依靠，沒有力
　　　量可以信賴，只有逃到那最無私最眞摯最無條件的母愛中，去獲得

―――――――――

〔註4〕　巴金《爲〈新文學大系〉作序》，《病中集》第77～78頁，人民文學出版社1986
　　　　年版。

> 溫暖和護衛。這似乎才是眞正的皈依和歸宿，才是確實可靠的眞、
> 善、美。這裡沒有超世的神仙，沒有人間的禮法，沒有各種複雜錯
> 綜的關係，單純如水晶般的誠摯的母愛就構成了一個本體世界……
> 〔註5〕

與李澤厚同屬於一代人的謝冕，在描述「五四」新詩的時候，同樣是熱情洋
溢，充滿神往之情：

> 趁著大時代的雄風，中國的文化界和文學界投入巨大的熱情破
> 壞舊物、創造新物。新詩在這裡充當了先鋒的角色。中國新文學革
> 命的組織者們當時也許並沒有清晰地認識到他們爲什麼選擇詩的批
> 判與創造作爲突破口的戰略意義。但我們如今反顧歷史，便發現這
> 不論有意還是無意，都恰是那些先驅者偉大精明之處……正是在這
> 樣一種雄大目標的鼓舞下，中國新詩的一批實踐的猛士，以百倍的
> 認眞和勇氣，進行著這一史無前例的創造。〔註6〕

李澤厚在討論 20 世紀以來的六代人時——時勢的劇烈變動，使每隔 10 年左
右便形成新的一代的各自特徵，對五四時期的一代人的贊美之情不遺餘力，
「他們是在中國空前未有的自由氛圍中開始尋求自己的道路。儘管仍有各種
舊的束縛如主觀上有意識和無意識層的禮教觀念，客觀上貧窮、困苦、腐敗
的社會現實在壓迫、管制、阻撓著他們，然而，新的生命新的心靈對新的人
生新的世界的憧憬，卻仍然是這一代的『思想情感形式』和人生觀的主要標
誌。」〔註7〕對建國初期成長的一代知識分子，李澤厚卻充滿峻切的省視，「這
個第五代的確忠誠老實。馴服聽話、品格純潔『行不逾矩』，但同時又眼光狹
隘、知識單一、生活單調、思想淺薄……他們善良、眞誠卻機械、死板，他
們的感性生命已被號稱集體的理性所徹底吞食甚至異化掉了。」〔註8〕李澤厚
用「開放心靈」和「接受模式」來概括這兩代人。身處他所說的第五代人之
中，李澤厚感同身受，創痛頗深；在他們年輕的時候，他們曾虔誠地接受過
時代的思想文化模式，心甘情願地被引入心靈的陷阱之中，因此，率先覺醒
了的李澤厚和謝冕，才會對種種限制個性自由的模式那樣深惡痛絕，對於五

〔註5〕 李澤厚《二十世紀中國文藝之一瞥》，《中國現代思想史論》第 219～220 頁。
　　　　東方出版社 1987 年版。
〔註6〕 謝冕《新世紀的太陽》第 42～43 頁，時代文藝出版社 1993 年版。
〔註7〕 李澤厚《二十世紀與中國文藝之一瞥》，第 219 頁。
〔註8〕 李澤厚《二十世紀中國文藝一瞥》第 253～254 頁。

四時期那無拘無束的自由創造充滿嚮往之情。他們期冀著，借助於五四時期的新文化和新文學的傳統，借助於這傳統的重新發現和再度張揚，改變當代的思想文化和文學藝術狀況，創造新的輝煌。正如一位熟悉謝冕的青年學者所言，謝冕的當代詩歌評論的落足點是對於五四新詩傳統的思考，他對當代新詩的洞見，「是基於他對整個當代詩歌的歷史的沉思」的，也是基於謝冕自己以《論中國新詩傳統》為主的許多關於現代詩歌的論文的。謝冕認為，「中國新詩的傳統主要由三方面構成：一、它寫著兩個大字：創造；二、多樣而豐富的藝術探求；三、始終活躍著戰鬥的生命」。據此，論者描述謝冕的思想輪廓說，他真誠地期望我國新詩「沿著本世紀初葉那一番『河流改道』的新流不斷開拓，使之有更寬闊的河床，更宏大的流量」。〔註9〕

　　五四時代，就是這樣最強烈地滲透進這一代蹉跎了半生、方才有覺醒和追隨奮進的人們的心靈之中，他們對於五四時代的評價和渴望之情，比那些親身經歷過世紀初葉的思想洪流的人們還要強烈得多：那些參與其間或沐浴其輝的人們，對此有著切實的感受，回顧往事，有時代演進和時間淘洗過後的平靜和足夠的人生智慧；這一代人卻是以想像和情感的充分發揮去填充他們的從書本上得來的間接感知，在其中寄寓了他們的光榮與夢想的五四時代，已經成為他們的精神烏托邦。

　　接下來，是介乎於李澤厚、謝冕一代和「紅衛兵」──知青一代之間的一群，錢理群、趙園、王富仁等。把他們特意提出來，是因為他們特殊的學術地位──他們是 60 年代畢業的大學生，但他們是在 80 年代初期才開始他們的學術生涯、并嶄露其才華的；這兩個年代之間的十數年的歲月，他們在生活中艱難思索，也在做著未來的學術準備，因此，在他們於不惑之年才踏入學術殿堂的時候，他們不能不帶有濃烈的個性色彩，並以此構成了他們那富有魅力的學術論著的一個重要方面。生活的印記、個人的經歷，都與他們的學術生命融合在一起，或者說，他們對中國現代文學的研究，不是基於教學和科研的需要，由史料和作品入手去發現有意義的課題，而是帶著自己的思索、對生活的困惑、對現實的關注而到現代文學中去求得解答的思路的。李澤厚和謝冕是從理論的思索和文學的探尋中接近了五四時期的，錢理群、趙園、王富仁等卻是由個人生存的困惑之中、帶有更多主觀情緒色彩認同於

〔註9〕　王光明《謝冕和他的詩歌批評》，見謝冕著《中國現代詩人論》代序。重慶出
　　　　版社 1986 年版。

五四的。錢理群在《心靈的探尋》的後記中，便記述了他在十年動亂、文化荒蕪之中，在偏僻而封閉的貴州山區與友人一道閱讀魯迅著作的經歷，那不是書齋學問，而是精神食糧。在另一篇文字中，他再次宣稱：「我至今仍頑固地認同於五四那一代人對於傳統文化的不無偏激的決絕態度……無論從什麼意義上，我們都屬於五四。」〔註10〕強烈的情緒化，雖然已經明確意識到了，卻又無法擺脫，也無意於擺脫，這大約可以稱之為無條件的絕對的價值認同吧。

　　與之相近，趙園在回顧自己從事文學研究的動因時，說過這樣的話，「倘若有人追問我從事文學研究的動因、最初始的原因時，我只能回答說：認識我自己，認識我生存的這世界。……在最近完成的另一部書稿中，我也這樣談到過自己：『在我，最猛烈的渴望是認識這個世界，同時在對象世界中體驗自我的生命』。」〔註11〕正是帶著這樣的體驗，她也把自己的深情寄之於五四：

　　　　那個時代似乎氣量特別寬宏，容得下現實主義、浪漫主義兩道文學長河並流，容得下一大批風格互異的作家競馳，容得下不同文學流派共存。儘管「茂林多枯枝」，但「解放」的空氣也確實使這一代人才得以抒發自己的蘊蓄。〔註12〕

　　　　……這也許是最年輕的文學。「年輕」，是文學史意義上的——現代文學的發端期焉能不「年輕」？「年輕」也是作為文學自身的精神特徵的：此後的中國現代文學再也不像「五四」文學，有那樣多青年直接在其中呼喊，悲歡，哭和笑，沸沸揚揚，令人聽得一片年輕的聲音。當然，「年輕」的也正是這批作者本人，這新時期最先醒來的人們。〔註13〕

五四新文學和新文化運動，在60年之後，在這一代又一代後學身上，激起如此巨大的反響，喚起如此巨大的激情，這是不爭的事實。然而，這樣事實，又不禁令人充滿蒼涼感，悲從中來——人們對歷史的情感投入，是與他們對現實的體驗和思索相呼應，並以此標誌著社會現實和文化心理的發展程度。更重要的是，寄情於五四，要不要超越五四，如何超越，在哪些方面具備了超越的可能性，這是對當代知識分子的一種挑戰。我們有能力去接受這一挑戰嗎？

〔註10〕錢理群《有缺憾的價值》，《讀書》1993年第6期。
〔註11〕趙園《論小說十家》第396頁，浙江文藝出版社1987年版。
〔註12〕趙園《論小說十家》，第1頁，浙江文藝出版社1987年版。
〔註13〕趙園《論小說十家》第368～369頁。

大洋彼岸的批評與此岸的回應

對五四新文化運動的最尖銳的批評，來自美籍華人學者林毓生。他的《中國意識的危機——五四時期激烈的反傳統主義》譯介到大陸之後，迅速流傳，並且激起了相當的反響，響應者和反駁者都爲數不少。

林毓生在《中國意識的危機》中，對五四新文化運動提出兩點責難：「全盤性反傳統主義」和「借思想文化以解決問題」，並且對陳獨秀、胡適和魯迅這三位「全盤性反傳統主義」的代表人物作了個案研究。他論述「全盤性反傳統主義」說：

> 20 世紀中國思想史的最顯著特徵之一，是對中國傳統文化遺產堅決地全盤否定的態度的出現與持續……這種當代的文化曖昧性（或當代的文化危機）的直接歷史根源，可以追溯到本世紀初中國現代知識分子起源的特定性質，尤其可以追溯到 1915～1927 年五四運動時代所具有的特殊知識傾向。在中華人民共和國的歷史中，又重新聽到了五四時代盛極一時的「文化革命」的口號，其中最富有戲劇性的場面就是 1966～1976 年間的「偉大的無產階級文化大革命」，這絕非偶然。這兩次「文化革命」的特點，都是要對傳統觀念和傳統價值採取嫉惡如仇、全盤否定的立場。而且這兩次革命的產生，都是基於一種相同的預設，即：如果要進行意義深遠的政治和社會變革，基本前提是要先使人們的價值和精神整體地改變。如果實現這樣的革命，就必須激進地拒斥中國過去的傳統主流。
>
> ……
>
> 在 20 世紀中國歷史中，鑒於文化上反崇拜傳統是一股貫穿著直至 70 年代的強大的潮流——這股潮流在毛澤東思想中表現在他對「文化革命」的必要性所作的種種堅持——所以，充分理解五四時期激進反傳統主義的意義，無論怎樣強調都很難說是過份。反對中國傳統文化遺產的激進的五四運動，在後傳統中國歷史上是個轉折點。就這個反傳統主義的深度和廣度而言，它在現代世界史上也許是獨一無二的。[註14] 這個反叛運動反映著 20 世紀中國知識界的在

[註14] 在西方啓蒙運動時期，法國一些哲學家曾譴責現存「舊秩序」是一切罪惡的化身。然而他們對於教會和國家的激烈譴責，卻不包括對整個西方傳統文化遺產的譴責。因爲他們承認自己是深受文藝復興和古代的經典文化，特別是

　　　　意識認同方面的深刻危機；它也是後來文化和知識發展的預兆；以
　　　　後數十年中，文化反傳統主義的各種表現，都是以五四時期的反傳
　　　　統主義爲出發點的……〔註15〕

林毓生是由十年動亂上溯到五四新文化運動，又由此二者所都具有的強調文
化之重要性的共同特徵，而推演出這是「借思想文化以解決問題」的論斷；
他又把「借思想文化以解決問題」這一思維定勢追溯到嚴復、譚嗣同、康有
爲、梁啓超等上一代啓蒙思想家那裏，並在經典儒家即宋代王陽明的「心學」
的一元論和唯智論的思想模式之中尋到根源。針對這種「意識認同的深刻危
機」，林毓生提出，五四時代的人物，一是對傳統權威的反抗，二是對未來的
過份樂觀，通過反傳統、反權威而取得歷史進步，我們所需要的，則是通過
建立與壓制性「權威」和「僵化」權威所不同的「心安理得的權威」，去實現
「傳統的創造性轉化」，以漸進的和緩的變化去矯正激進主義的偏執和歧誤。
〔註16〕

　　其實，早在林毓生的論著出版之前，國內一群熱衷於「文化尋根」的青
年作家，就已經開始對五四新文化運動進行反思。李澤厚們，錢理群們，基
於對自我所屬的一代人的清醒反省，和對五四新文化運動的情感歸依，從歷
史中汲取激情，去進行今天的創造；阿城、鄭義等屬於「紅衛兵」──知青
一代的作家，卻希望通過對「五四」的反思和批判，去創造新的文化和文學，
以傳統文化爲依託的、以文化人類學理論的有限理解爲理論依據的新的文化
和文學──

　　　　五四運動在社會變革中有著不容否定的進步意義，但它較全面
　　　　地對民族文化的虛無主義態度，加上中國社會一直動盪不安，使民
　　　　族文化的斷裂，延續至今，「文化大革命」更其徹底，把民族文化判
　　　　給階級文化，橫掃一遍，我們差點連遮羞布也沒有了。〔註17〕

　　　　近來，每與友人們深談起來，竟不約而同地，總要以不恭之辭
　　　　談及五四。五四運動曾給我們民族帶來生機，這是事實。但同時否

　　　古羅馬的文化澤惠的。──林毓生原注。
〔註15〕林毓生《中國意識的危機》（增訂再版本）「緒論」。貴州人民出版社 1988 年
　　　版。
〔註16〕林毓生《論自由與權威的關係》，《五四：文化的闡釋與評價》，第 128～148
　　　頁，山西人民出版社 1989 年版。
〔註17〕阿城《文化制約著人類》，1985 年 7 月 9 日《文藝報》。

定得多，肯定得少，有隔斷民族文化之嫌，恐怕也是事實。「打倒孔
家店」，作爲民族文化之最豐厚積澱之一的孔孟之道被踏翻在地，不
是批判，是摧毀；不是揚棄，是拋棄。痛快自是痛快，文化卻從此
切斷。儒教尚且如此不分青紅皂白地被掃蕩一空，禪道兩家更不待
言。〔註18〕

這樣的憑依作家的直覺和敏感、青年人的少年氣盛而發出的對五四新文化運
動的批評，似乎並沒有引起特別關注。人們更注意的，是這些作家的作品，
是阿城的《棋王》、《樹王》、《孩子王》，鄭義的《遠村》、《老井》，而不是這
種既不周延、更不縝密的宣言。

　　明確地對林毓生的討論表示認同，響應他對激進主義和「全盤性反傳統
主義」的批評，提出自己的有關見解的，是比阿城、鄭義更年輕的、在「文
革」結束之後成長起來的一群青年學者。李書磊接過反對激進主義的口號，
加以闡發說：

　　　五四新文化運動中激進派佔了上風，但後來的社會結果卻是中
國舊文化和舊傳統不斷得到強化和泛濫，一步步地導致了「文化大
革命」的出現。……新文化運動中的激進態度與「文化大革命」有
一種因果關係。儘管這種因果之間有許多中間環節，如對馬克思主
義的片面接受等等。但這種因果鏈還是可見的。這是一個新文化的
先驅者們始料未及、與他們意願相反的大悲劇。事實上我們不能不
承認用激進的方式來改造舊文化是失敗的。或許新文化的激進方式
本身就是違背新文化而適合舊文化的。我發現舊文化最可怕的也許
不是它的文化內容，而是它唯一的、專制的存在方式和它的排他性，
用新文化的專制去代替舊文化的專制，這是新文化運動中激進態度
的核心；這實際上是不可能的，因爲這種專制方式本身就是對新文
化內容的否定和背叛。〔註19〕

這樣，李書磊就把對激進主義的批評，進一步推進到他所言的「新文化的專
制」的批判，問題更加尖銳。謝選駿在一篇紀念五四運動的論文中，把「中
國現代史的一個基本線索」概括爲「反傳統主義的七十年」。作爲文化哲學學
者，謝選駿在認同於林毓生的基本立論的同時，力圖修正後者的某些方面。

〔註18〕鄭義《跨越文化斷裂帶》，1985 年 7 月 13 日《文藝報》。
〔註19〕李書磊《溫和的意義》，1988 年 6 月 14 日《光明日報》。

他指出，「借思想文化以解決問題」，並非源自中國傳統文化，而是猶太系宗教——從古代猶太以色列的先知到格魯吉亞的近代革命家，排斥異端的狂熱世界觀的表現。它在中國的出現，是新文化運動的獨創，是「向西方尋求眞理」的結果。「新文化運動終於爲中國人（尤其是知識階層）塑造了一種全新的社會性格。這種性格要求，爲中國的復興，須在傳統文化的根子上大動手術，甚至在我們的國民性上動手術：用現行的時髦話說，也就是要在文化和民族的『基因』上做文章——這才開創了『以思想文化界解決問題的途徑』。這種性格在「文革」時喊出了『靈魂深處爆發革命』，而在「文革」後又主張『全民族共懺悔』……形態各異，情致則一。」〔註 20〕因此，五四新文化運動迄今爲止的 70 年，是反傳統主義跌宕起伏的 70 年。反傳統造成了結構意義上的沙漠；無結構的文化、反文化的文化、喪失了主體性和主體感的文化佔據了社會生活的主流。如同李書磊把激進主義歸結爲「新文化的專制」一樣，謝選駿也把反傳統主義與暴力革命聯繫起來，頗有震聾發聵的氣勢：

> 進一步看，五四文化運動也不只是知識與方法上的觀念改進，而是一場打倒統治文化的暴力革命。它以思想觀念的領地爲出發點，深入地摧毀了每一個人內心深處的「仁義道德」。沒有這種微觀世界的暴力革命，隨之而來的宏觀世界的國民革命便無法實現。〔註21〕

也許，要指出這些青年學人的理論錯誤和邏輯矛盾並不是很困難的，比如說，傳統文化的內容，與它的所謂「唯一的、專制的存在方式」之間，是互相融通的，還要互相割裂的；進而言之，這種唯一和專制，到底是內容還是形式？傳統文化中的封建專制主義，以及依社會等級制度建立的人倫秩序，華夷之辨，正統觀念，難道不都是它的構成要素？相對於 2000 年的封建文化的專制的一統天下，新文化的專制又何曾有一日建立起來？比如說：「仁義道德」觀念的摧毀與暴力革命的關係，如何能扯到一起？從「黃帝戰蚩尤」的時代起，動輒殺人如麻，血流漂杵；大規模的農民戰爭、軍閥割據和少數民族的入侵，哪一次不是暴烈異常；從曹操的「白骨蔽於野，千里無雞鳴」，到杜甫的《從軍行》；從張獻忠入川後的大開殺戒，到清軍入關後的「揚州十日」、「嘉定三

〔註20〕 謝選駿《反傳統主義的七十年》，《五四與現代中國》第 26 頁。山西人民出版社 1989 年版。

〔註21〕 謝選駿《反傳統主義的七十年》，《五四與現代中國》第 39 頁。山西人民出版社 1989 年版。

屠」，加上從宮、劓、黥、刖到株連九族的嚴刑峻法，又何嘗有「仁義道德」可言？20 年代中期的國民革命，不是以滿足農民對土地的要求爲動力，而是以摧毀了每一個人內心深處的「仁義道德」爲前提，這不正是落入自相悖反的怪圈，證明了思想文化的變革的確可以引發「宏觀世界的國民革命」嗎？

更值得重視的，是這一群年輕學人的思想方式——時間的淘洗，使當年的喧嘩與騷動歸於平靜和澄清，使我們對這一點有了更多的認識。80 年代是一個打破了封閉文化環境，大規模、全方位引進世界文化新潮的時代；饑不擇食，競爲新知，形成了浮躁凌屬的文化心態，甚至也使激進的文化態度成爲一種精神優越的標誌；浮光掠影，生吞活剝，新的便是美好的，嚴肅的學術殿堂，變成炫耀新奇的競技場。林毓生對五四新文化運動的批評，本身就有許多禁不住推敲的地方，卻被人們不假思索地接受過來，並且進一步變本加厲，推到更爲偏僻更爲荒謬的境地，卻又自以爲眞理在手，勝券在握，而置最起碼的學術規則於不顧。而與這些學人處於同一水平線上的學術界，又紛紛把這些見解誤認作是學術上的創新和觀念上的變革，以唯新是趨的態度爲他們鼓掌喝彩，從而形成一種低水準上的惡性循環。

在一些較爲客觀和冷靜的人們那裏，林毓生的論點同樣受到歡迎。作爲《中國意識的危機》的校閱者的崔之元，在一篇介紹該書的文章中，幾乎是毫無保留、全然贊同地評介了林毓生的見解，並且稱贊說，「林教授運用現代社會學和科學哲學的成果來探討中國現代思想史，其所提問題之精銳，見解之深邃，與海外尋常所謂『漢學家』不可同日而語」，「對中西方文化思想的精髓有著深刻的理解」。〔註22〕而對林著的瑕玼與缺憾則不置一詞。這在學者撰寫的書評中，似乎也不多見。另一部討論中國現代自由主義思潮的專著，在對林毓生的一些基本見解上的缺憾提出有限修正的同時，不禁稱贊說：「林毓生對中國近代知識分子（包括中國自由主義分子）所作的觀察是深入的，尤其可貴的是，他指出中國近代知識分子全盤性反傳統的思想與傳統思想在更深層次上的關聯，這不能不是一個難得的發現。此外，他對於中國近代知識分子面臨的種種困境的分析，非對於中國傳統思想同時對於西方文化有相當的瞭解，否則難尋其底蘊。就這個意義上說，瞭解中西文化在近代中國的衝突與匯合，無疑可以加深對中國近代知識分子所處環境的瞭解；反過來，對於近代中國知識分子的種種現實困境的探索與分析，將對近代中西文化衝

〔註22〕崔之元《追求傳統的創造性轉化》，《讀書》1986 年第 7 期。

突之力度及曲折提供具體的說明。」〔註23〕

　　當然，林毓生的論點及其響應者不應該也不可能是暢通無阻的。哲學家包遵信針對這種對於五四新文化運動的反叛傳統的批評，明確地宣稱，反傳統，是現代化和社會變革的必然邏輯。「一切社會變革都意味著對傳統神聖性的褻瀆，向傳統權威性的挑戰。『五四』既然是以現代化爲目標的一場深刻社會變革，那它當然要批判舊思想舊文化，反傳統的理性批判精神也就成了新文化啓蒙思潮的主流精神。……今天我們身處高樓書齋，坐在沙發上悠然長思，說五四反傳統如何如何，抑揚褒貶並不費什麼事。只是這樣的論史恐怕有違知人論世，不但會把歷史的生動性和複雜性給簡化了，甚至也給歪曲了。」〔註24〕他進一步論述說：

　　　　科學與民主的生長點不能從傳統文化中去尋求，還有更深刻的歷史原因，那就是中國現代化從時間上說是傳統社會向現代社會的轉變，但從空間上說則是兩種文化的衝撞和較量，現代化的推進很大程度上取決於這種衝撞和較量。從洋務運動到五四運動，那些堅守傳統的守舊派如果還有什麼長進，那不是他們基於自身的覺悟主動進取得來的，而是現代化進程的客觀事實逼迫的結果。這個事實除了說明傳統文化的力量，更重要的還說明了中國現代化在很長一段時期，走著一條與西方不同的路徑。西方從文藝復興到18世紀啓蒙運動，現代化是循著文化——科技——政治的途徑，整個過程經濟和技術的發展始終充當著最活躍的力量；中國則是循著科技——政治——文化的途徑，政治始終充當了變革的有力槓杆。文化變革、觀念更新，在西方是政治變革和經濟發展的精神先導，在中國卻是政治變革和經濟發展的思想補課，它比實際歷史進程總是落後了一步。這個事實說明，傳統文化內部沒有更新變革的推動力，單靠它自身的力量也就難於現代化。所以，和文藝復興「以復古求解放」不同的是，中國傳統文化「以復古求解放」是條走不通的路。要從傳統文化內部尋找科學和民主的生長點，無論出於什麼動機，最後只能滑到「中體西用」的軌道。「五四」的反傳統，正是從價值系統

〔註23〕胡偉希等著《十字街頭與塔》第4～5頁，上海人民出版社1991年版。
〔註24〕《未完成的涅槃》，《五四與現代中國》第108～110頁。山西人民出版社1989年版。

上否認了傳統文化可以成爲新文化的生長點，這也就是「打倒孔家店」提出的重要意義。〔註25〕

林毓生對「全盤性反傳統」的批評，和傳統的創造性轉化的設想，本來是基於西方社會進程和韋伯關於新教倫理與資本主義精神的學說；然而，依西方的歷史觀和價值觀評判東方的現實，確實難免有削足適履之虞的。包遵信上述論述正是基於東西方歷史發展的不同順序，論證「反傳統」的必然性的。雖然他在具體論述中仍顯粗疏，但這仍然可以看作是對五四新文化運動的維護和申辯的，是對來自大洋彼岸之批評的反駁。

另一位學者，以《中國反封建思想革命的一面鏡子——〈吶喊〉〈彷徨〉綜論》一書而著名的王富仁，在他的研究五四新文化運動的長篇論文中，毫不猶豫地指出，五四新文化運動的最高層次的意義在於，它在中國歷史上第一次提出了包括精神文化在內的全部中國文化必須現代化的歷史課題，並爲此目的而實現了對西方文化的全面開放，開始了對中國傳統文化的全面反思。「這種反思帶來的不是對中國傳統文化的毀滅，而是對中國傳統文化的更全面、更深入、更切實的科學研究。我們完全可以說，在中國歷史上，開創了中國傳統文化研究新格局、把中國傳統文化研究作爲自覺的社會事業確定下來恰恰是五四新文化運動，它結束了中國傳統文化的單純材料積累的階段，眞正把它推向了系統研究的高度。更爲重要的是，在他們手裏，中國的傳統文化得到了有史以來最根本的調整和梳理：是他們，把從先秦諸子到晚清思想家從封建帝王家譜的歷史堆積中發掘出來，給以了更加顯豁的歷史地位；是他們，把張衡、張仲景、李時珍、畢昇這類科學家從正史或野史的角落裏抽取出來，賦予了他們應有的存在價值；是他們，把全部的中國戲劇和小說從被蔑視的卑賤地位拯救出來，使曹雪芹、關漢卿等偉大文學家重新放射出自己的思想光輝，並且取得了崇高的世界地位。這種在我們看來似乎矛盾的現象是怎樣產生的呢？我們只能這樣說：只有不當中國傳統文化的奴隸的人，才能眞正估定中國傳統文化的眞價；只有瞭解傳統文化的眞實的歷史局限性的人，才能眞正知道如何運用傳統文化；只有一棒能打中傳統文化的最疼處的人，才知道傳統文化的最堅實處在哪裏。」〔註26〕

〔註25〕《未完成的「涅槃」》，《五四與現代中國》第123～124頁。

〔註26〕王富仁《論「五四」新文化運動》，《五四與現代中國》第72～75頁。山西人民出版社1989年版。

　　這樣一段話，對於「全盤反傳統」的指責，間接地作出了回答，王富仁也在思考對於五四的超越問題，然而，他所倡言的，不是以「傳統的創造性轉化」取代「全盤性反傳統」，而首先是推進五四精神的全面勝利。他在總結了單方面的形式的對五四的超越往往導致傳統思維方式和思想意識的復歸，直至傳統的封建意識在現代條件下以亙古未有的最強烈的形式和最巨大的力量爆發出來的教訓之後指出：

　　　　這個教訓最本質的意義在於：在一個有強大的舊文化傳統的國家，在舊文化的影響力還遠遠大於新文化的影響力的民族裏，不但舊文化自身還有強大的力量，並且它還會附著在任何新的文化形式中實際貫徹自己的意志。在這種情況下，往往在新舊文化的交接點上，在那二者直接的正面對立中，在它剛剛產生時的極簡單、但卻極分明的輪廓上，才能最深刻地感受、最清晰地看出新文化的性質及其真實意義。……只要我們的民族還沒有從中國古代文化傳統的影響下解放出來，只要五四新文化在我們的社會上還只是極少數知識分子從書面文化中接受的東西，還不是廣大社會群眾所接受、所實際運用著的文化傳統，這種超越便只是部分的而不是全面的。歷史不是天天被超越，文化不是時時被超越，一個開創了一個新時代的文化運動，從整體上的超越是在它所開創的傳統不但在形式上而且在實質上取得了真正的勝利之後。我們還處在它的發展途中，如果我們並不認為個體的價值只有在歷史性的超越中才能得到體現，那麼，我們更重視「五四」新文化運動實質意義的體現或許對開發自我、發展自我、充實自我更有實際的意義和作用。〔註27〕

在五四新文化運動的同一座標系上，王富仁所擇取的價值取向，與林毓生是截然相反的。這樣的「潛對話」如果尚未引起關注，那麼，更明確的批評，終於在晚近時期出現。這就是幾位上海的中青年學者最近發表的一篇談話中提出的「隔」的問題：

　　　　這些年的思想史問題大多是從海外輸入，如知識分子邊緣化的問題、五四的反傳統問題、中國現代史的激進主義與保守主義問題。大陸一部分中青年學人則忙於應對海外來題，自己卻提不出真正有深度的問題。不能說海外來題沒有價值。他們是旁觀者清，亦少意

〔註27〕王富仁《論「五四」新文化運動》，《五四與現代中國》第99～100頁。

識形態污染，但是畢竟隔了一層，難免隔靴搔癢，可能還會搔錯地方。如激進主義與保守主義問題，把 1919 至 1949 這部複雜多變的社會史、政治史、軍事史、經濟史，簡化爲一對觀念貫穿始末的思想史，這就大可商榷了。是否誇大了歷史中的觀念力量，有黑格爾主義將歷史邏輯化的痕跡？〔註28〕

張汝倫、王曉明等人的談話主要是反思國內學術界之現狀的，對「隔」的問題只是一帶而過，但這畢竟是一種正面的直接的批評，而且一語中的。鑒於五四新文化運動的確是現代知識分子誕生的標誌，它不只是關係到如何評價歷史，還關乎我們的現實和未來，關乎知識分子的安身立命之關鍵，我願意就林毓生的幾個論點提出質疑和反駁，以作爲這一節的結束語：

其一，關於研究方法。林毓生確定五四激烈的反傳統主義，是將它與十年動亂聯繫起來，做綜合考察的，並將二者混爲一談，這未免太皮相了。統稱「這兩次『文化革命』的特點，都是要對傳統觀念和傳統價值採取嫉惡如仇、全盤否定的立場」，這只是取其字面上的相似。親身經歷過十年動亂的我們，對於那十年間以批判「封、資、修」名義所進行的毀滅一切文明成果，封建專制主義和愚民政策的肆虐，個人崇拜和山呼萬歲，「血統論」和株連九族，禁欲主義和「鬥私批修」，以及籠罩於社會和個人頭上的高壓和恐怖，莫不是把最陳腐最血腥的封建意識以最激進最「革命」的言辭包裝起來，橫行無忌。這與五四不可同日而語。五四爲新文化奠基，從哲學、歷史、文學、倫理道德、語言學等方面都除舊布新，取得了積極性的建設性的成果，產生了魯迅、陳獨秀、胡適、郭沫若、周作人、錢玄同、郁達夫、顧頡剛等一大批開一代新風、創文化格局的重要人物，十年動亂卻只有毀滅沒有任何建設；理解二者的差異，把思想的運演建立在對史實的確切把握上，此乃立論之基礎，方法之切要，豈可兒戲乎？

其二，「借思想文化以解決問題」，在形而上領域中或許能自圓其說，若要用來對五四加以起訴，卻缺少充分的說服力。梁啓超曾經把鴉片戰爭到五四之中國思想界的變化分爲三個時期：第一期，先從器物上感覺不足，很覺得外國的船堅炮利確是我所不及；第二期，是從制度上感覺不足，所以拿「變法維新」做一面大旗，在社會上開展運動；第三期，便是從文化根本上感覺

〔註28〕張汝倫、王曉明等《人文精神：是否可能和如何可能》，《讀書》1994 年第 4 期。

不足，革命成功將近 10 年，所希望的件件落空，漸漸有點廢然思返，覺得社會文化是整套的，要拿舊心理運用新制度，決然不可能，漸漸要求全人格的覺悟。〔註 29〕並非是「五四」一代人因承襲宋明儒學傳統而「借思想文化以解決問題」，實乃歷史演進之必然。為民族民主革命奮鬥多年的孫中山，以其政治家的敏感，於五四興起不久，便預見到它的重要意義，給予高度評價：「此種新文化運動，在我國今日誠思想界空前之大變動。推其原始，不過由於出版界之一二覺悟者從事提倡，遂致輿論大放異彩，學潮彌漫全國，人皆激發天良，誓死為愛國之運動。倘能繼長增高，其將來收效之偉大與久遠者，可無疑也。吾黨欲收革命之成功，必有賴於思想之變化。兵法攻心，語曰革新，皆此之故。故此種新文化運動，實為最有價值之事。」〔註 30〕顯然，孫中山先生是將五四新文化運動視作國民革命的思想準備的，事實也證明了這一點。

更何況，林毓生在《中國的意識危機》中具體評析的三個人物，也以他們的言行否定著這種「借思想文化以解決問題」的論斷。五四學生運動中，陳獨秀就因散發傳單被捕入獄，後來更直接投身於政治鬥爭，參與創建中國共產黨。胡適也不能始終棲居於「問題」和「國故」之中，他從自由主義立場批判現實政治，而走向了參與現實政治之路。魯迅可算是純粹的文人，但他也全然沒有「借思想文化以解決問題」的奢望，而是充分地意識到文化和文學的有限性，他所說的靠文學趕不走孫傳芳，還得靠北伐軍的大炮，即可為證。

至於林毓生所言「全盤性反傳統」以及用上述三人具體證明之，似乎也無法成立。只須列舉胡適修《中國哲學史大綱》，撰《中國白話文學史》，開創新的《紅樓夢》研究學派，魯迅著《中國小說史略》，研究魏晉文學及其文化背景，乃至有意撰寫中國文學史，便足以表明，開創新文化的一代人，同時也是對傳統文化有深入瞭解的一代人，他們在傳播新知的時候，並未忘記整理國故——即便是後者，他們所做的貢獻，今人又有誰能比肩？就連為林毓生《中國意識危機》寫序言的本傑明·史華慈，在他自己的研究五四新文化運動的論著中，也不能不承認說，甚至就攻擊傳統的「新文化派」學者自

〔註 29〕梁啓超《五十年中國進化概論》，轉引自《五四與現代中國》第 106 頁之注釋 5，山西人民出版社 1989 年版。

〔註 30〕這是孫中山於 1920 年 1 月 29 日所寫的《為創設英文雜誌印刷機關致海外同志書》中的一節。轉引自唐德剛譯《胡適口述自傳》第 224 頁，華文出版社 1992 年版。

身而言，他們的目標也並非完全是破壞性的。「無論是顧頡剛還是胡適，他們都的確能夠從傳統的中國思想中發現他們自己滿意的、具有現代意義的東西。……對新文學和新學術同等關心的胡適，他後來也能夠把這兩種興趣結合起來，並運用到對過去的白話小說的學術調研中。」〔註31〕詰之於林毓生對胡適的評價，其間的評價顯然有所不同。林氏論胡適的「全盤性反傳統」，援引的主要是胡適對孔教的全面攻擊，顯然他心目中的「傳統」過於狹隘。以之度人，豈不誤哉。〔註32〕

〔註31〕 本傑明・史華慈《論五四及其以後新一代知識分子的崛起》，《五四：文化的闡釋與評價》第 108 頁。

〔註32〕 林毓生援引胡適的反孔教言論之後，寫道，「上面援引的兩篇文章，是胡適全面攻擊孔教的主要論據。他後來攻擊中國傳統文化時，並未選出任何特定目標作爲目標。無疑，他承認中國文化傳統包括儒教、道教、法家、文學和藝術很多方面，但他攻擊中國傳統時無意對他們加以區分。因此，我們有充分理由把他的反傳統主義稱之爲全盤性的反傳統主義。」林著《中國意識的危機》，第 160 頁。這理由顯然不充分。

第五編　新舊世紀之交
——失落與重振

　　新世紀的鐘聲即將敲響。我們已把 20 世紀的大部分時間拋在了身後。對於中國人來說，這 100 年的長途之上，灑滿的是汗水、淚水和血水。那是一條爲苦痛和災難所滋潤的道路，那又是一條屈辱和創傷鋪成的記憶之路。近百年我們中國人希望過、抗爭過，也部分地到達過，但依然作爲世紀的落伍者而存在。落伍的感覺殘忍地抽打著中國，使我們站立在世紀末的風聲中難以擺脫那份悲涼。

　　　　　　　　　　　　　　謝冕《世紀末：中國知識分子的探索》

第十章　在新的挑戰面前

　　從 70 年代末期開始的巨大變革，歷經 10 餘年的艱難曲折，伴隨著我們進入 90 年代，並且以中共中央「十四大」所確認的市場經濟體制爲標誌，奠定了新的社會格局。

　　然而，改革越是向前推進，它所遇到的阻力，它所面臨的困難，就越是具有巨大的危險性和威脅性。新舊體制的交替更迭時期，既因爲舊體制的逐漸解體，使經濟生活空前鬆動，出現了較大的自由度；但是，爲了通過對意識形態和社會心理的調控進而緩解經濟利益的再分配引起的種種騷動和不安定因素，思想文化領域的控制又有所加強。在經濟條件方面，人們的收入得到部分提高，生活有所改善，但離人們的預期心理，又相去甚遠。尤其是文化藝術事業，在經濟這一看不見的手的操縱下，更是日見其困窘。

　　商潮攪亂文人夢，引起有識之士的驚呼：「原來涇渭分明、高下已判的嚴肅文學和通俗文學出現了合流與平起平坐的態勢，其中文化品位降低勢所難免。報告文學很多是佔領書籍、報刊市場的急就章」（雷達語）；「寫作如同買賣，創作都是商品，文學喪失了道德感召力，成爲低劣便宜的購物券。文學不再需要靈魂間的感悟，而是和金錢對話」（蔣子龍語）；文學界的前輩夏衍則高瞻遠矚地指出，「世界格局的深刻變化和中國經濟的迅疾發展，都沒有在文學創作中得到生動、全面的反映」。〔註 1〕

　　曾經爲經濟變革和社會變革助威吶喊，爲思想解放運動艱辛開拓、披堅執銳的當代知識分子，在這新的挑戰面前，陷入空前的困境之中。他們曾經

〔註 1〕　《商潮攪亂文人夢》，1993 年 6 月 17 日《光明日報》。

冒著巨大的危險，爲人類去盜取潘多拉的寶盒，自以爲自我的殉道和獻身，可以給人們帶來幸福和希望，如今，潘多拉的寶盒打開了，他們卻被驚得目瞪口呆，不知所措。

　　然而，導致這一切的，並不是歷史的不虞現象，也不是我們走錯了房間。最重要的，是我們曾經抱有的對現代化的浪漫幻想，以及與之相伴隨的短視症。當年，魯迅先生在告誡年輕而激進的左翼作家說，革命成功，並不意味著一切都萬事大吉，作家會受到人們的特別寵愛。魯迅並且援引俄國作家的例子，說明熱烈歡迎革命時代到來的人，未必就眞正領會革命的本來意義，相反地，卻會由於浪漫幻想的破滅會頹唐絕望，走向毀滅。可惜，當我們爲鋪平通向未來的道路而努力奮鬥的時候，卻往往忘卻這並不陌生的聲音，而失去清醒的判斷，天眞地以爲，今天的一切困難，都可以在明天得到解決，今天的含辛茹苦，都可以在明天得到補償；至於知識分子的社會地位和經濟收入，也自然而然地會得到較大的改善和提高。

　　那幾乎被知識分子認作是現代化之「福音書」的《第三次浪潮》的作者托夫勒曾經針對這種盲目的浪漫情緒說：「人們看了我的書後，覺得我對世界的看法很樂觀。但實際上在我的書中，在字裏行間還有另外一個聲音，並不是像人們想像的那樣，對世界有那麼樂觀的看法。……人們對於我的書或者我的見解發生誤解，主要的問題在於，對於異彩紛呈、各個國家將是不一樣的這一點缺乏認識。我的意思是，未來生產形式的變革，在不同的國家會產生不同的結果。但是很多人認爲，一種工業上的變革、進步，好像增加了各個國家在工業狀態上的一致性，好像使它們都將變成爲一樣的——實際上當然並不是這樣，雖然都在發展，但各個國家並不是以同樣的方向和同樣的速度發展變化著。美國將不可能變成日本，中國也不可能變成美國。自然中國不可能總是現在這個樣子，更不可能回到過去的樣子，它在變化發展，其他國家也是一樣。」〔註2〕

　　嚴峻的挑戰，置於當代知識分子面前。改革開放，打破了封閉已久的鐵屋，喚醒了沉睡的人們，首先是喚醒了知識分子的心靈，他們的理想、激情和創造力，都被極大地催喚出來，奪回耽誤的年華，塡補生命的空白，成爲他們共同的心願。然而，市場經濟對思想文化界，又形成了新的衝擊，「人文主義的危機」，「人文知識分子的危機」，正在成爲新的熱門話題。《作家報》所開闢的專欄討

〔註2〕　轉引自《何新政治經濟論文集》第4～5頁，黑龍江教育出版社1993年版。

論《在商品經濟大潮中文學困惑與選擇》，從 1992 年秋至今，已經持續了一年有半，〔註3〕《上海文學》、《鍾山》和《讀書》等刊物，也都在開展有關討論。另一方面，人們也在用各自的行動進行各自的選擇，無論是跨世紀的豪壯，還是世紀末的沮喪，都表明人們對待新的挑戰所做出的回應。

　　這一章的內容，就是對這種回應的描述。它分為幾個方面：文化的漂零；宗教的救贖；「危機」與「自由」，這是指新近展開的對「人文主義的危機」和「文人與自由」的論爭。

文化的漂零

　　1985 年前後，曾建掀起一場轟轟烈烈的「文化熱」。一批青年作家，在小說界樹起「文化尋根」的旗幟；由中國學人編著和翻譯的國外文化類書籍，紛紛面世；〔註4〕由湯一介、樂黛雲等創辦的中國文化書院應運而生；林毓生、杜維明、陳鼓應、余英時等海外華人學者論中國文化的著作在大陸贏得了讀者；儒、釋、道成為人們關注的對象；從《孫子兵法》引發出現代商業和經營策略；從中國的禪宗追尋到鈴木大拙的「日本禪」；從《周易》成為顯學到古典文獻白話化現代化的興盛一時，《資治通鑑》、《二十四史》、《四書五經》都譯成現代白話……好不熱烈，好不壯觀。人文科學的鼎盛，至此登峰造極。

　　「文化尋根」的發起者之一，作家阿城曾經躊躇滿志地說：「中國文學尚沒有建立在一個廣泛深厚的開掘之中，沒有一個強大的、獨特的文化限制，大約是不好達到文學先進水平這種自由的，同樣也是與世界先進水平對不起話的。」〔註5〕在這裡，對於中國傳統文化的青睞和與世界對話的雄心，是互為制約、互相促進的。

　　中國文化史叢書的「編者獻辭」同樣雄心勃勃地宣告：

> 曾經長時期地居於世界前列的中國文化，為人類的進步無私地
> 獻出了自己的珍藏。

〔註3〕　最新的動態是：1994 年 4 月 2 日《作家報》同一欄目下刊發兩篇文章，蔣守謙的《在兩難處境中求生——文壇現狀小議》和吳培顯的《蓬勃的時代與困頓的文學》。

〔註4〕　國人撰寫的文化叢書中，最有影響的當數周谷城主編的《中國文化史叢書》，包括《中國彩陶藝術》、《楚文化史》、《士與中國文化》、《禪宗與中國文化》等 13 種；迻譯中最著名的首推卡西爾著、甘陽譯《人論》。

〔註5〕　阿城《文化制約著人類》，1985 年 7 月 9 日《文藝報》。

今天，我們這個古老而又年輕的民族，正在大踏步地邁向新的紀元；世界上過度物質化了的國家，重新又把它們的目光投向文明的古邦。

於是，清理我們的文化遺產，描繪它的真實面貌，發揚它的優秀傳統，評論它的千秋功過，規劃它的錦繡前程，便織成了一項嚴肅而又富有魅力的歷史使命，擺到了我們的面前。〔註6〕

在該叢書的編者看來，文明古邦和發達國家正在進行雙向的換置，東方文化對於「過度物質化了的國家」，還是有其精神的魅力的。我們所做的文化研究，不只是對於國人有很大的幫助，而且還具有相當的世界意義。

為這勃興的文化思潮推波助瀾的，還有卡西爾《人論》中譯本的問世。作為當代著名文化哲學家，卡西爾指出，柏拉圖說人是理性的動物，亞里士多德說人是政治的動物，馬克思說人是經濟的動物，卡西爾則將此修正為人是符號—文化動物。「人的突出特徵，人與眾不同的標誌，既不是他的形而上學本性也不是他的物理本性，而是人的勞作（work）。正是這種人類活動的體系，規定和劃定了『人性』的圓周。語言、神話、宗教、藝術、科學、歷史，都是這個圓的組成部分和各個扇面。因此，一種『人的哲學』一定是這樣一種哲學：它能使我們洞見這些人類活動各自的基本結構，同時又能使我們把這些活動理解為一個有機整體。」〔註7〕當隨著卡西爾的指點，我們把視線由落後的生產力和科學技術與蹣跚的現代化進程轉向一個由符號構築的文化世界，我們忽然得到新的啓悟和解脫，這是與西方文化相比毫不遜色的、可以令我們自豪和安身立命的精神家園。無論卡西爾的原意是什麼，但《人論》中譯本問世，無疑地促進了人文主義思潮由對於人道精神和啓蒙主義的關注轉向對文化、尤其是民族文化的思索。

當然，對文化的關注，還有社會演進的內在推動和決定作用。由器物層即科學技術進到制度層即管理體制再到以價值觀為核心的文化的思考和重估，在近代以來依次表現為洋務派的「師夷長技以制夷」，改良派的百日維新運動和孫中山領導的辛亥革命，五四新文化運動；在改革開放以來，則由對科學技術與現代化的推重，到經濟體制的改革，遞進為對文化和價值觀念的思索，由對生產力和科學技術的現代化之關注遞進為對人的精神面貌的現代

〔註6〕 《士與中國文化》的「編者獻辭」。上海人民出版社 1987 年版。
〔註7〕 卡西爾著、甘陽譯《人論》第 87 頁，上海譯文出版社 1985 年版。

化的關注。而且，對於從事思想文化研究的知識分子，他們在科學技術現代化和經濟體制、政治體制的變革中，只能是搖旗吶喊，擂鼓助威，卻無法眞正介入其間，直接參與；只有回歸於文化的本體，才能充當主角，縱橫捭闔──文化，乃是文化人之使命，傳承、闡釋、發展，都是其本家之事，是其施展身手的舞臺。

「文化熱」可謂成績斐然。尋根文學創造了文學的全盛時代，推出了一大批優秀作家和優秀作品，以致於令人驚歎。研究中國傳統文化，進行中西文化的比較，也推出一批優秀著作，如葛兆光的《禪宗與中國文化》、《道教與中國文化》，余英時的《士與中國文化》，劉小楓的《詩化哲學》、《拯救與逍遙》，蘇國勳的《理性化及其限制──韋伯思想引論》等〔註8〕。借助於對中國傳統文化的思考而攝制的一批影片，張藝謀執導的《紅高粱》、《菊豆》、《大紅燈籠高高掛》、《秋菊打官司》，陳凱歌執導的《孩子王》、《霸王別姬》，吳天明執導的《老井》，田壯壯執導的《盜馬賊》、《獵場箚撒》，黃健中執導的《良家婦女》……一大批文化反思型電影蔚爲大觀，在國內和國際上，都贏得了聲譽。

然而，「文化熱」所抱有的預期和它的實績之間，尙且存在較大的差距。從「文化熱」的心理指向來說，它有著三個方向：

1、通過對現存文化價值觀念的反思和重估，調整社會心態，更新文化心理，以推進現代化進程。

2、在數十年的激烈否定和徹底批判之後，重新整理和評估傳統文化，發揚光大民族的優秀文化傳統，以提高民族自尊，激發民眾的愛國主義精神。

3、在發揚光大民族文化傳統或進行文化批判的同時，以民族文化與世界文化對話，在經濟和生產力仍然落後的情況下實現文化的超越，使當代中國文化能夠得到世界文化主要是西方文化的認可和重視。

這三個目標，集中體現了當代知識分子的對於現代化的迫切心情，雖然它從社會現狀的現代化調整和退縮到思想文化領域之中，卻使當代知識分子更增加了信心，執有現代精神和現代觀念之利器的我們，一旦進入自己的領地，憑依自己的力量，足以建起文化的理想王國，實現文化的現代化。所謂與世界文化對話，不過是用以證明我們的精神優越性而已。

〔註8〕　這個書目顯然不完備，它憑依的是筆者在讀書時留意到被學界引用較多的幾本書。

但這種雄心未能完全兌現。首倡「尋根文學」的一群，阿城、韓少功、鄭義等在推出他們最初一批「尋根」作品之後，便或偃旗息鼓，或另有所求。那宣揚「文化制約著人類」，以為中國作家可以憑依民族文化的認同而與世界文化對話的阿城，曾經宣稱要寫「八王」，結果只寫了《棋王》、《樹王》、《孩子王》之後就衰敗了；高張「楚文化」之旗幟的韓少功，在一冊《惶惑》（收入《爸爸爸》、《歸去來》等「尋根」作品）之後，遠赴海南，匆匆投入正在建設的現代都市；其他的「尋根文學」作家也莫不如此。

對傳統文化的批判也陷入自相悖反的困境。從尼采的「重估一切價值」的再度高揚，到柏楊的《醜陋的中國人》的風行，從對於中國民族性的思索，到《河殤》宣告「黃土文化」和「黃河文明」的衰落，它對民族文化始終持一種激進的全盤否定的態度。在這裡，激進與全盤否定，並不是建立在科學的分析之上，而是一種情緒化的產物；它不是在深入傳統之後又從這傳統之中反叛出來，如瞿秋白稱贊魯迅那樣，是封建階級的逆子貳臣，而是僅僅接受了魯迅經過多年思考和苦痛之後才得出的結論，然後又以魯迅精神的繼承者自居，憑著憤世嫉俗的情緒，憑著生活的某些直感性反應和對傳統文化的一知半解，便像勇敢的堂吉訶德那樣對風車宣戰，卻以為擊中了傳統文化的致命所在。曾經令諸多大學生和部分學人興奮不已的《醜陋的中國人》，不過是一部浮泛的社會現象批判；努力強化自己的文化色彩的《河殤》，也未必稱得上是對傳統文化做了多少深入研究。由現實的弊端追溯到文化的淵源，是很容易滑入先入為主、以意為之，並簡化複雜的文化現象為一句簡單斷語的陷阱的。

宣稱發揚優秀民族傳統的人們，相對地要幸運一些。「尋根文學」是以文化為結晶去撲向諾貝爾文學獎的領獎臺，批判傳統文化者則希望這種批判能更好地切中時弊，抨擊現實；二者都是一隻眼盯著文化，一隻眼盯著別處，無法專心致志，無法銳意精進，相反，過於分散精力，過於追求現實功利，自然難有所成。意在發掘傳統文化之精蘊的學者，可以進入一種獨立自主的文化海洋之中，馳騁才情，潛心鑽研，而不必為外在的目的所牽制。因此，在時間之流淘洗中，惟其似乎最經得起檢驗。

然而，它容易陷入中國現代儒學家和海外新儒學家的思維模式之中。早在本世紀之初，辜鴻銘、梁漱溟等人，就一再宣傳要以東方精神之優越，補西洋物化世界之缺憾──

西洋人是要用理智的，中國人是要用直覺的——情感的；西洋
人是有我的，中國人是不要我的。在母親之於兒子，則其情若有母
親而無自己；兄之於弟，弟之於兄；朋友之相與都是為人可以不計
自己的，屈己以從人的。他不分什麼人我界限，不講什麼權利義務，
所謂孝義禮讓之訓，處處尚情而無我。……家庭裏、社會上處處都
能得到一種情趣，不是冷漠、敵對、算賬的樣子。〔註9〕

這種其樂融融、溫情脈脈的人倫關係圖，使物質生活條件落後的國人悠然自
得，比西方機械化時代的冷漠、敵對和金錢至上而不知信義的人際關係，自
然要優越許多。成中英如是說，「天人合德的宇宙本體原理，內外合用的理想
政治原理，誠明合能的人生修養原理，以及知行合體的社會實踐原理」，「這
四種基本原理是中國文化精神及命脈之所寄，也就是中國文化獨特價值之所
在。」〔註10〕這裡標舉的同樣是儒學的精神。

著名史學家、中國文化史叢書主編周谷城說，「西方向來生產技術發展較
快，比較起來，倫理與人生觀似乎不如中國的突出。」「本人以為中國的禮、
樂之類的精神，可能優先活躍。」〔註11〕著名社會學家費孝通，畢其一生用
現代社會學方法研究中國農村社會狀況，到了晚年，卻似乎有所悔悟，「我想
到我對人的研究花費一生的歲月，現在才認識到對人的研究看來已從生態的
層次進入心態的層次了。」而對於人類心態的研究，正是首倡「仁」以處理
人際關係的孔子做出了重要貢獻。費孝通呼籲中國在新的未來能產生出新的
孔子，並要求為培養新的孔子創造環境和氛圍。費孝通說：

我們這個時代，衝突倍出，海灣戰爭背後有宗教、民族的衝突，
東歐和原蘇聯都在發生民族鬥爭，炮火不斷。這是當前的歷史事實，
在我看來這不只是個生態失調，而已經暴露出嚴重的心態矛盾。我
在孔林裏反覆地思考，看來當前人類正需要一個新時代的孔子了。
新的孔子必須是不僅懂得本民族的人，同時又懂得其他民族、宗教
的人。他要從高一層的心態關係去理解民族與民族、宗教與宗教和
國與國之間的關係。目前導致大混亂的民族和宗教衝突充分反映了

〔註9〕　梁漱溟《東西文化及其哲學》第152～153頁。
〔註10〕　成中英《從中國哲學論中國五千年文化獨特之價值》，《中國文化的現代化與
　　　　　世界化》第55頁，中國和平出版社1988年版。
〔註11〕　周谷城《中西文化的交流》，《多維視野中的文化理論》第1頁。

一個心態失調的局面。我們需要一種新的自覺。考慮到世界上不同
文化、不同歷史、不同心態的人今後必須和平共處在這個地球上，
我們不能不為已經不能再關門自掃門前雪的人們，找出一條共同生
活下去的出路。這使我急切盼望新時代的孔子的出現。〔註12〕

老一代的周谷城和費孝通，也許就是在人到老年的時候，最終認定了心理的
歸依；較為年輕的學者，則是帶著「讓中國文化走向世界，也讓世界文化走
向中國」的壯懷，希望通過對儒家學說的修正和再度闡釋，使其走向世界。
中國文化書院院長、哲學家湯一介便一再聲稱，「我們現在應把『內聖之學』
和『內聖外王之道』分開。照我看，儒家的境界觀是『內聖之學』，而『內聖
外王之道』卻是一種社會理想。在那篇文章中（湯一介的《論儒家的境界觀》
──引者），我說：『就儒家的境界觀說，他們認為經過個人道德學問的修養
可以達到聖人或賢人的境界或者說可以具有一理想的人格，這應該說不僅有
可取之處，而且可以加以發展的。道德和學問的內容可以不同，但對道德和
學問的追求精神總應該是人類一種可貴的品質；理想的人格雖可應時而異，
但人們總應該去努力塑造符合時代要求的理想人格，這也是合理的。因此，
對儒家境界觀作一番創造性的轉化工作，它將可以為我們所繼承和發展。至
於儒家的理想社會和政治的藍圖只能是一種不能實現的『空想』，它所能起的
作用只能是對中國封建宗法制社會的美化⋯⋯」〔註13〕這裡，不只是內容上，
連用語，即對傳統的創造性轉化，也與海外華人學者所使用的相一致。

如果通過重振儒學，再造輝煌，乃至以東方傳統文化超度西方被物化世
界所擠壓得難以苟延殘喘的苦難靈魂，那當然是東方的驕傲，是中國人的精
神勝利。然而，這種判斷的依據未必存在，更沒有看到多少到東方朝聖的西
方人士。「文革」後成長的一代學人，在開放的氛圍中求學，而且致力於西方
詩學的劉小楓，便對這種盲目樂觀提出了質疑和批評：「當代儒學的氣魄當然
令人振奮！我們東亞賢士也終於也會成為世界的先知了，中國的傳統成聖精
神終於也會成為西方世界的楷模了；『天人合一』的形而上學才最終是真實可
靠的，世界的命運只有大易玄言、內聖精義、莊禪直觀才能洞明。」然而，
這其中省略了一個重要的前提：自我反省。劉小楓指出，「斷言中國的道德

─────────────

〔註12〕費孝通《孔林片思》，《讀書》1992 年第 9 期。
〔註13〕湯一介為杜維明《人性與自我修養》一書所寫的序言，見該書第 2～3 頁。中
國和平出版社 1988 年版。

——超脫精神能解救淪入價值虛無的西方精神的命運，必須首先有一個歷史
的前提：它已經解決中國人自己的精神命運問題。除此而外，還得有一個哲
學前提：中國傳統的文化價值信念是眞實可靠的，它經得起哲學的反思批判
的考察。然而，難道眞的能說中國的精神文化的命運是明朗的？難道眞的中
國的道德——超脫精神本身已無需哲學的批判清理？」〔註14〕在指出中國歷
史上從古至今以「天」之秩序爲口實的殺戮、瘋狂、血腥、殘暴和中國文化
史上的佯狂、裝瘋、若愚、怪誕這些表現傳統文化之負面的大量現象之後，
劉小楓鮮明地指出：中國傳統文化精神首先缺乏一種作爲保障絕對眞理（不
管是道德眞實還是科學眞理）之基礎的內在的反思批判。中國傳統大講「天
人合一」，天道本體，這裡所謂的「天」究竟是什麼呢？究竟是倫理化了的自
然本體還是自然本體化了的倫理實在呢？這裡有沒有現代西方思想所有力地
自我批判過的錯誤呢？所謂大易玄言、漢儒宇宙論、宋儒天理本體論可以不
經過嚴格的內在的反思批判就經過一番改頭換面的描述接受下來嗎？〔註15〕

　　劉小楓還指出：西方文化傳統並非只有科學理性，它們有自己的道德譜
系，而且未嘗比中國的道德譜系薄弱，因爲它有至善至愛至美的神聖價值存
在——上帝作爲自己的根基，即基督教文化精神傳統。理性與宗教始終是西
方文化精神發展所依賴的兩輪。固然，哲學的上帝已經被近代科學理性殺死，
但現代西方詩人和思想家寧願把這看作是上帝的隱匿，並拼命尋找它；海德
格爾就在深入反省西方思想傳統時宣稱，西方的思想轉變不能通過接受禪宗
佛教或其他東方世界觀來發生，它需要求助於歐洲傳統及其革新。當代儒家
對西方世界之潛在的拯救欲，只能是自作多情。〔註16〕就此而言，導致東方
學者的判斷錯誤，一個重要的事實是，本世紀初，許多憂國憂民的文人智士
向西方文化學習時，正值西方反基督教、反啓蒙理性的虛無主義文化思潮盛
行，留洋學子往往接觸的是這種文化，並以爲它們就是西方文化之全部。他
們目睹西方價值毀滅的現實，決意拒絕這種文化，紛紛返回東方的故土和悠
久的歷史，回歸於傳統文化。〔註17〕我們還可以補充說，從 19 世紀末到第一
次世界大戰時期，乃有泰戈爾在西方世界大受歡迎和世界文化思潮向左轉、

〔註14〕劉小楓《拯救與逍遙》第4～5頁，上海人民出版社1988年版。
〔註15〕《拯救與逍遙》第9頁。
〔註16〕《拯救與逍遙》第2～6頁。
〔註17〕《拯救與逍遙》第29頁。

社會主義精神得到眾多贊同，便是爲彌合這價值毀滅所造成的深淵而出現的不同努力，泰戈爾的殊榮又對中國學人產生相當影響，促使他們反觀東方文化。

劉小楓的上述論斷以及他激烈的情感色彩，或許還值得商榷，但他的這種態度是很有代表性的〔註18〕，而且，他對於現代儒學的批判相當有力，他提出的兩個問題也相當尖銳：中國傳統文化的深刻反省和對西方文化的全面把握；這的確是不容迴避的。

李澤厚數年之前曾經指出，「現代新儒家還難得算是過去的歷史，它近在眼前，從而也更容易被同樣近在眼前的更巨大的東西所徹底覆蓋（海內）；或者則是爲了有意對抗這個更巨大者而被極度誇張（海外）。」〔註19〕這對於我們評價現實是不無啓迪的。50年代以來，從批判胡適的學術思想到「批孔」、「批儒」，對以儒學爲代表的傳統文化採取了斷然拒絕和全盤否定的態度，這都是在籠罩一切的政治氛圍中進行的，連被認爲是現代新儒家的馮友蘭都不得不「現身說法」，作出批孔的姿態來。人爲的毀滅和摒棄，必然形成一種逆反心理，必然會在社會環境和學術氛圍緩和之後，捲土重來，由當初的「徹底覆蓋」至於今日的「極度誇張」。海外的華裔學者，有他們自己的生存需要和學術功利性，倡揚東方文化，在大洋彼岸布孔子之道，其弘揚民族精神之情可敬，但在實用層次上，向西方人講西方文化，到底不如翻翻家底炒炒老祖宗來得神秘和有趣。看不到這一點，而變成其追隨者，亦難以在對傳統文化的研究上作出大的成就。

倡揚傳統文化所面臨的又一困難，是如何保有自我，而不被傳統淹沒。其實，早在學人倡導國學研究之前，傳統的東西就已經在社會生活中彌散開來，於今日達到登峰造極的地步。它雖然更多地是以民間的形式進行，卻因此深入民間；它與倡揚傳統文化的學者似乎是在不同層面上採取同一趨向，卻又是對那些倡揚傳統文化的學人的一種嘲諷；它所進行的，沒有宣言，甚至沒有文字，卻是把復古、復舊推向極端，使人們更容易看清傳統文化的負面效應而不是得出相反的結論；尤其是它逐漸地與商業化的手段和目的聯姻，更對本來就是很薄弱的現代文化造成巨大威脅。更嚴格地說，爲文人學

〔註18〕請想一下劉曉波對李澤厚《中國古代思想史論》的強烈批判。

〔註19〕李澤厚《略論現代新儒家》，《中國現代思想史論》第267頁，東方出版社1987年版。

子所期期念念的傳統文化，其斷裂和被掃蕩一空，只是浮淺的表象，在豐富而深廣的社會生活中，卻一直在延續和擴展，只是從80年代以來，隨著政治禁令的解除和社會生活的調整，乃至在弘揚民族文化的旗幟之上，堂而皇之地登上大雅之堂。

它的最鮮明的標誌，就是劉蘭芳的說書所刮起的一陣旋風。《楊家將》和《岳飛傳》，風靡大江南北，從上小學的小孩兒，白髮蒼蒼的老人，到正在大學深造的驕子，莫不聽得如癡如醉，以至當時盛傳說瀋陽市公安局給劉蘭芳發獎：她把在大街小巷裏打鬧奔跑影響交通秩序的孩子都吸引到收音機旁，而獲「淨街王」美稱。從此以後，說書這一從宋元以來便已大興的傳統藝術，便一發而不可收，由收音機而搬上電視，一本接一本，持續不斷，所演播的書目，又大都是傳統的舊小說；雖然袁闊成等人也曾演播過現代評書，但畢竟難以爲繼，至今日已經是舊小說舊評書的一統天下。

這的確是傳統的民族風格和民族內容，但其中又潛移默化地隱含傳統的等級觀念、倫理道德、尊卑貴賤等價值取向，在喜聞樂見和通俗易懂中，向人們灌輸某些陳舊的東西。如果說，當年的全面禁止，全盤否定，已經被歷史所否定，那麼今日的不加辨別不加批判地全面繼承，是否也令人思索呢？

與之相應的，是各種各樣的傚古和復古。圓明園的廢墟上，又豎起新的亭臺樓閣；秦淮河兩岸，也在重圓六朝舊夢；曲阜的孔廟裏，舉行著莊嚴的祭孔儀式；天壇的祈年殿前，身著龍袍的今人在重現皇家威儀；大量的投資，高調的宣傳，至今有增無減……

「文化熱」把周易推上顯學的地位，不只是它的古奧神秘，還由於它啓發了萊布尼茨的二進位制的計算機原理；但是，隨之而來的，是因易經八卦帶動的算命術、占卜術、相術等的興起，帶有濃厚封建迷信色彩的陳舊文化形態，既迎合了人們的盲目性的需要，又伴之以豐厚的商業利潤。

還有文藝舞臺和影視創作中的復古傾向。張揚國粹的京劇，在近年徽班進京100週年的盛典中，得以揚眉吐氣。當年的《絲路花雨》、《編鍾樂舞》等曾經給藝術舞臺帶來清新而雄勁的古典舞風，演化至末流，模仿秦皇陵兵馬俑的歌舞卻只能進晚宴劇場，成爲佐餐助興的擺設。影視作品中，清宮戲大盛，從慈禧太后到末代皇帝，從乾隆、雍正到康熙大帝，都出盡了風頭。

還有廣告的引導。御用貢品，皇家御酒，古裝佳麗托著補腎壯陽新藥，佩劍游俠追問快餐碗麵的名牌，各種各樣的保健用品，在與老祖先們的各種

各樣的聯繫之中印上古色古香，祖傳和老字號，都成爲有號召力吸引力的「皇家享受」。「點心，要叫宮廷糕點；酒菜，要叫御膳；化妝品，標榜著『宮廷秘方』……這還沒有說多得難以記住的各種同皇室攀親眷的旅店、酒家、傢具店、服裝店……好像沾上一點『皇親』，便無尙光榮。」〔註20〕

　　這就是那些試圖發揚民族優秀文化傳統的人們面臨的選擇困境。他們試圖有選擇地篩取傳統的精華，卻不能不面對這種魚目混珠、泥沙俱下的大潮。恢復傳統，並不是什麼大難事，而是在動蕩起伏的 20 世紀現代思潮之下隱伏著的一種相當強大的、根深蒂固的傾向，它具有深厚的社會基礎和歷史基礎：君不見，現實中仍然嚴重地存在的等級制度、官本位、關係網、裙帶圖，和民間社會的風水，迷信、買賣婚姻、給活人造墳、爲祖宗顯闊，眾多寺廟道觀裏越來越盛的香火，絕跡多年的財神爺又堂而皇之地登堂入室……這種涇渭混流時期，無論張揚民族優良傳統的學人們主觀願望如何善良和美好，但如何能潔身自好，有所爲而有所不爲呢？

失敗主義種種

　　「文化熱」，從其源流上考察，它是屬於人文主義思潮的演進的，卡西爾所言，人是符號—文化的動物，既加深了對人的理解，又使人們去關注人與文化的聯繫，考察文化的本體和功用，而且，「文化熱」是思想文化界的主動選擇和自我歸依，是表現出他們的歷史主動性的。

　　然而，作爲當代思想文化進程的一個片斷，它卻又是一種逆反，一種對從五四新文化運動以來，乃至可以上溯到鴉片戰爭以來的近現代文化進程的一種逆向選擇，是對上述文化所產生的懷疑和責難，是對以自由、民主、科學、人道主義爲內涵的啓蒙主義和現代化的相當程度的背離。它所標誌的，是現代文化精神的失敗，是一次集幻想和破滅，浪漫與沮喪、自贖與自瀆、圓夢與噩夢於一身的複雜現象。它指向社會文化批判的一極由於 80 年代末期的政治風波而偃旗息鼓，它弘揚民族優秀文化遺產的努力，既容易變成海外新儒家的簡單回應，又容易被淹沒在全面回潮和復古的思想文化之中。

　　前文曾經引證過阿城、鄭義對五四新文化運動的詰難，這種詰難，正是促使他們發動「尋根文學」的內在原因，「跨越五四文化的斷裂帶」，成爲他們激勵自己的信念。因此，當有人對「尋根文學」作出反省和清算時，站在

〔註20〕陳四益《皇家》，《讀書》封二，1994 年第 3 期。

過來人的角度反觀以往，他揭示出其中的錯綜複雜的文化蘊含和價值取向，而不再像當初為「尋根文學」推波助瀾的人們那樣樂觀和興奮——

> 80 年代中期，中國文學中萌發了「尋根」意向，一時間尋根者紛紛揚揚，走進深山老林、窮鄉僻壤、蠻荒草地。「尋根」究竟是要尋找什麼？尋找文化，這是意味深長的。中國社會經過 70 年代末期的否定性轉變以後，進入了 80 年代空前的自由活躍又空前的複雜紊亂的年代，大一統的經濟模式向多種所有制形式並存的商品經濟轉變，西方各種社會思潮紛至沓來相繼湧入。在這種的歷史背景下，中國思想文化領域中萌生了「文化尋根」的返古意向。這一意向的萌發包含著時代特有的複雜矛盾因素，其中包括對傳統文化價值、傳統文明在歷史蛻變中的悲劇命運的憂慮，包括面對西方文化衝擊下顯露出危機而重新肯定傳統文化價值的懷舊認同心理，包括懼怕觀念裂變帶來的精神動盪和情感痛苦而回到過去尋找精神避難所的惰性因素。一些所謂「尋根」作品，就不免把封建倫理道德、忠孝節義等當作文明瑰寶炫耀，而且有相當真正意義上的「尋根」作品，也表現出新舊文化形態、生存形態和價值觀念選擇上棄舊又戀舊、欲新又懼新的兩難之中。歷史進步一方面把人類推進一個更高的文化層次，一方面又好像把人類推入無法自拔的限制深淵。但這種「限制」，無疑包含和體現著更高層次人類的自由和解放，歷史前進總是以代價為前提的，疑慮、哀挽、悼惜之情，這是歷史蛻變的傳統文化代表所致。〔註21〕

現代文化精神的失敗，一時還不容易被看清，但人們在看到現代化進程中的某些負面效應和不虞現象之後，為什麼不在現實中去尋找救正的力量，卻會返古、復古以求拯救和解脫呢？80 年代思想文化的進程，竟然是以對自身的懷疑、質詢和鄙棄為其鼎盛和昌隆的內質的，這或許是一個深刻的悖論，但在「文化熱」對當代文學的消解之中，思想文化迅即衰落，頗有一蹶不振之勢，以至如今「危機」之呼聲四起，哀歎之言不絕於耳，卻是令我們尷尬不已的現實。

世紀末回首，遙望從戊戌變法、辛亥革命到正在進行的現代化進程，漫漫百年，付出何等沉重的代價，遭受摧肝裂膽的坎坷，卻仍然未能圓了中國

〔註21〕張德祥《悖論與代價》第 72 頁，陝西人民教育出版社 1991 年版。

人的強國夢；尤其是今日面對的令人沮喪的現實。更令人悲從中來，情不能抑，產生文化和文學的挫敗感。

謝冕陳述這種挫敗感說：

> 中國文學的創作和研究受制於百年的危亡時世太重也太深，爲此文學曾自願地（某些時期也曾被迫地）放棄自身而爲文學之外的全體奔突呼號。近代以來的文學改革幾乎無一不受到這種意識的約定。人們在現實中看不到希望時，寧肯相信文學製造的幻象；人們發現教育、實業或國防未能救國時，寧肯相信文學能夠救民於水火。文學家的激情使全社會都相信這個神話。而事實卻未必如此，文學對社會的貢獻是緩進的、久遠的，它的影響是潛默的浸潤。它通過愉悅的感化最後作用於世道人心。它對於社會是營養品、潤滑劑，而很難是藥到病除的全靈膏丹。

> 一百年來文學爲社會進步而前赴後繼的情景極爲動人。即使是在文學的廢墟之上我們依然能夠辨認出那豐盈的激情。我們希望通過冷靜的反思去掉那種即食即愈的浮淺而保留那份世紀的憂患和歡愉。文學若不能寄託一些前進的理想給社會人心以引導，文學最終剩下的只能是消遣和塗抹。即眞的意味沉淪。文學救亡幻夢破滅之後，我們堅持的最後信念是文學必須和力求有用。正是因此，我們方在這世紀黃昏的寂寞一角辛苦而又默默地播種和耕耘。〔註22〕

這樣的描述，是知識分子對 20 世紀承諾的反省，文學救國也好，文學幻想也好，都是文化救國、文化幻想的一種表現方式，而且是非常重要乃至主要的一種表現方式。如果說，由於文化的負載過重，文學的負載過重，而產生一種「不可承受之重」的話，那麼，今日裏，文化和文學的「消遣與塗抹」，已經不是預感，而是滿眼皆是的現實，從而墜入一種「不可承受之輕」的漂浮狀態。當謝冕宣稱「我們堅持的最後信念是文學必須和力求有用」的時候，不知他是否意識到了這其中的無奈與堅執，文學已經退化到它的最後一條軟弱而又有些空泛的防線。正是文化的失敗主義，才會導致這對文學使命的質疑，才會否定文學爲它之外的全體奔突呼號的既往。

文化失敗，面對著最令人悲觀的現實；在上一節中，我們談論的是現代

─────────────────────

〔註22〕謝冕《世紀末：中國知識分子的思索》，《新世紀的太陽》第 3 頁，時代文藝出版社 1993 年版。

文化精神面對傳統文化的挫敗感，同時，這種挫敗感還分別來自如下方面，面對港臺文化的心理偏畸，面對西方文化的無條件認同，面對大陸興起的文化商業化傾向的放棄抗爭，面對市俗文化的媚俗和「過日子」哲學的興起。

或許，我們應當爲復古傾向補充一組重要的例證，這就是在 1993 年曾經使低落的文學又一次熱鬧起來，使長篇小說的發行量一下子創造了幾十萬冊乃至上百萬冊的兩部重要作品，陳忠實的《白鹿原》和賈平凹的《廢都》。陝西的渭河平原，乃周秦故地，古城西安，則是漢唐帝都，中國的傳統文化和農業文明在此地創造過它的輝煌，給後來人留下難以磨滅的記憶和追懷，也使當代的中青年作家心不由己地嚮之傾斜。這兩部在選材和創作風格上都有很大差異的作品，卻似乎都圍繞著一個同心圓做旋轉運動，《白鹿原》表現的是千古的「聖人夢」，《廢都》表現的是千古的「風流很」，都是在中國傳統文化中薰陶出來的文人情愫。

同樣地，港臺文化的衝擊，也對現代文化精神造成巨大的壓力，使其日見其拙。港臺歌曲侵蝕人們的耳朵，港臺電影電視劇佔領大陸的電視屏幕，在南京某學校的調查中，最受學生崇拜的十個人，除雷鋒一人外，餘者全是港臺影視歌明星；1993 年，港臺歌星橫掃中國大陸，在權力與金錢和合謀中，創造了數十萬元人民幣的出場費，令國人瞠目結舌。國內的娛樂性報紙和刊物，以爭相炮製港臺明星的軼聞趣事招徠讀者，從他們的婚戀風波、隱衷秘事，到他們的屬相、星座、個人愛好，都如數家珍，津津樂道；有關人士曾經指出，許多國家的傳播媒介，都對宣傳境外的明星與宣傳本土的明星之比例有一定限制，而我們的報刊卻一味地爲港臺明星提供免費廣告。更嚴重的，還有港臺方言對普通話的污染，香港和臺灣都在大力推廣普通話或者「國語」，大陸的舞臺、電視廣告，卻在模仿粵語和港味，從語音、語法和詞彙上，都引起混亂。

港臺文化是一種商業文化。在大陸，隨著經濟和社會生活的發展，商業文化也正在形成氣候，而且是越來越氣勢逼人。其實，無論是傳統文化、港臺文化，還是大陸的商業文化，對於豐富社會文化，調節和娛樂人們的閑暇，都是有益處的，而且也給嚴肅的文化帶來啓示，帶來衝擊，使其產生積極的回應，以便適應新的文化格局，並充實自己。鄧麗君也罷，瓊瑤也罷，金庸、梁羽生、古龍、梁鳳儀，都自有其存在的理由和存在的價值，而且對於改善大陸的超強的文化意識形態化有所裨益。問題的要害在於，從「五四」至今，

辛辛苦苦、上下求索地建設和積累起來的，以人文精神和科學理性為其價值準則的現代文化，卻未免過於弱不禁風，沒有足夠的應變能力，而被種種外力所壓迫所吞蝕，亂了方寸，失去辨別力，乃至一再潰退，造成多方面的流失和瓦解。咎由自取，人必自辱然後遭人辱之，說的都是這種情形。

經濟的活躍，商業的繁榮，生產力的提高，一方面給人們帶來了較多的閑暇（如我國從 1994 年 3 月 1 日起實行的每周 44 小時工作制，就是順應了這種現實），帶來了部分的生活改善和物欲的滿足；但是，在另一方面，它又刺激起人們更大的追求享受、佔有金錢的欲望。與之相應地，在商業文化之中，便也有相應的不同因素。無論是好萊塢電影的「夢幻」，還是港臺的文藝作品，它們都是一面在悲歡友誼、愛情、正義等等在金錢的力量面前的潰敗，一方面又在哀訴那些百萬富翁、工商巨子也有他們的種種不如意不幸福，甚至未必抵得上平頭百姓；一方面極力渲染奢華矜貴、富麗堂皇的環境，琳琅滿目、豐富湧流的消費品，一方面又勸誡人們知足常樂、安貧樂道，不作非分之想，更別做非法之事；一方面是對於在欲望的迷狂之下追求金錢、權力和女色之輩的精心刻畫乃至同情和理解，一方面卻安慰人們善有善報，灰姑娘會遇上白馬王子，醜小鴨可以變作白天鵝。既有誘惑，又有撫慰，既有刺激，又有勸誡，既有憤懣，又有溫情，既有宣泄，也有疏導；總之，它先以各種方式把人們從世俗生活中誘拐出來，進入他人的生活真實或虛假的故事之中，體驗各種情感的波瀾，然後帶著安慰和寧靜重新回到世俗生活中去。

今日的文學和文化，也在充當這種角色。它的重要趣嚮之一，便是「閒適風」的大盛。在世事紅塵中，玩味生活的情趣，鑒賞雅致的閑暇，促使人們認同於世俗生活，安居於似水流年；一冊選編了林語堂、周作人、豐子愷、徐志摩等人的散文作品的《悠閒生活絮語》，短短半年期間便印刷三次，印數逾 10 萬冊。該書的編者在編後記中說，「我之所以編選這本書，純粹是因為該書中這些閒情逸致的文字能讓我愉快，能讓我暫時脫離喧囂的塵世。看慣了那些大江東去金戈鐵馬的時代篇章，忽然一接觸到這些瀟瀟灑灑的靈氣飛揚的消閒佳作，簡直覺得到了另外的一個世界，新鮮極了……你把一張竹躺椅放在陽光下，再把你慵懶的身子安置在竹躺椅內，旁邊有一杯茶，有一根古香古色的水煙袋，而你的手中又有一本談躺在床上或談琴棋書畫散步聊天之類的什麼書，試想那畫面那境界是何等的禪又何等的仙啊！」〔註 23〕從鐵

〔註 23〕彭國梁《悠閒生活絮語·編後記》，湖南文藝出版社 1991 年版。

馬金戈到花鳥魚蟲，從時代篇章到消閒佳作，文化的功用發生了何等的轉變。

人心不古，今是昨非，轉向閒適，轉向務實，既擺脫了肩頭的使命，又調整了自我與現實、理想與生活的關係——在狹小而又雅致的個人情趣中消磨歲月，和發發牢騷又自我安慰自我調節一番以便安心於現實，輕輕鬆鬆，瀟瀟灑灑，通過轉移和遏制某些希望和欲念，保持自我的滿足、生活的輕鬆。

商業文化的力量，既是威脅性的，把人們逼得低下頭來務實求存，或者逼進個人的精神牢籠之中，玩優雅和閒適；同時它又是有誘惑力的，它召喚著人們的欲望，並選擇著它的代言人，市民社會的代言人。有論者指出：商品經濟的發展必然改變人們的生存條件以及以此生存條件為基礎建立的「想像關係」。一以貫之地在社會中占主流地位的精英文化即知識分子文化在商品大潮和各種外來思潮的夾擊中惶惶然不知所措，它所認定的一切神聖諸如理想、人格、道德等價值規範均受到商品潮流的無情嘲弄和懷疑。以知識分子文化為基礎的純文學也不可避免地疲軟。「與之相反，與知識分子文化相對的市民文化卻在不斷加強它的實力。在商品經濟日趨發展的社會裏，市民階層如魚得水，善於應變，務實求實。隨著市民文化的蓬勃壯大，它理所當然地要求著自己的代言人——藉之對它的價值觀、道德觀的表述並藉此達到對精英文化的滲透和顛覆。於是王朔應運而生，成為了市民文化招標代言人活動中幸運的中標者。〔註 24〕此言極是。需要補充的是，王朔代表的，是市民社會中的流氓無產者群落，是那些被視作「痞子」的青年人。

王朔自己也明確地意識到這一點，他公開承認和贊美「痞子」說，「所有促動開放和改革的都來自痞子。痞子搞買賣，痞子做生意，痞子建工廠，開商店。他們那股狂勁使這個社會轉動。因為中國的經濟還不完善，還沒有完全建立起來。你看，那些真正成功的——也就是那些發財的——他們全是痞子。」〔註 25〕動亂年月，社會規範的破壞，學校教育的中斷，家庭被衝擊和父母的自顧不暇，以及否定一切和無政府主義的盛行，使一群無所事事的少年染上種種不良惡習，輕者打架鬥毆，男女狎戲，重者鋌而走險，觸犯刑律。他們接受正統教育不多，卻有著豐富的生活經驗；他們少有稱心如意的職業，卻有著極強的求生能力；他們是社會的邊緣人，卻因此取得安守本分的人們

〔註24〕 程虹《市井的狂歡——王朔的故事和精英文化的窘境》，《文藝評論》1993 年第 1 期。

〔註25〕 王朔答美國《紐約時報書評》記者問。轉引自《外國文學》1993 年第 2 期。

所沒有的行動自由；他們善於在法律和體制的縫隙處委屈圖存，卻也不乏孤注一擲的賭徒心理；他們少有內心的行為準則之約束，卻因此而得以揮灑本能的欲望和力量。在新舊交替的時代，他們看準了在體制的斷裂處出現空白和機會，順勢而起，興風作浪，在金錢和利益的誘使下無所不用其極，既有以其勇敢和積極衝破陳舊經濟體制，使個體經濟由非法到合法、由拾遺補缺鑽空子到與國營和集體經濟公開競爭，成為最活躍的經濟因素的一面，又有許多不正當的手段，坑蒙拐騙，奸詐兇狠，唯利是圖的一面。事情當然不像王朔講的那樣簡單，痞子並不是改革開放的唯一推動力，也不是個個都是成功者；不過，他們的邊緣人角色，使他們較早地從舊體制中逸出，率先適應商業社會的金錢至上的原則，卻的確是不容忽視的現實。

王朔自命為他們的文化代言人，他把這一階層的話語方式、行為方式帶入文壇，並迅速地適應社會需要，並把作家變成職業和謀生的需要。如同這些流氓無產者——「痞子」們在現實中對什麼都不看在眼裏，什麼都沒有神聖可言，因而百無禁忌、為所欲為，他也以對生活和信念的調侃、嘲弄、褻瀆，把髒水和嬰兒一齊潑掉的獨特價值取向，和取自這些人的「神侃」、「神聊」的語言詞彙和嘲諷形式，構成其獨具的文學風格。在價值取向上，王朔向市民文化乃至「痞子」文化全然認同，以及站在他們的立場上嘲諷一切，否定一切，並且辛辣地譏笑當代知識分子的「迂腐」和「無能」。王朔大言不諱地說，「我的作品的主題用英達的一句話來概括比較準確，英達說：「王朔要表現的就是『卑賤者最聰明，高貴者最愚蠢』。因為我沒念過什麼大學，走上革命的漫漫道路，受夠了知識分子的氣。這口氣難以下咽，像我這種粗人，頭上始終壓著一座知識分子的大山。他們那無孔不入的優越感，他們控制著全部社會價值系統，以他們的價值觀為標準，使我們這些粗人掙扎起來非常困難。只有給他們打掉了，才有我們的翻身之日。」〔註 26〕排除其中的調侃和自嘲，你不能不感到一個帶著壓抑不住的嫉恨，和過來人的辛酸奮鬥史，對構成主流文學的知識分子的敵意。

或許正是因為八九十年代之交所出現的當代精神文化在時代坎坷和商業文化面前的潰退，王朔的作品，從他的早期作品《浮出海面》、《空中小姐》。到晚近的《動物兇猛》、《過把癮就死》，才意外地在文學低落之時走紅，並引起學人的關注和批評。持激烈態度的指斥他是一隻「色彩斑斕的毒蜘蛛」，「虛

〔註26〕《王朔自白》，《文藝爭鳴》1993 年第 1 期。

僞的道德、內里中空的理想固然應該予以嘲諷，但僅有嘲諷是不夠的。況且王朔式的嘲諷是潑皮無賴式的。一個無力改變自身命運的弱者詛咒，一個瘋狂的力比多分子。基於建設的任何毀壞都值得尊敬，但王朔不是，他是一個不甘寂寞的玩世者，一個世紀末的惡作劇者。他在人們勞累不堪的生活圖景上，及時捕捉人們生活的隱秘渴求，放大、加工，編織故事，然後博得人們驚心動魄的消遣。一個無所適從的時代，王朔這朵烏雲在天空變著花樣吸引人們的視線——他掩蓋了生活的血肉和殘酷性，他阻止了人們探求自我接近生活的衝動。」〔註 27〕冷峻的批評者指出，「嘲笑英雄是精神的疲憊」：「王朔的存在似乎並不僅僅在於他把人生描述得如此可憐，更重要的在於他向人們提供了一種新的生活方式，在無聊的生活中，依靠一種吸毒式的自我陶醉來求得人生的快樂。其書明確地告訴你，凡事不必太認眞，既然人生本來就是這樣，你根本無法更改，我們又不能枉來世上一趟，總不能哭著鼻子去見上帝，因此，所謂的人生只能是戴著腳鐐跳舞——苦中作樂。」〔註 28〕

　　欣賞平庸，成爲時尚。幾個曾經從事過嚴肅文學創作的青年作家，〔註 29〕於 1993 年初用「周洪」的筆名寫作《警告中國領導群眾》、《警告中國男人女人》、《警告中國夫妻》的暢銷書，風行於市場；在「警告」這樣的大名目之下，談的卻是瑣屑的話題，作領導的如何與下級保持適當的距離，作情人的如何調諧彼此的關係，明星如何處世，平民如何自重。同年秋天，「周洪」與中國青年出版社簽約，接受出版社的推銷策略和廣告包裝，繼續從事暢銷書寫作，被輿論界宣傳爲「周洪賣身」。爲此，有人試圖從作家的界定上，討論「周洪」的歸屬，但他們自己卻是完全地平民化、商業化了。在接受採訪時，他們宣稱，他們張揚的是通俗而平庸的價值觀——「我們只能考慮自己的出路，努力解救自己，不讓自己的生活水平下降到貧困線以下。……我們自己是通俗的人，也寫給通俗的人看，宣揚的也是通俗人生價值，已經徹頭徹尾地通俗了。我們的目的就是要通俗，最怕的就是寫成純文學。」他們還舉例說，「劉曉慶號稱成了億萬富婆，別人羨慕她的成功，我們卻想，（她越是成功）這個世界上適合當她丈夫的男士就更少了，她想當母親的願望就更難實

〔註 27〕老愚《一隻色彩斑斕的毒蜘蛛》，轉引自 1993 年 3 月 27 日《文藝報》。
〔註 28〕張虹生《嘲笑英雄是精神的疲憊》，轉引自 1993 年 3 月 27《文藝報》。
〔註 29〕周洪爲時爲人民文學出版社編輯的周昌義、洪清波、楊新嵐、常振家等人合用的筆名。

現了。你看，我們就這樣用小百姓的通俗甚至庸俗的價值觀去看待明星，這不正是我們小百姓願意看的嗎？」〔註30〕從被視作個人奮鬥的成功者，名利雙收、在影壇和商潮中都有所成就的劉曉慶身上，搜尋出她個人生活中的不稱心不如願，以使那些崇拜和覬覦名星的小百姓獲得些微的安慰和平衡。也許，作為開放社會中的個人選擇，為個人致富和安慰平民而寫作，並無可指責，但他們由在純文學中苦鬥多年，卻在改弦易轍後一舉成名賺得大錢的事實，不正是表明商業文化之誘惑，粉碎了人們的文學夢嗎？

面對西方文化的失敗情緒，則表現為對現代西方文化的全面認同。現代文化精神本身，便是對從文藝復興時期到俄國十月革命之外來文化思潮的橫向移植，而以科學、民主、人道、個性解放、新文學、新道德等為其基本內容。事情也許不像樂觀的人們推測的那樣，如果沒有近代歷史以來的中西衝突和殖民化傾向，中國自身怕是難以自發地產生近現代工業文明和近現代文化的；70 年代末期的思想解放運動，自命為五四新文化運動的繼續和發展，也繼承了它的基本內容。當我們意氣風發地舉著「五四」的旗幟前進的時候，卻未曾料到，西方現代文化在 20 世紀的演進中，對上述內容作了大量的清算和批判，現代派文學所展示的人的生存困境，否定了科學主義會給人類帶來幸福和快樂；科學主義的進程，將人的主體價值和終極關懷置之度外，而一味地變作自滿自足的實際操作；法西斯主義的猖獗，宣告了民主制的虛偽。現代主義的批判激情，又被後現代主義的零散化對整體性的瓦解、平面化對深度模式的取締、現時化對歷史感的擯斥等，〔註31〕予以再一次的清算和批判。迅即演變、亂花迷眼的西方現當代文化思潮，把歷時性的推移變作共時性的存在，爭先恐後地湧入中國，又被當代知識分子爭先恐後地接受和採納，西方現當代文化的價值觀念，成為許多人的評判標準，顯見的和潛在的。人們不但在使用著從西方文化中學來的種種概念和命題，還在爭奪它的闡釋權和使用權，辨正血統，考定譜系，把豐富複雜的當代文學創作納入前定的理論框架中去，要麼就因為灰色的理論無法包容綠色的現實而把後者宣判為「過時」、「死亡」。

〔註30〕李平《中國人，你需要忠告嗎──賣身作家周洪訪談錄》。1993 年 11 月 30 日《中國旅遊報》。

〔註31〕唐小兵譯《後現代主義與文化理論──弗·傑姆遜教授講演錄》對後現代主義的論述，陝西師範大學出版社 1986 年版。

　　80 年代中期的關於「僞現代派」的爭論，便是一個證明。現代派文學對當代中國文學產生影響，吸引模仿者，並產生一批具有現代派色彩的作品，如「朦朧詩」、「意識流小說」等，不過是七八十年代之交的事，並且被以爲現實主義是唯一正宗的批評者視爲洪水猛獸，橫加指責，把創作方法與姓「無」姓「資」對應起來。經過數年的創作實踐和文學論爭，現代派文學剛剛取得合法的生存權，卻又馬上被作爲裁決一切的準則，鑿圓枘方，削足適履。一方面，以西方現代非理性主義思潮爲標尺，掃蕩新時期文壇，批評「大多數作家作品受理性束縛太甚，呈現出藝術想像力的貧弱，缺乏發自生命本體衝動的藝術創造力，儘管模仿了西方現代藝術的技巧，但由於不是出自切身體驗，顯得不倫不類……中國的文化發展一直是以理性束縛感性生命，以道德規範框架個性意識的自由發展，與西方相反，西方文化中一直存在著感性與理性、靈與肉的鬥爭，而且西方文化越發展，越進入現代，感性越不受理性束縛，生命的創造意識越強」，並由此斷定，新時期文學面臨危機。〔註32〕另一方面，則是關於「僞現代派」的論爭。率先提出「僞現代派」的觀念的李潔非指出，「新潮文學處在兩種文本模式之間，同時選擇了兩個參照物──我們可以從文本的分析中有力地證實這種情況，概括地說，它們常常表現出既想學習『現代派』文學的觀念和手法又明顯受到傳統的影響，似乎意欲魚與熊掌兼得，又似乎兩意彷徨。假如它們不這樣，要麼是全然的『現代派』，便不會被人稱作『僞現代派』──所謂『僞』字，正是指這不尷不尬、不倫不類的狀態。」〔註33〕捍衛現代派文學的純正性，被認爲是當務之急。在具體的作品批評中，從電影《黑炮事件》到小說《無主題變奏》，都被劃入「僞現代派」之列，張承志的《金牧場》則被判定爲「過去時代的文本」。數年之後，李潔非不無悔悟地說，「過去的多年間，我頗爲熱衷於在自己的批評活動中『批判』傳統小說，宣稱這類作品在藝術上已經死亡，藉此而向現代小說表示贊美之情。顯而易見，這種立場並非偶然的個人立場，應該說，它是一個時期（主要是 1985 年）以來中國小說界事實上的普遍立場。」〔註34〕這種表述基本上是準確的。

　　進入 90 年代，後現代主義興起。需要明確的是，無論是現代主義還是後

〔註32〕 《危機！新時期文學面臨危機》，1986 年 10 月 3 日《深圳青年報》。
〔註33〕 李潔非《「僞」的含義及現實》，《百家》1988 年第 5 期。
〔註34〕 李潔非《傳統小說和傳統風格》，《鍾山》1993 年第 6 期。

現代主義的接受和倡導，都提供和豐富了我們觀察生活與文化的新角度和新
視野，都對當代文化的建構增添了新的景觀。但是，持這些理論的批評家，
總是有意無意地忘卻一種理論的適用性和有限性，總是忘了中國大陸政治經
濟文化發展的極度不平衡以及由此形成的多樣化和多元化，總是企圖以這些
取自西方的理論一統天下，規範現實，並否定有悖於這理論的一切現象。這
就帶來了如下問題：其一，自認爲得現代主義或後現代主義真傳的學人，究
竟對這些理論及使之產生的文化環境有多大程度的理解，是得其皮毛還是得
其神髓；比如說，有人指出，後現代主義的觀念每隔六七年就更新一次，那
麼，我們又如何把握之追蹤之？其二，即便是得其真傳，是否就可以以之爲
絕對價值，評判一切，睥睨一切？以後現代主義爲例，傑姆遜的講演也好，
福克瑪的文論也好，這些被國內一些青年學者視爲宗師的後現代主義理論
家，他們的觀念和行文中，並沒有他們東方弟子們的那種霸氣和專斷，他們
在闡釋後現代主義的時候，也並沒有斷然宣告現代主義的死亡和毫無價值，
更沒有像他們的東方弟子們那樣「爭先恐後」，隨意命名而不作闡釋和界定，
以隨意命名取代嚴格的闡釋和界定，製造出一大片模糊不清的「後××」來。

譬如說，中國的後現代主義者，因爲握有理論的利器，他們以「性與暴
力」、「性與政治」和「東方奇觀」的話語剖析和抨擊各種類型、各種門類的
作品，從陳忠實的《白鹿原》、賈平凹的《廢都》等小說，到張藝謀的《紅高
粱》、《菊豆》、《大紅燈籠高高掛》和陳凱歌的《霸王別姬》等電影，從《北
京人在紐約》、《編輯部的故事》等電視劇，到《生死在上海》、《曼哈頓的中
國女人》等海外華人作品；而缺少具體的深入闡釋；他們新近採用的隨感式
或者是對話體寫作，大量的即興發揮和「語不驚人死不休」，失去學術論著應
有的嚴謹和論述方法，用後現代主義理論倡揚和評析一切的態度之急切，溢
於言表。

比起當年的現代主義批評家，後現代主義論者具有一定的反省意識，他
們對自己所使用的理論不無懷疑，也意識到自己的困境。「現在我們的困境
是：我們在談東方主義，談後殖民主義，用的是西方左翼進步學者的理論和
術語。好像我們在理論立場上，與他們不得不有重疊、認同、追隨之處，事
實上，當我們面對他們的時候，我們同樣是第三世界面對第一世界的文化對
話，同樣具有等級關係。他們滿嘴的抨擊後殖民主義、帝國主義文化霸權，
但他們坐在那裏，就是一個活生生的文化霸權的化身。他們有權利來判斷我

們的一切，判明我們的一切，而我們必須在引證他們的前提下，才能來討論問題。」「而且我想，我們對於西方理論的操作利用，其操作態度與西方人極爲不同。我覺得，西方的每一種新理論出現的時候，它提供給批評者的是一種遊戲規則。實際上，它作爲一種遊戲規則在使用者手中是一種時裝款式，在西方的使用者與操作者之間，這是一個不言自明的公理，一個前提。而我們，至少在傑姆遜到來的那個時代，我們是把它當作眞理，當作聖經來接受的（1985 年 9 月至 12 月，傑姆遜到北京大學講學，並引發北大一批青年學者對後現代主義的認同──引者）。這樣一些東西至今仍在我們學術界和批評界存在著，我們仍然不能把它視之爲一種遊戲規則或一種時裝。」〔註 35〕它從理論的選取和運用兩個方面表現了清醒的反省，然而，這更大的困難在於，即使有所體悟，又如何能夠擺脫它？

走向神聖的祭壇

　　文化失敗主義，使人們轉向宗教的聖壇。

　　在一篇調查大學生信教情況的紀實作品中，作者對一群信教者進行了追蹤調查：有弱小者的企求庇護，有無愛者寄情於天國，有幻想破滅歸依上帝，有拒避世事污穢以求心靈聖地，有尋求新文化以求拯救民族的……作者援引一位牧師的話說：「現在加入教會的信徒中，1／3 的人受過本科教育，上層知識分子也不少。教徒會越來越趨向年輕化知識化。」〔註 36〕

　　是的，比起東方本土的佛教和道教來，西方的基督教對於中國知識分子來說，更容易產生吸引力，這不只是因爲，佛道二教在中國始終是處於陪屬地位，只是正統儒學的附庸（雖然在儒學中也融入了釋道的內容），而且是在民間發展的，除了在特殊的時代如魏晉六朝成爲一種上流社會的時尚，或成爲宦海失意的落魄文人的遁身之所，它難以形成大的氣候。基督教──天主教進入中國，卻一開始便是以其近代科學技術之優越爲後援，以上層知識分子爲其征服之目標的。第一個來華的耶穌會教士利瑪竇，便是證明。「他花了好幾年時間致力於在中國的貧苦人民中發展教徒，結果收效甚微。他最終明白，爭取中國士大夫或朝臣的支持，才是現實的路。換句話說，他決定自上而下地開展傳教。他開始努力學習古漢語，以便能用中文與中國的學者交流，

〔註 35〕戴錦華語，《東方主義與後殖民文化》，《鍾山》1994 年第 1 期。
〔註 36〕海童著《天堂裏的躁動》第 156 頁，山西高校聯合出版社 1992 年版。

顯示他的數學、天文學、製圖學以及機械諸方面的造詣。正如他希望的那樣，他的技藝喚起了中國人的好奇⋯⋯由於他的博學和誠實，終於使皇帝恩准他介紹更多的傳教士進入中國。」〔註37〕而且歸依上帝，並非如佛道那樣誘使人超脫紅塵，放棄進取，卻可以兼顧人間事務。這也是西方教會的適應性強而號召力強的原因之一。馬克斯·韋伯的《新教倫理與資本主義精神》正是從精神文化與物質進步之關係的角度而闡揚新教教義的，該書在國內翻譯出版後，受到格外重視，自然吸引人們去關注東方儒學與西方宗教之異同，並自然而然地向後者傾斜。

青年學者劉小楓，就這這種東西方比較文化和比較詩學的研究中，從美學走向神學，從藝術走向宗教。在他的《詩化哲學》中，他力圖勾勒出與西方近代理性主義相悖反的德國浪漫派美學思想的源流，以悟性、愛、詩意棲居賦予夜露銷殘一般的個體生命以生存價值和意義，以心靈對抗物性，以感悟對抗理性，以詩意對抗異化，因而對具有神秘主義傾向的諾瓦利斯、由對《聖經》的闡釋演繹而生的闡釋學等都頗為推崇。到他的《拯救與逍遙》，一部對中西文化和詩學進行比較研究、以審視其終極價值的專著，他便完全地認同於西方文化中的基督教精神，一種非宗教的神學，非上帝的神性拯救。他在勾畫出從屈原的《天問》，到魯迅和冰心，從蘇格拉底的「反躬自問」，到海德格爾和加繆，中西文化對人的存在價值的思考異同的發展脈絡之後，他宣稱說：

> 不管在東方，還是在西方，走向神聖的救贖的道路，都是一種背負十字架的苦行，這是不可避免的；世界的形態無意義，是偶然，歷史──社會形態中充滿了謊言，為了使神聖的救贖不至於被世界無意義性和遍佈歷史的謊言所歪曲，背負十字架必然是一種苦行。只是，這種苦行是值得的，因為只有神性的贖恩是最為神聖的，只有這神聖的至愛值得我們的生命為之而生、為之而死。由於人類在這個世界之中，它就不得不穿過黑暗的深淵，上帝只聆聽發自深淵的呼喊。這一歷程但丁早已揭示過了：只有穿過地獄、煉獄，才能進入天國。我要再次重複的是，所謂地獄和天國，都不在這生命的此在之外，不在來生、來世，而在今生的生命。地獄就是生命的中

〔註37〕喬納森·斯潘塞著、曹德駿等譯《改變中國》第 3～4 頁，三聯書店 1990 年版。

心無信仰的自大，就是一切自我的蛆蟲咬嚙靈魂的自傲；天堂就是
領乘救贖的神恩，靈魂中顫動著懺悔的祈告和對通體浸潤著愛的上
帝的信仰。因而，背負十字架的苦行，是對現時生命的愛意的絕對
肯定，因而也是對現世生命的絕對肯定，個我生命對神聖的永恒生
命的應答，才是對現世生命的最高肯定。〔註38〕

作出這樣絕然的判斷，是與劉小楓對中國現代文化的強烈的批判相聯繫的。
他看到在「五四」一代和「四五」一代知識分子中間所隱含的復歸傳統文化
的危險，和植根於「有明確的價值理想的儒家信義傳統」的虛無主義價值觀，
憤而選擇了「背負十字架的苦行」。〔註39〕以對神性與愛的絕對崇拜抗拒著東
方文化中的相對主義和虛無主義。但是，劉小楓所倡言的神性和愛，作為一
種終極價值，是否就全然合理？從理性的烏托邦的廢墟之上，能否建立起神
性的烏托邦？聯想到20世紀後半期，西方世界神學的重新抬頭和民眾的新的
宗教狂熱，「人民聖殿教」的悲劇和一系列與之相近似的慘案，以及並沒有停
止於海德格爾和維特根斯坦的現代文化思潮對他們的批判和反省，如何使我
們的種種思考和追尋與現今達到的思想高度、終極真理相調諧？在沒有解開
這些疑團的時候，我們仍然無法在神性中獲救——用現代理性建立起來的神
性，總使人覺得有難以磨合的斷痕。更何況，這種以世界的荒誕性偶然性存
在為前提，以人的皈依和苦行為救贖的道路，依然是訴諸人的道德自律，帶
有強烈的道德性評判的色彩，它和我們告別不久的現代崇拜、個人迷信、愚
民和禁欲的文化，又會有多少重合呢？

劉小楓是以「文革」後新一代知識分子的身份進行上述思索的，並且是
自覺地站在這一代的立場上抗爭虛無主義的，但他真正能夠拯救的，只是他
自己，這或許就是為什麼他後來會去讀神學博士學位的理由。

對於用現代理性建立神性之可能性的懷疑，在作家史鐵生那裏得到了印
證。作為知青一代作家的史鐵生，在鄉村生活中招致病患，成為截癱的殘疾
人，被迫承受比常人沉重許多的苦難，也迫使他更渴望終極價值的確立和支
持，以支撐自己迎擊生活的挑戰。在他的作品中，他尋求著生命與神性的關
係，《命若琴弦》中那盲眼樂人所代代相傳的、只要苦忍苦練、拉斷××根琴
弦，便可使失明的眼睛重放光明的信念，成為支撐他們在苦難人生中獲救的

〔註38〕劉小楓《拯救與逍遙》第529頁，上海人民出版社1988年版。
〔註39〕同上書，第534、533頁。

精神支柱；《原罪》中的十叔以心造的神話支持著癱瘓的生命，「一個人總得信著一個神話，要不他就活不成他就完了」；《宿命》中的「我」坦然接受自己的命運，「上帝已經把莫測的前途安排好了。在劫難逃」。在一篇創作談中，史鐵生寫道：

> 教堂的穹頂何以建的那般恐嚇威嚴？教堂的音樂何以那般凝重肅穆？大約是爲了讓人清醒，知道自身的渺小，知道生之嚴峻，於是人們才渴望攜起手來，心心相印，互成依靠。

> 這至少也是小說的目的之一吧。〔註40〕

源於自身的苦難，生存的渺小，使史鐵生本能地渴望心靈的拯救，並認同了羅素的話，「現在，人們常常把那種深入探究人類命運的問題，渴望減輕人類苦難，並且懇求將來會實現人類美好前景的人，說成具有宗教觀點，儘管他也許並不接受傳統的基督教。」〔註41〕然而，作爲憑依自己的理性精神把握現實、叩詢人生的思想者，史鐵生又以無畏的勇敢進入迷宮，在各種宗教中求索並傾訴自己的懷疑和新的感悟。在《中篇1或短篇4》中，他對宗教所張揚的終極樂土進一步求證說：「一旦佛祖普渡眾生的宏願得以實現，世界將是什麼樣子？如果所有的人都已成佛，他們將再做些什麼呢？」這的確是一個兩難命題。史鐵生卻機智地超越於這悖反之上，「無惡即無善，無醜即無美，無假即無眞……煩惱即菩提。普渡眾生乃佛祖的大慈，無路無極是爲佛祖的大悲。」「也許，唯有自然才是眞正的完美。」正如論者指出的那樣，宗教，是別無選擇的選擇。但宗教也經不起理性的詰難：向基督求助的結果是上帝藏匿了生命的終極之解；向佛祖求教的結局是沒有極樂淨土。最後的立足點是自強不息，自我完善，與荒誕的現實和解。史鐵生的求索走了一個圓圈：從否定現實的合理性到承認現實的合理性。從積極救世到淡泊達觀〔註42〕。他似乎是從西方的上帝那裏轉了一圈，又回到東方的禪悟境界。

　　與史鐵生相映的是張承志。史鐵生是由於身心的苦痛而企盼救贖，張承志似乎是過於強悍、過於孤傲而意識到自己的軟弱和卑微，渴望一種更強悍、更孤傲的生存姿態，以及他的民族、血緣、宗教方面的原因，他的憤世嫉俗

〔註40〕 史鐵生《交流、理解、信任、貼近》，《鍾山》1989 年第 1 期。
〔註41〕 史鐵生《隨想與反省》，《人民文學》1986 年第 10 期。
〔註42〕 樊星《叩問宗教——試論當代中國作家的宗教觀》，《文藝評論》1993 年第 1 期。

和叛逆性格，使他歸依了穆斯林中的極端主義者——哲合忍耶教派，並撰寫了該教派的第一部文字書寫的歷史《心靈史》。他曾經激切地在《心靈史》中宣稱，「在中國只有這裡才有關於心靈和人道的原理」，「我最後的渴望是——像他們一樣，做多斯達尼中的一個人。」他還擔任了哲合忍耶教派的義學老師。但他畢竟是一個現代學者型作家，而不是土生土長、偏居一隅的佈道者。在經過海外數年講學和打工的經歷之後，他又有了新的感悟新的激情。他是從《金牧場》那樣跨國界跨文化跨歷史的廣泛求索中走向西海固那片貧瘠的土地，走向那棄絕今生的奢望、全身心地爲主而活爲主捨身的哲合忍耶的，他宣稱在那裏找到他最終該的歸依；然而，再一次的海外漫遊，卻又使他的熱血再次沸騰，由皈依不過數十萬人的連在中國回民中都只佔有少數的教派的宗教情感，拓展爲對中華民族文化的再度認同。哲合忍耶偏居最貧瘠的山區，經受過被剿滅被殺戮的異端之命運，也顯現出絕望中的無畏和崇高；然而，曾經作爲先進的、優越的、占統治地位的中華文明，又承受著巨大的恥辱和悲哀。「你的弱點在於你忘了你屬於這被我反擊過的中國人……無論從舊大陸到小島嶼，還是從舊大陸到新大陸，你只要堅持你的色彩，那麼你的命運很可能只有一種——被歧視。」〔註43〕於是，帶著這種恥辱，帶著由此激發起來的憤怒，他再一次宣佈他對於長江、黃河和長城的歸依：「踩著貧瘠的土地，登上山頂攀上長城，遠方蜿蜒的兩條江河遙遙在望。這就是你我的家鄉，清貧的祖國。她依然緘默無聲，一任命運的擺佈。選擇只在你我，抉擇只在你我，在這既充滿希望又充滿險惡的 21 世紀。」他甚至更爲激烈地呼喚：「今天需要抗戰文學。需要指出危險和揭破危機。需要自尊和高貴的文學——哪怕被他們用刻薄的北京腔挖苦。」〔註44〕他從宗教的鬥士脫化爲民族的鬥士，他不再是站在西北的黃土溝原上吶喊，他背倚著長江黃河長城大山，爲中華民族的尊嚴而戰。

　　宗教的殿堂，有人走出來，也有人跨進去。被人們視爲新潮小說家的北村，近作中頻頻閃動著基督教的光環。目前還沒有見到多少材料說明這樣一個富於探索精神的青年作家是如何從對小說藝術的試驗演變到對於宗教精神的思考，不過，在他最近的一篇創作談中，他明確地說道：

　　　　本能不是愛。人以爲他那一點感受叫愛，這是多麼虛妄！他那

〔註43〕張承志《無援的思想》，《花城》1994 年第 1 期。
〔註44〕張承志《無援的思想》，《花城》1994 年第 1 期。

　　一點感受叫殘缺的情感。

　　　愛是具有神聖感和終極性的。

　　　神就是愛。愛是神的專利和基本的性情。〔註45〕

在敘述了人類由於受到撒旦的誘惑，懷疑上帝的絕對的愛，而走出伊甸園，經磨歷劫，窮途末路的悲慘境遇之後，北村聲言，「今天，背逆的路已經到了盡頭，到了該結束的地步。至高者要在地上恢復他的道路，你不是作神的抄寫員，就是當魔鬼的秘書，沒有第三個地位。」「恢復初始的愛，再啟動這支筆。今天你是什麼人，就定規你寫什麼東西，逃也逃不了。亞當和該隱的生命不能在我們身上再有地位了，它們必須出去，在這裡，作家首先要成為這個時代良心的代表。」〔註46〕從銳意精進、苦心孤詣地探求藝術的表現力，到轉而要求作家成為這個時代良心的代表，這變化當是以他對宗教精神的體認為中介和動力。

　　我們無法否認北村帶著青年的熱情和得道的欣喜而傳播福音的摯誠；對作家由於精神境界的改變而開闊了心胸和視野，也感到欣慰；我們所要保留的一點是，北村的宗教精神，似乎是紙上得來終覺淺，比之於史鐵生和張承志那樣發自個人生命和血性的感悟，便顯得皮相；它尚沒有化為作家的內在血脈，而是較多地停留在語言和敘述的層面，甚至是為了匆匆忙忙地宣道，而假借人物故事去演繹思想，直奔主題（《施洗的河》中的劉浪，他一生的為非作歹，似乎都是為了實現那最後的救贖，而導致作品的理念化，便是一例）。這恐怕也是作家所必須深思的吧。

　　從文化轉向宗教，表明了在文化失敗主義的氛圍中企圖獲得救贖的新的努力；而且沒有上帝的神學，重建聖壇的構想，在西方現代文化中，成為一股相當強大的思潮，也以此誘惑著東方的知識分子。然而，我所疑慮的是，當代中國學人，一方面是在一種毫無宗教氣息的文化環境中長成的（西方知識分子那種在幼年時代便生活在宗教氛圍濃烈的家庭之中，在理性形成之前，對上帝的崇敬和愛意便先入為主地佔領他們的感情、意願和潛意識，幾乎化作一種生命之本能，滲入骨髓，並構成他們心靈的不可或缺的部分，在青春期的反叛和理性精神對上帝的否定之後，一旦進入成年期，他們往往會不由自主地重返上帝，正像常言所云，如果沒有上帝，那就造一個新的上帝

〔註45〕北村《愛能遮蓋許多的罪》，《鍾山》1993 年第 6 期。
〔註46〕北村《愛能遮蓋許多的罪》，《鍾山》1993 年第 6 期。

來填補真空，故而會傾注極大心血去論證上帝或神性的不可或缺）。他們轉向宗教，只是在理性層面上為那種至尚的無限的愛所感動，但在情感的層面上，他們與上帝和主之間，卻缺乏本能的。水乳交融的親和力，永遠無法把自己的情感毫不保留地傾注其間。愛是盲目的，無論是對男女之間的情愛，還是這種神聖的博愛，都是無條件的，先於理性判定，是情感大於理性，才能做到愛無差等，甚至愛自己的敵人，愛生命的苦難。中國的知識分子，卻是在思想和理性成熟之後，方接觸和接受宗教之啟蒙的，是理性的認知，是理性制約情感，是以某些判斷和功利目的為其前提的，理性的歸依，伴之以崇高，情感卻可能還在扯著後腿，無法真正跪倒在苦難和十字架面前頂禮膜拜──比起那種幼小孩子跟著父母和老師在每次舉箸用餐前都要感謝主恩的潛移默化的薰陶來，自我救贖和拯救人類，都顯得功利性太強了。另一方面，中國知識分子，又都經歷過那持續 10 年的現代迷信和領袖崇拜，以最蒙昧最虔誠的心態，和最殘酷最野蠻的懲戒手段，扼殺人的靈性，摧折人的創造力，乃致使許多人家破人亡。這慘痛的記憶尚未消彌。作家莫言就宣稱，「我憎恨所有的神靈」。他在引述了馬克思的有關論述──上述的一句話是馬克思《博士論文》中徵引埃斯庫羅斯劇作《普羅米修斯》中的獨白──之後，憤然宣告，「如果連瀆神的勇氣都沒有，哪有批判神的勇氣？」「壓在我們頭上的神太多了，有天上的，有人間的；但無一例外不是我們自造的。打破神像，張揚人性（有特定意義），一個古老又嶄新的口號。」「總有一天，神聖的祭壇被推翻，解放了的兒孫們，幹出了勝過祖先的業績。」〔註 47〕這不只是莫言的態度，也是筆者所認同而且認為這是當前大量知識分子的情感傾向。那些佈道者，面對這種歷史的創痛和現實的評判，又何以覺世和救世？

危機、選擇與自由

　　文化失敗主義，必然會激起知識分子的反省和回應，因此而產生了商品大潮中人文精神的危機和知識分子使命的討論；另一個不那麼醒目、卻同樣重要的討論，則是在現實環境尤其是意識形態仍然對思想文化居指導地位的形勢下，文人可以擁有多大的自由的論爭；它們互為補充，在 90 年代的政治──經濟──文化的新格局中，重新確證文化和知識分子的使命。

〔註47〕莫言《我憎恨所有的神靈》，轉引自張志忠著《莫言論》附錄，該書第 291～292 頁，中國社會科學出版社 1990 年版。

　　1992 年春夏之交，鄧小平南巡談話的公開發表，以及由此產生的一系列連鎖反應，使沉落數年的經濟再度熱了起來，改革大潮重振，商品和市場成為新的中心，一時間，經商之風大熾，「下海」之聲四起，人人都想爭作市場經濟的弄潮兒。這是歷史提供給每個人的機遇和選擇。「但是，由於作家在意識形態中具有的特殊位置以及對人民精神生活所起的重要作用，使得他們的『轉向』變得異常敏感與複雜。」〔註 48〕

　　這種轉向，有其內在的深刻原因。老教育家蘇步青教授指出，「教師待遇問題應當合理解決，現在分配不合理，致使部分教師擺攤補貼家用，有礙國家體面。我在全國政協會上說過，解放前我的工作最出色的年代是 1932 年～1937 年，我每月工資有 320 塊『大頭』（銀元），請個保姆每月只需 3 元，那一段時期家裏什麼事也不用我操心，一心只顧搞研究。」〔註 49〕在另一篇文章中，記者對五六十年代的回顧也令人感慨：五六十年代，一年發三個小短篇就過得很好，此語如聽天寶遺事；杜鵬程能從《保衛延安》的稿酬中分出數萬元交黨費更是天方夜譚。〔註 50〕作家張賢亮在「下海」辦公司的時候說，文聯和作協系統太窮了。全寧夏的廳級幹部，只有張賢亮自己是沒有專車的，文化人坐「清水衙門」，連正常的活動經費都難以保證；他「下海」的目的，就是要以個人的某些付出為代價，為寧夏的作家能安心創作創造一些條件。

　　是的，對於那些從貧寒中奮鬥出來、又有老老小小需要他們的經濟資助和撫育的部分文人來說，生活的負擔過於沉重。以《人生》和《平凡的世界》飲譽文壇的路遙，英年早逝，未曾留下多少遺產，卻有個尚在小學讀書的女兒須待養育，是中華文學基金會為她提供了部分求學（轉學）費用。以《抱玉岩》榮獲首屆全國優秀短篇小說獎的湖北作家祝興義，中年病故後，尚有三個未能正式就業的孩子，以致省作家協會同仁發起募捐以恤幼撫長。……

　　因此，文人或經商或「下海」，都是個人選擇，都是社會生活進一步開放的明證。而且，文人經商和「下海」，不論其成敗，都會豐富和開闊其眼界，增強其對社會生活的體驗，並為文壇增添新的作品。問題在於，未曾「下海」、坐守人文科學地盤的人們應當如何自處，面對拜金主義和人文精神的危機，

〔註 48〕《商潮攪亂文人夢——中國作家心態實錄》，1993 年 6 月 17 日《光明日報》。
〔註 49〕江之湃《什麼是「新聞」》，1993 年 6 月 17 日《光明日報》。
〔註 50〕《出路：只能是文學——中國作家心態實錄（下）》，1993 年 6 月 19 日《光明日報》。

又如何扭轉頹勢，重建理想和價值？

　　在一篇名為《文人還會被尊重麼？》的文章中，作者對市場與文化的關係，作了相當低沉的估量：在市場經濟大潮的洶湧衝擊下，作為整體的知識分子更加速地被「消解」為各類受過訓練的專業人員。其尊卑貴賤，都要通過在市場這個大考場上的拼搏競爭而一見分曉。而且，在強調「合理化」的現代化社會中，意識形態的功能與作用日益淡化。這些都使知識分子迅速由「中心」滑向「邊緣」。該文指出：

　　　　在生活節奏日益加快的現代化社會中，在以大眾消費為基礎的「市場法則」支配下，精緻文化的「地盤」日益縮小，強調官能直感的通俗文化、痞子文化卻大行其道。且看正在接受專業訓練、但專業角色還未最後確認的大學生群體中，十幾年前流行的是批判的批判、理性的覺醒、絕對精神、社會良心、存在與時間、之乎者也、浮士德、羅密歐與朱麗葉，今天的熱點卻是瑪多娜傑克遜金利來吃進拋出一無所有千萬別把我當人玩的就是心跳讓我一次愛個夠過把癮就死！

　　　　當今世界，皓首窮經早成笑談，於是各種「白話經典」便乘虛而入。當人們連白話經典都不勝其煩時，「漫畫經典」、「滑稽經典」就應運而生。在此類經典的大舉進攻面前，當代閻百詩、顧亭林頓時潰不成軍，只得徒悲天道漸失，嚮隅而泣。

　　　　「文言──白話──漫畫」，經典載體的這種變化必然導致信息傳遞的失真。而語言形式由「象形」向「形象」的回歸，必然造成人類思維由精緻抽象向簡單直觀的退化。這倒也罷，「人生識字憂患始」，倘真能就此漸脫憂患，亦是人生一大幸事。〔註51〕

拋卻文化，棄絕憂患，當然只能是無奈的反諷，人文精神自有其獨立價值，市場價值並非絕對地可以衡量一切。錢鍾書便發出一個老知識分子的呼籲：「……崇高的理想、凝重的節操和博大的精深的科學、超凡脫俗的藝術，均具有非商品的特質。強求人類的文化精粹，去附和某種市場價值價格的規則，那只會使科學和文藝都『市儈化』，喪失其真正進步的可能和希望。歷史上和現代的這種事例還少嗎？我們必須提高覺悟，糾正『市儈化』的短視和淺見。」

〔註51〕雷頤《文人還會被尊重？》，《讀書》1993 年第 1 期。

〔註52〕從事文化和哲學研究的龐樸，則提出了在商品潮中營造象牙塔的問題。

在《十字街頭與象牙之塔》中，我們曾引述過陳平原對象牙塔的思考。不過，陳平原要求允許少數人重返象牙之塔，是出於學術發展的需要，是從知識分子的從政、社會文化批評和學術研究三種選擇各自的合理性立論的；龐樸所注重的，卻是人文價值觀之重建的必要性以及如何擺脫商品化浪潮之襲擾的策略。龐樸指出，多少年來，我們在學術和理論要聯繫現實服務現實的方針指導下，躲避和拆解不計功利目的的象牙之塔，塔裏的主人也早已從精神貴族變爲精神平民，「眼下，面對著洶湧澎湃的商品大潮，這些年久失修的寶塔及其主人，岌岌乎，正在夷爲平常大地和淪爲精神乞丐！」「誠如馬克思所說，商品生產可以使一切都商品化，包括政治、宗教、道德和良心，市面上消費文化的大量湧現，只不過小事一樁。但是，是否應該在商品世界中保持一塊淨土，以研究政治的眞正含義，宗教的終極關懷，道德的崇高境界，良心的人文精神，以及一切被目爲象牙之塔的學術和理論呢？」陳平原所言的象牙塔，是關乎學術自身的，龐樸所說的象牙塔，則是維繫世道人心的，「這是今天的精神乞丐們首先需要論證的大事，也應該是今天的政治家們萬機之中的一機；說到底，它或許還是民族廢興的緊迫課題。」〔註53〕

象牙之塔的重建，是爲了確證人文主義的獨立價值，給心靈的尋覓提供一種良好的環境；哲學家張汝倫則是從理想與烏托邦的不可或缺入手，去論證精神的至尙性的。

美國學者莫里斯·邁斯納論述中國傳統的烏托邦傾向時說，不管是儒家的「大同」說，還是莊子的「至德境界」，都是「既缺乏歷史樂觀主義又缺乏政治上的積極行動，」〔註54〕這是很有見地的。由於意識到「大同」和「至德境界」的悠遠縹緲，中國古代思想家往往是把它排除或擱置於現實的奮鬥目標之外，退而求其次，尋找現實可能性的，達則兼濟天下，窮則獨善其身，進退自如，當行則行，當止則止。因此，在實用性和功利性的相對主義價值面前，理想和烏托邦的絕對價值黯然失色。今日的商品潮和拜金主義，商業文化對精英文化的輕蔑和嘲弄，則以其不容置疑的現實性，反證出 80 年代在

〔註52〕這是錢鍾書接受《人民政協報》記者採訪時的談話。轉引自阿康《文化內外談》，1993 年 6 月 9 日《中國文化報》。

〔註53〕龐樸《象牙塔與商品潮》，1993 年 7 月 7 日《光明日報》。

〔註54〕莫里斯·邁斯納《毛澤東與馬克思主義、烏托邦主義》第 3 頁，中央文獻出版社 1991 年 1 月版。

人文主義和科學主義指引下的思想文化建設、理想主義精神的失落和幻滅。依照現代化和歷史進步的理想所催喚出來的商品潮和市場經濟，將人文知識分子和他們倡導的歷史—文化價值觀棄之不顧；實用主義的畸形發展，短期效應的惡性膨脹，使形而上的終極關懷顯得愚不可及。

　　因此，在這個價值失範、理想失落的時代，再談理想和烏托邦，的確是需要勇氣和信念的。張汝倫並不諱言理想的難以實現和難以驗證，也清楚地意識到堅持理想追求的困難：「堅持理想，尤其是用自己的生命堅持抽象的形而上的理想，又有什麼意義？的確，如果連思想、情感、藝術、愛情、友誼乃至人本身都可成為商品和消費對象，理想也就如堂吉訶德先生大戰風車一般，成了一個荒誕的象徵。」〔註55〕然而，堂吉訶德對理想的追求，可笑卻更可敬，「理想之為理想就因為它並不現實存在，而只是作為人的一種精神目標來引導，完善和改進人生，使之趨於完美。另一方面，雖然人不可能絕對完美，現實更是充滿醜惡和痛苦，所以人需要有一個完美的象徵以示人可以為醜惡與痛苦包圍，但決不認同它們，而要超越它們。人需要這樣一個象徵來寄託自己的希望和所認同的價值。真正的理想主義者之珍視和堅持理想，並非以為理想終究要實現，而恰恰在於理想就是理想，而非可實現或將實現的現實。」〔註56〕正是在這一意義上，張汝倫宣佈——理想就是烏托邦。「烏托邦的意義不在於它能實現與否，而在於它與現實的對立，在於它對現實的批判意義。意識形態告訴人們：存在的就是合理的。而烏托邦則表示：存在的是必須改變的。烏托邦的一個建設性功能是幫助我們重新思考我們社會生活的本質，指出我們新的可能性。烏托邦是人類持久的理想，是一個永遠有待實現的夢，烏托邦的死亡就是社會的死亡。一個沒有烏托邦的社會是一個死去的社會。因為它不會再有目標，不會再有變化的動力，不會再有前景和希望。」〔註57〕這種對於理想和烏托邦知其不可為而為之的執著態度，使我們想到劉小楓所言的神性的拯救，但卻是以清晰的理性而有別於後者的神學色彩，它確認理性和理想在於我們自己心中，而不是去再建膜拜的天國，因而也就更為積極和更容易受到我們的贊同。

〔註55〕在筆者所參加的一次學術會議上，年輕的後現代主義批評家就用「堂吉訶德式的狂吼」貶抑他們以為過時的理想主義者。
〔註56〕張汝倫《理想就是理想》，《讀書》，1993年第6期。
〔註57〕張汝倫《理想就是理想》，《讀書》，1993年第6期。

　　值此理想受到鄙棄、信念受到懷疑之際，錢理群的新作《豐富的痛苦——「堂吉訶德」與「哈姆雷特」的東移》，對理想主義與懷疑精神，崇尚行動與終極詢問、救世熱情與理性冷峻的不同精神類型，做了深入考察和反省，以堂吉訶德和哈姆雷特從他們各自所產生的國度經由德國——俄國東移到中國，在文學界和思想界激起的反響，以及由此所揭示的知識分子的精神、氣質和心靈世界，重新評價理想主義與懷疑主義的各自優劣，並且揭示了知識分子的內心矛盾：從理性上，我們願意認同於充滿智慧和反省精神的哈姆雷特，對自我、對存在、對世界作永遠的追尋，在情感上，我們卻傾斜向熱情洋溢、英勇無畏的堂吉訶德，崇尚行動，追求革命，爲理想而獻身。在本書的後記中，錢理群表述了這種兩難困境中的「自我掙扎」，並且在當前理想淪喪的現實面前再度肯定理想之可貴，「此刻回想起來，促成我決心寫此書的，還有一個潛在的心理動因：也許是因爲哈姆雷特的懷疑精神突然變得『可疑』，也許是因爲堂吉訶德的理想主義受到衝擊，我爲一種失落感壓抑感所攫住，並且像陷入了『無物之陣』似的，無以擺脫。過去，每有不快，只要到校園裏走一圈，一切痛苦都會自然平息。現在卻不能，校園已不再是『精神的聖土』。」「種種煩惱纏身，卻因此而煩躁，不安，覺得一切都是『無聊』；又突然轉入無羈的精神漫遊，誠實的心靈交流，天馬行空般的思想馳騁，雖不免是悲劇的、荒誕的，卻依然是嚴肅的眞實追求，儘管永遠也無結果，尋不出任何解答，但畢竟是全身心投入的認眞的探索，因而感到精神的自由，心智的解放與生命的充實。因此，對於我來說，這本書的寫作，是再一次的『自我拯救』，是用精神的充裕來補償現實的缺憾的，阿 Q 式的，堂吉訶德式的自我掙扎。這『拯救』與『掙扎』，是悲劇性的，還是喜劇性的，或者兼而有之，我已經說不清了。作爲一介書生，我只能有這樣的選擇。如此而已。」〔註 58〕

　　正是在這樣的時代氛圍中，產生了「文學與人文精神危機」的討論。率先提出這一問題的，是王曉明、張宏、徐麟等人的《文學與人文精神的危機》一文。〔註 59〕在刊載上述文章的《上海文學》上，1993 年下半年在「批評家俱樂部」和理論欄目中，先後刊發陳思和、郜元寶等《當代知識分子的價值

〔註 58〕錢理群《豐富的痛苦——「堂吉訶德」與「哈姆雷特」的東移》第 328 頁，時代文藝出版社 1993 年版。
〔註 59〕王曉明等《文學與人文精神的危機》，《上海文學》1993 年第 6 期。

規範》，〔註60〕李潔非《物的擠壓——我們的文學現實》，〔註61〕殷國明、陳志紅等《話說正統文學的消解》〔註62〕，陳福民《誰是今日之「拾垃圾者」——關於「文學危機」與現代文人命運的斷想》，〔註63〕使這一話題成爲眾說紛紜的「熱點」。在南京出版的《鍾山》，從1993年第6期開始，連載陳曉明、張頤武、戴錦華和朱偉的《新「十批判書」》，已先後推出《精神頹敗者的狂舞》，《東方主義和後殖民主義》等〔註64〕。於北京出版、立足於知識分子讀者層的《讀書》、亦從1994年第3期開始，連載張汝倫、王曉明、朱學勤、陳思和的《人文精神尋思錄》，其開篇之作爲《人文精神：是否可能和如何可能》。再加上由於《廢都》的先揚後抑，詩人顧城在海外的殺妻和自殺，以及由此而展開的文學論爭，的確是惹人注意，至少在文化圈子裏是如此。即使是一些並未直接參與話題討論、自說自話的文章：也多有危機之憂，學人之歎。譬如說，打開1994年第1期的《讀書》，依次翻下去，韓少功的《形而上的迷失》，是指斥今日的文學脫星和學術脫星所導致的性文學和縱慾主義之泛濫的；陳子平的《耐心地打撈光明》是由顧城之死追溯到屈原、葉賽寧、王國維、朱湘、海子的死亡，重複著陀思妥耶夫斯基的呼喚，「人總得有條出路啊！」鄭也夫的《中庸之道的現代回聲》，以拉弗曲線理論見證古老中庸之說的再生，用「張力」說調解保守主義與激進主義的互相拒斥；陳樂民的《尋孔顏樂處，所樂何事？》的副題是「閒話知識分子與治學」，屬於正本清源的文字；趙毅衡的《走向邊緣》，則是以現代社會中知識分子社會角色的轉換，重新界定其功能的……紛紛擾擾之中，人文知識分子對文化危機的診斷和思考，對自身使命的重新確證，確實是當務之急。

「文學與人文精神危機」的討論，由上海——南京——北京這樣的路線由南而北，主要的參與者亦可分爲上海和北京兩個中青年知識分子群體，前者爲陳思和、王曉明、張汝倫等爲主，後者爲陳曉明、戴錦華、張頤武、朱偉；他們的論點，有同有異，也有交鋒；那些單兵作戰者則錯落雜陳，使這一討論更加豐富和駁雜。

王曉明等人首先作出「人文精神遭遇危機」的論斷。他們在《文學與人

〔註60〕《上海文學》1993年第7期。
〔註61〕《上海文學》1993年第11期。
〔註62〕《上海文學》1993年第11期。
〔註63〕《上海文學》1993年第12期。
〔註64〕兩文分載與《鍾山》1993年第6期、1994年第1期。

文精神的危機》中，列舉文學衰落的種種跡象，嚴肅刊物轉向，作品質量下降，作家批評家「下海」，文學在社會生活中的重要地位日益減弱，文化危機日見明顯。種種現象表明，人們已經對發展自己的精神生活失去興趣，文學危機實際上暴露了中國人文精神的危機。他們把批評焦點集中於「新寫實小說」及其批評上，指責從「新寫實小說」開始就表現了人文精神的萎縮，批評家卻用「零度寫作」和「後現代主義」等新名詞掩蓋其實情。

陳曉明等後現代主義的理論家，在對文化和文學危機的判斷上與前者相同，不過，他們所著眼的是晚近的文學和影視作品，通過對《白鹿原》、《廢都》、《大紅燈籠高高掛》、《霸王別姬》和《北京人在紐約》等的評析，指出嚴肅文學商業化、精英文化大眾化和東方文藝「奇觀化」——即迎合西方人對東方的成見和趣味，以最便於進行跨文化交流的中國電影迎合西方人的口味，需要什麼賣什麼，想看什麼演什麼。比之於王曉明等人的常規性批評，陳曉明等人以後現代主義理論為武器，除了關注作品，還研究大量的社會文化現象、知識分子心態、東西方文化的比較，因而顯得視野更開闊，卻也有浮光掠影之虞。他們也同樣批評「新寫實小說」，但尚未對王曉明等指責的「後現代主義」與「新寫實小說」在理論與創作上的彼此呼應作出正面的回答。

在如何克服危機、拯救文化和知識分子自身的問題上，更能見出南北學人的差異。王曉明等人在提出「人文精神危機」之後，迅即轉向反躬自問，轉向對知識分子的價值規範的思考。文化的失落，必然伴隨著知識分子的失落。人文精神遭遇危機，知識分子也就難逃其咎。陳思和、郜元寶等的《當代知識分子的價值規範》就從對知識分子的重新界定入手，從專業研究和社會良心兩個方面考察知識分子的現狀，並給以尖銳批評：今天的知識分子，既缺少職業道德和敬業精神，又放棄了社會使命和責任感——「前幾年『知識分子』很容易做，許多人在社會上到處發議論，批評一切，自己卻什麼也不是，這是一種沒有知識只有責任感的知識分子……這幾年經濟大潮起來，知識分子似乎連『責任感』也不再提，不敢提，或者不想提了。」（陳思和語）他們從物質與精神的相互聯繫上，呼籲要改變知識分子現實的物質困窘、經濟貧窮，也要求知識分子要發揮主體的戰鬥與超越精神，繼承優秀精神傳統，在商業化面前，保持對社會關注和批判的熱情，要在學術活動中提高和擴展自己，建立自己的尊嚴和價值。在張汝倫、王曉明、朱學勤、陳思和的對話《人文精神：是否可能如何可能》中，從反省他們分別從事的文史哲三大學

科入手，探索人文精神內在生命力的枯竭。「拿哲學來說，它發展的動力在於懷疑和批判。哲學作爲愛智之學追求的是人生的智慧，作爲形上之學又必然有深切的終極關懷，這種智慧與終極關懷構成了哲學眞理的主要特徵和內涵，體現的則是所謂的人文精神。」「正是由於人文精神意識的逐漸淡薄乃至消失，使得智慧與眞理的追求失去了內在的支撐和動力，使得終極關懷遠不如現金關懷那麼激動人心。」（張汝倫語）他們指出：大陸學人的「底氣不足」，提不出眞正有深度的課題，只能做港臺和海外學者的簡單響應；工具理性導致學術技術化和人格萎縮；知識分子面臨的課題是，如何在廟堂文化、民間文化和西方文化三者間重建新的價值體系，如何協調人文精神在原則上的普遍性與實踐中的個體性……用朱學勤的概括來說便是，「從各自所處學科內在的人文缺失談起，先涉及人文精神的普遍原則，又以實踐的個體性來限定它；從這個體性引出對相對主義的質疑，復以基本的價值規範的相對普遍來限定它」，由此探索人文精神的重建。

　　陳曉明等人沒有這種反思的沉重，卻又有他們獨有的新困境——一方面，他們在評析種種文化現象時都自覺運用後現代主義理論，而後現代主義理論本身的強烈批判性——後現代主義的實質就是文化批判理論——更增強了他們的批判鋒芒。另一方面，後現代主義理論並非萬能，他們在運用後現代主義理論剖析種種文化現象時，難免會有簡單化膚淺化之嫌。同時，他們又自覺意識到西方理論所浸淫的文化霸權在後現代主義和後殖民理論中同樣存在，你若採用後現代主義理論，你就同時也接受了該理論強加於東方文化的不平等地位。更進一步地，他們操後現代主義理論，是希望要用同一符碼與西方學者對話，但這種對話欲是不是一廂情願的單相思？於是，他們在承認「現代性就是一個西方化的過程」（張頤武語）的同時，也不得不接受文化上的不平等地位；從另一角度說，他們在堅持對商業化和文化頹敗現狀進行批判的同時，又要對他們的洋「老師」抗爭，在悖論中穿行。「在後現代時代，總是處在一種話語的悖論之中。像傑姆遜，他要強調反對歐洲中心，要理解第三世界，他又充滿白人的優越感。薩伊德也是，他到西方，受過系統完備的西方教育，說西方語言，穿著西方服飾，來強調他的東方文化。……所以一樣，我們在企圖理解我們的時代，同時我們企圖對西方對東方誤讀產生反抗的時候，我們也處在這樣一種悖論。然而，在悖論中穿行是我們保持批評性的唯一選擇。」（陳曉明語）在他們看來，中國知識分子在西方中心主義和

後殖民文化大舉擴張的時代，無論如何也逃不脫西方文化之網；人們只能在這種宿命之中進行無望的抗爭。從在悖論中穿行表現出的部分自信，至此蕩然無存，「在當今時代，中國知識分子要獲得話語權力，要成為中國文化的象徵之物，就有必要得到西方發達國家的文化權威包括海外漢學家的指認和命名，這也許有些令人悲哀，然而這卻是我們文化的命運。本土的文化權威已經頹然死去，人們也沒有耐心聽取同樣的破落者的聲音。一個經濟和精神雙重困窘的族類，它無法指望其他結局，也許這是最好的出路。我們的文化早已把我們置身於這樣的境遇，我們已經沒有奔赴這一目標和那一目標的自由，連逃脫也被注定了落網，這就是我們的歸宿。然而，落網者坐享其成，而逃脫是我們永久的選擇。」（陳曉明語）陳曉明的這兩段重要論述，中間有著大量的過渡，但它不是邏輯的推演，而是對眾多文化現象的評述；這也正是晚近後現代主義理論家的姿態，他們的即興式發揮，靈感式斷語，使人難以清楚地把握他們的內在思路。單以這後一段話（也是《東方主義與後殖民文化》）一文的結語）來看，他們對「人文精神危機」的激切批判，至此已變成無可奈何的認同，不要說解救它，連逃脫它的可能性都幾乎不存在。他們宣告的，是一個最黯淡的文化時代之降臨，一個首先要得到西方文化權威指認和命名、打上洋包裝才能夠發言的無望的族類的時代之降臨。

在危機與出路的思索上，人們似乎並不都是如此悲觀。李潔非的《物的擠壓》，在談論物欲橫流的時代和文學的物化時，便強調說，這不是危機，而是挑戰。文學隊伍的分化和流失，擊濁揚清，只是淨化了文學自身，「許多人所哀歎的物化現實使文學陷入困境和危機，並非事實。物化現實並沒有毀掉真正的文學，也不可能毀掉……文學不僅面臨了一次根本性的挑戰，更重要地是也面臨了一次根本性的轉折。正像拿破崙曾經說過的那樣，敵人不是我們的對立面，而是把我們推向勝利的力量。」他宣稱，物的異化必然導致心的反抗，前者愈烈，後者愈強。物化時代非但不會削弱藝術，反而將使之變得「更為重要，便有價值，更充滿激情」。他並且提出具體的對策，以「超現實主義文學」對物化現實說「不」。他借用馬爾庫塞的話，「通過創造一個『比現實本身更其真實』的虛構世界來提出這個挑戰」，以精神的力量批判和反抗現實。他承襲馬爾庫塞的「新感性」和美學解放理論，要求文學去履行藝術的與生俱來的偉大使命，即爭取人性自由的解放鬥爭。「這種解放鬥爭的對象，不是人的社會地位、經濟狀況和由法律規定的其他人身權利，而是人對

人的全部感覺能力、精神幸福的擁有或恢復，把被物化現實扭曲的片面的人、線性的人改造成全面的人、立體的人。爲了實現這一顯然是至高的文學目標，對作家的要求也是至尚的，」這樣的作家必須能夠從物化社會的交換關係和交換價值羅網裏獨立出來，以純個人的不依賴於任何外加於他的觀念的姿態出現，同時對一切事物的眞實性、合理性作出自由的判斷；而且，他的寫作就是『爲文學而文學』，他必須在感到絕對有必要的時刻才寫作，必須是在不考慮讀者的厚非好惡情形中寫作，必須是在作品可能不會發表、出版的意識下寫作。只有達到了上述要求，這個作家才能夠站在超現實立場上思想、發言和感受。」這樣的人格要求，至高至遠，連李潔非自己都承認，目前的作家狀況，使人無法感到樂觀。那麼，希望何在呢？依據矛盾對立的原理，希望在於物化的極端化對心靈的最大壓迫，「如欲使人們從內心深深感到豐富的人性和人性的豐富性的需要，就必須首先把他剝奪得一無所有，成爲徹頭徹尾的精神上的赤貧者！」

於是，一個理想的浪漫主義場景，便在這缺少實證材料的形而上的思想運演中勾勒出來，與李潔非相呼應的，是陳福民的《誰是今日之「拾垃圾者」》。陳福民同樣否認「文學危機」說，他認爲，「當代中國文學所遭遇的乃是一個如何在商品戀物欲與機器文明時代保持精神純粹性，逃離複製並且學會承擔孤獨的自由的問題。」「簡言之，不是文學發生了什麼危機，而是作家與社會之間傳統的『蜜月』關係一去不返地結束了。現在他們必須面對一種令神經脆弱者恐懼、焦慮和不知所措的現實，並且時刻準備著承受被突然拋入某種境遇的孤獨的自由。」作家不再是上帝的寵兒，而是物化時代的城市裏的流浪者。陳福民所依倚的，是與馬克庫塞同屬于法蘭克福學派和同一思想價值取向的瓦爾特・本雅明，從本雅明對波特萊爾的研究中借來「拾垃圾者」的概念，以指引今日中國的文學迷津，「在昏暗路燈和七彩虹霓的輝映搖曳中，詩人、作家們踽踽獨行於都市風景線上，並且沉湎於幻想的歡樂與痛苦之中不能自拔──『拾垃圾者』就這樣誕生了。他們拒絕像以往那樣從公眾的吶喊中挑選聲調最高的口號來支持自己的事業，相反，他們注定要從被大眾視爲廢物而棄之不顧的東西中尋找人類賴以生存的財富。在現代廢墟中討生活的神學立場及靈魂特性意味著堅信某種神聖事物的價值，並且固執地守候著遲遲不來的精神回聲。然而在多數場合，他們所傾聽的都是自己靈魂的私語。」精神的極端化追求和作品在現實中落入商業網的矛盾，要求現代文人必須既

置身於大眾又遠離大眾——「拾垃圾者」必須靠近人群方有垃圾可拾，必須遺世獨立才能保持獨特的價值評判眼光。陳福民是這樣說的，「要想對『拾垃圾者』加以辨認已經不是什麼困難的事情，辨認者只須一分敏感，三分詩性和相應的背景知識就能解決問題，但是，對這個形象及其命運的自覺認同卻不僅需要上述稟賦，它更根本地要求著認同者具備一種『存在的勇氣』。一種敢於承擔選擇結果的烏托邦的精神。至於說如何才會具備這份勇氣和精神，我想這應該在超越所有知識的更高事物，因而是上帝的範圍內去考慮。」鮮衣美食、風流倜儻的上帝的寵兒，雖然已經落魄為孤獨的「拾垃圾者」，卻不只是保留了心靈的高貴，還憑添殉道的悲壯。這樣的重負，作家們能承受得起嗎？

作家們的思考和回答顯然有異於批評家。劉心武在一篇文章中轉述了批評家對作家的要求——作家們不僅超越於意識形態，還要超然於最一般的社會時尚，要坦然乃至欣悅地忍受寂寞、孤獨、誤解、排拒、貧困、潦倒，寫作時不但不要考慮一切方面的需求，甚至應當根本不去考慮出版的事，只從至為嚴肅至為高雅至為純粹的自我「文學追求」出發，去嘔心瀝血、死而後已——劉心武反駁說，即便是常被人們引作榜樣的、以生命為文的曹雪芹，在《紅樓夢》中也是時時考慮著讀者的要求的，並想方設法爭取讀者。他的貧困潦倒，「舉家食粥酒常賒」，並不是他創作不朽經典的原因。「二百多年來中國為什麼再無可望其項背的偉大作品產生，我們不從改善作家所處的環境上多作研究、多作努力，卻一再地責備中國作家不能承受寂寞、孤獨、貧困、潦倒，甚至於要他們根本不要考慮發表，為當『文學烈士』而『埋頭寫作』，這太殘酷，也太奇怪了！」劉心武說，作家不過是社會職業之一種，他還舉出種種跡象，尤其是 1993 年度的長篇小說，以證明純文學仍然在困境之中取得了新發展，而未必是敲響了喪鐘。〔註65〕

比劉心武的態度更激烈的，是王朔、吳濱、楊爭光等作家的對話《選擇的自由與文學現狀和人文精神》。〔註66〕王朔等認為，用「萎縮」、「潰敗」乃至「危機」來概括當前的文壇現狀，顯然既不符合實情，也過於聳人聽聞。事實上目前的文學創作在 80 年代中期出現的多元化趨向上持續發展，是在藝

〔註65〕劉心武《話說「嚴雅純」》，1994 年 3 月 30 日《光明日報》。

〔註66〕王朔、吳濱、楊爭光等，選擇的自由與文學現狀和人文精神》，《上海文學》1994 年第 4 期。

術追求上最見個性化的時期，小說創作中力作迭出，散文創作也是空前繁榮，某些雜誌的轉向和某些作家的衰落，根本不足以構成整體文學和文化的「危機」。他們反詰說，要說存在什麼問題，那就是有好作品而沒有好評論。他們認爲，人文精神不應有固定不變和框範一切的模式，它的要義就在於自由選擇人生理想和生活方式並爲之而不懈努力，而目前的時代恰好提供了這種契機和可能。選擇當作家和選擇當商人，沒有高下之別；選擇當嚴肅作家還是選擇當通俗作家，也不應有貴賤之分。在這裡，談論人文精神的必要前提是尊重個體的選擇和個性的自由，而不應該將自己認定的東西強加於人，更不應該把自己不喜歡的文人一概批倒。

這眞是一個對話的時代。這不只是說，關於「文學和人文精神」的討論，是以對話體文字爲主要形式，而且，對話各方之間的距離和歧異，也已經相當地拉開。僅以作家與批評家的差別而言，他們的思考中心不同——前者是在可達和可行之間尋求兩全之策，現實功利性強，以此而認定作家與商人、嚴肅文學與通俗文學並無軒輊之分；後者是在形而上的領域作抽象追索，強調的是人文精神對人的終極關懷，精神對物質的超越。他們的思考出發點不同——作家是以個人的生存和創作心態爲本，作如上樂觀表述的大多是功成名就、進退裕如的一群，著述甚豐，名聲日廣，棲息於小說與影視兩界，收入不菲；而這種志得意滿之間，便隱含對現實的評價。批評家從文化本位出發，對現實中的人欲橫流、拜金主義、心靈被物質擠壓、終極關懷被棄之如敝履而痛心疾首、欲挽狂瀾於既倒。他們對作家的定義不同——作家們自己承認這只是一種社會職業，與別的社會職業並無大的區別，須循守社會常規和普遍性價值取捨；個人選擇的自由，毋需他們妄評。批評家則是把作家歸入知識分子範疇，要求他們「鐵肩擔道義，妙手著文章。」如果不做這種區分，便無法澄清這一論辯。

這一場論爭尚在進行之中，在《讀書》上，同時也在進行著另一場討論，即「文人與自由」之爭。「人文精神危機」是在討論文學、文化與商業化社會的對峙，「文人與自由」則是以文人與政治的關係爲切入點，並形成對知識分子自身的思考的另一翼的。

論爭起於葛兆光論國學大師陳寅恪的文章《最是文人不自由》。〔註67〕葛兆光指出，自由往往是一種感覺，沒有自由意識的人雖然沒有自由，卻擁有

〔註67〕葛兆光《最是文人不自由》，《讀書》1993 年第 5 期。

自由感，自由意識太強的人即使有少許自由也沒有自由感，越是對自由空間需要強烈的人越會感到自由空間太小。此語適合於陳寅恪的心態。陳氏不止是一個學富五車的學者，還是一個「深悉中西政治、社會之內幕」的臥龍式人物（吳宓語）。他自許「吾儕所學關天意」，修齊治平的傳統道義承擔，合「道統」與「政統」為一的抱負，永遠是高於書齋學問的。然而，從政情結無由施展，只能在書齋著述、做學問，從廣闊的社會退縮到一盞孤燈四壁書的狹小空間。退而求其次，在做書齋學者的時候，他希望自己的論著能存文化精神血脈一線於不墜，傾注畢生心血，並希望能以此傳情志，覓知己，「渴望被理解，哪怕是身後的理解！」然而，知者不能語，語者不能知，他只能承受寂寞乃至「批判」。「他高估了同時代人的理解能力，也高估了學術論著的感染力量。要知道人文學科的歷史命運就是這樣乖蹇，在漫天流行的實用思潮下，它很難有多少立足之地。」然而，寂寞自守的學者，卻又多病而致盲目失明，連學問和著述都成為絕望的奢想。重重磨難構成陳寅恪的三重悲劇──從政抱負難施，治學知交難求，生存病體難支，而陷入莫大的心靈痛苦之中。葛兆光談的是陳寅恪和他所存身的那個時代，可是，難道沒有現實的感喟寓於其中？

　　葛兆光的篇名取自陳寅恪詩句，「自由共道文人筆，最是文人不自由」，呂澎的文章反其道而行，名曰《最是文人有自由》。〔註68〕呂澎指出，「自由不自由是個相對而論的東西」。中國文人通常走的三條路，從政、述學、文化批判（這是呂澎從陳平原的文章《學者的人間情懷》〔註69〕引用的觀點）。議政，文人大多只有道德激情，卻缺少政治的操作技術，加上理想主義的「畢其功於一役」的急性子，只能煽起道德激情，卻不能解決實際問題，「一旦遇到如此結果，就深感社會大逆不道，進而感到自由天地太小，天下烏鴉一般黑，哪裏有道？」文化批判，面目模糊，或者會激動地進入「議政」，卻又不守「議政」的遊戲規則；或者在「文化批判」中失態，在字詞之間「鑽牛角尖」，於探查文化病理無補。文人的本職乃是述學，「從事自圓其說的文字遊戲。將一個研究對象或課題放在『有意義』或『真理』的位置上，並加以不慌不忙地展開，在這一過程中尋求樂趣。」因此，在呂澎看來，從政、文化批判、述學，所謂三條路，其實只有述學是正途，以述學為根基，便「最是

〔註68〕呂澎《最是文人有自由》，《讀書》1993 年第 8 期。
〔註69〕載《讀書》1993 年第 5 期。

文人有自由」。其一，述學的精神空間是無限的，文字遊戲可以在智慧的驅動下無限展開。其二，文人述學之餘，可以走幾日仕途，也可以下幾日海，比那些職業的政客和商人都多出許多自由。「總而言之，文人是身處現世但內心出世的人，⋯⋯有時，他要順從一下內心的善良意志，對社會發發議論，這也沒有什麼不可以。就今日之現狀而言，文人下幾日海，也可以視爲一種人生策略，一種保護學術的生命方式。究竟『下幾日海』是否會有人們想像的那樣的財富所得，這並不重要。有趣的是，回到家時，總有些人間圖像可以在筆端下出現，以作爲述學閑暇之時的話題。」果眞如此，那的確是很瀟灑得很，出入三界（政、商、文）外，遊戲文字中，「所謂自由也就是在放鬆之中」。前輩文人的「不自由」，乃是他們的從政衝動和道德激情，而不是以遊戲視之。

接下來，在《讀書》上陸續發表了一批短文，討論「自由」與「不自由」。它們是謝泳的《不是責備文人的時候》，馬成化的《放鬆豈能由自己》，易原符的《改善生態，平衡心態》，楊玉熹的《不自由處有自由》，〔註 70〕湯一介的《在「自由」與「不自由」之間》，程映虹的《另一種自由》，賀星寒的《胡裏胡塗說自由》。〔註 71〕向以厚重、蘊積、沉實爲其特色的《讀書》，在讀者的紛紛來信來稿中，選取相當的篇什，在刊物上組織這場討論，足見他們對此論爭的看重。

謝泳的《不是責備文人的時候》，針對呂澎的文章指出，今日文人言及自由，既不同於西方人，也不同於前代知識分子，他們以前能做到的，有些我們今天還做不到。何以瀟灑地言「有自由」呢？至於說書生議政，「在任何時候都是不能責備的，今日來責怪議政的文人，我眞有些難以理解。書生議政的幼稚是誰都能見出的，但這種現象的可貴之處不在於議的如何，而在於能不能議，敢不敢議，議了以後又怎樣？這裡要緊的是一股『士』氣。」在追訴 40 年代梁漱溟、儲安平、陳衡哲三人關於文人議政和自由思想分子的討論之後，謝泳指出，文人議政，關心的是終極價值，而非行政官員所考慮的現實可行性，這正是二者的區別，也是文人議政的理由。

馬成化的《放鬆豈能由自己》，亦對呂澎的文章持批評態度。他在歷數屈原、司馬遷、李白、蘇軾、王安石等以「文人本色」從政的文人的仕途悲劇

〔註70〕以上四文載於《讀書》1993 年第 12 期。
〔註71〕以上三文載於《讀書》1994 年第 3 期。

之後，仍然肯定他們的「浩然之氣」，「絕大多數眞正的『中國文人』，雖受凌辱與迫害而不悔，永遠是胸懷坦蕩，言行一致，從政則耿介廉政，議政則暢說無隱，文化批判則實事求是，進學考工以求的只是眞理。」中國文人並不如呂澎所言是「只是社會的影子」，進而認定「這麼說，如若不是憤懣至極的冷諷便是頹唐過份的自嘲。」易原符的《改善生態，平衡心態》，同樣詞藻犀利，對呂澎的文章予以駁斥。易原符概括說，呂澎文章的本意乃是，文人本來是自由的，只是有些文人把自己的位置沒有擺對，所以才會感到不自由；「不自由」不過是自找煩惱而已。易原符反駁說，文人議政，乃是民主權利；文人治學，從理想的高度來說是無限自由，但在現實中，既受政治的制約，又被經濟所累，前有「文革」對學術的掃蕩，後有無錢出書的苦衷。呂澎所指出的文人自身的弱點，不乏精到之見，但這並未能引導出無限自由之結論。

湯一介的《在「自由」與「不自由」之間》，既有學者的縝密，有智者的洞達，又不失知識分子的良知。湯一介論述了自由的三個層次：思想自由是絕對的，但付諸言行，便受到現實的制約。那麼，如何在夾縫中討生活呢？思想自由，盡可保留，言論和行動的自由，則隨時間、地點、環境而變動。「在情況比較好的時候，也許你可以說點什麼你眞想說的話，雖然人們會說：『你說了也白說』，但你仍可以取『白說也要說』的態度而說之，當然最後也還可能是『說了也白說』。不過你總算說了，盡了一點知識分子的責任。然而在另外一種情況下，你最好還是不要說什麼，例如眼看要反『精神污染』或者要『反自由化』了，這時最好『三鉗其口』，要有『不動心』的本事。當然，我認爲你最好也不要勉強跟著違心地去批什麼『精神污染』或『自由化』之類，因爲言多必失，日子也會不好過。」但這並不是說此亦一是非，彼亦一是非。湯一介指出，「不管你『議政』也好，或是不議政而『爲學術而學術』也好，都必須爭取『言論自由』。知識分子作爲一無形的無組織的社會階層，他的功能無非是兩方面：一是用自己的知識和理想來對社會政治進行批評、議論和建議；另一是『爲學術而學術』、『爲藝術而藝術』，『爲科學而科學』，這都表現了知識分子的歷史使命和社會責任。」

程映虹的《另一種自由》，則是從積極自由與消極自由的區別和功用入手，去闡發消極自由的意義的。程映虹指出，「積極的自由是內心的外化，是人的實現和人的擴展，而消極的自由則是內心的封閉，是對個性的保持和對人格的維護。」消極自由一向被忽視，但它的意義實在不可低估：其一，消

極的自由永遠是眞實的，它不可能是一種僞裝，也難以模仿或盲從；積極的自由既可能會「自願」地接受奴役，又可能形成「積極」的群體暴行。其二，沒有消極的自由，也就沒有積極的自由，人只有能夠拒絕什麼的時候，才能去贊同什麼、接受什麼。其三，從哲學和宗教意義上說，消極自由比積極自由更接近本我、眞我。個人只有在靜默和獨處中才容易發現和感受一些具有終極價值的事物，才能給自己保留一片心靈的天地。在最高意義上，「我們能夠被稱爲『人』，就是因爲，說到底，在最後我們還擁有這種自由——這種雖不能改變什麼，但卻保證了自我不致被變成某種目的之工具的自由。」程映虹指出，近代民主主義者所犯的一大錯誤就是在假定人人都有參與欲望的前提下倡導民主制，多數專政，而忽視個人的消極自由。

　　由「不自由」與「有自由」引起的爭執，經過湯一介和程映虹的闡發，已經上升到一個新的高度，並使人們對知識分子的基本使命與應世策略、積極自由與消極自由之間的關係，作出了新的有深度的理解。

　　當代知識分子，在被迫地接受文化失敗主義的沮喪和失落之後，經過短暫的調整，正在重新集結自己的隊伍，張揚自己的旗幟，確證自身的使命，迎接新的挑戰。是否能在較短的時期裏走出精神文化的低谷，這並非筆者所能預言的，但是，我們仍然在努力，在自省，並以較此前清醒的頭腦在思考和勞作。知識分子，少有自己的獨特的利益要求，它只能在社會的進步和民眾的進步中去分享一份快樂和光榮，這也許就是它始終不能放棄自己的歷史使命感和道德承擔的最深刻的原因吧。

補　編
抗拒遺忘──中外文革研究比較談

　　捷克作家米蘭‧昆德拉關於遺忘的論述，經常被人引用：人反對強權的鬥爭就是記憶反對遺忘的鬥爭。這句話，固然深刻，卻未必得到作家自己的認可；他不是一個政治批判式的作家，他更關注的是人類性，人們的普遍弱點。「……這個麥瑞克正在以他的全部力量進行鬥爭，以確證他和他的朋友們以及他們的政治鬥爭沒有被遺忘，而與此同時，他又在竭力使人們忘記另一個人──他從前的情人。遺忘的意志在成為一個政治課題之前就已經是一個人類學的課題了：人們常常懷有這種願望，願意重寫自己的傳記，改變過去，掃除痕跡，既掃除他自己的也掃除他人的痕跡。遺忘的意志非常不同於一種想要欺騙人的簡單願望……遺忘：絕對的非正義同時又是絕對的安慰。」（米蘭‧昆德拉《六十三個詞條》）

　　對於中國人來說，即將到來的一九九六年，也許是一個值得紀念的時刻。從「文革」爆發的一九六六年算起，正好是三十週年。然而，又有多少人會真正地感到它的分量呢？儘管巴金老人在十餘年前就提出建立「文革博物館」的倡議，儘管「文革學」的創立也不時有人提及，但是，我們的現狀卻是不容樂觀的。當年像大山一樣把許多弱者壓迫得痛苦不堪的惡諡「黑五類」，變成暢銷食品的品牌，「我們是毛主席的紅衛兵」的歌曲，在沉寂了二十餘年之後，又被「紅歌黃唱」的歌星唱遍大江南北。在當年蒯大富、遲群等發跡的大學校園裏，我給今天的大學生講授當代文學，講到寫「文革」的作品，不知道如何向他們講述「劃清界限」、「牛鬼蛇神」這些特殊的詞彙，只恨那聽說了幾次出版消息

的《「文化革命」大辭典》問世無期，一次又一次地讓我空歡喜。

我這種悵然失落的感覺，還來自我對國內外的有關「文革」問題研究的出版物的有限瀏覽和比較。

中國人是極善於歸納的，於是就有「牆裏開花牆外香」和「遠來的和尚會念經」的俗語。對「文革」的研究，就又一次讓國人尤其是中國學者感到尷尬。比較起來，外國學者似乎是領先於我們的。

自從「文革」結束以來，有關「文革」回憶的文字就不斷地出現在國內的報刊上。最初問世的，基本是一些揭發控訴的材料，對林彪、江青反革命集團迫害老一代革命家和普通民眾的罪行的批判，以「四五」天安門事件的平反和張志新烈士被害案件的披露爲其中的兩大高峰，前者牽涉面甚廣，後者發人深省。公審林彪、江青反革命集團，是其順理成章的發展。八十年代中期以來，則是作家們自覺介入「文革」題材，——「傷痕文學」是浩劫過後的直接的本能的反饋，是壓抑過久的情感的自然迸發，是社會的群體性的行爲。八十年代中期，葉永烈、馮驥才、師東兵、林青山、胡月偉等人的「文革」題材寫作，則是具有個人性、自覺性的對歷史負責的目的的。葉永烈一口氣推出《江青傳》、《張春橋傳》、《姚文元傳》、《王洪文傳》，給發跡於上海的「四人幫」立了一個個歷史的恥辱柱，史海鈎沉，披沙揀金，圖書館裏苦讀，南下北上採訪，可謂是勞苦功高，功莫大焉，在對「文革」歷史上的風雲人物做系統深入研究上，作了開創性的工作。尤其是考慮到進行此類題材創作，一是當時仍然有種種禁籍，作品辛辛苦苦地寫出來能否出版都是一個未知數，沒有相當的使命感和責任感，就無法進行那樣一項巨大的工程，二是及時採訪某些人還有著搶救活資料的意義，像陳伯達、王洪文、江青，現在都已不在人世，葉永烈的工作就更令人敬佩。馮驥才的紀實文學《一百個人的十年》，在表現普通人的「文革」經歷上，用了力氣，開了先河。可惜他牽掛的事情太多，半途而廢，未能善始善終，令人爲之遺憾。胡月偉的連續性長篇小說《瘋狂的節日》、《瘋狂的上海》，在展示「文革」期間大上海的動蕩和沉浮，展示一代青年人由迷失到覺悟的心路歷程上，都具有開闊的視野和較大的深度，可讀性和思想性兼而得之。

隨著圖書市場的活躍，圖書商品化的趨向，在魚龍混雜的出版界，近年來關於「文革」題材的書籍，也一直是受到關注的熱點。其中有兩套書值得一讀：中央民族學院出版社出的《昨夜星辰》系列叢書五種，四川人民出版社出的《夢

魘》系列叢書四種。它們都採用了暢銷書的做法，但是在選材和編輯上是很嚴謹的。前者爲叢書組織了編委會和寫作力量，後者則較爲集中地選收了回憶「文革」的紀實文章多篇，使發表在各報刊的零散文字得到整理和保存。此外，作家出版社新近出版的三卷本《中華人民共和國演義》（張濤之著）和團結出版社出的《共和國風雲實錄》叢書，也對「文革」史料予以相當的注意。

　　但是，檢討起來，國內的「文革」類文字，離我的設想，仍然有較大的距離。其一，目前所見，大多爲資料性的發掘整理，很少進入理論研究高度。在編年史方面，先後有《文化大革命十年史》和廣西版的《廣西文革大事年表》，但是，二者都是有史料而無史識，談不到研究的深度。王年一著《大動亂的年代》，似是國內僅見的兼有史實和史論特點的一部專著，作者說，這本書討論的問題是，「文化大革命的發生是偶然的嗎？它是怎樣形成的？毛澤東是非常偉大的人物，他在中國共產黨歷史上的功績，無出其右，如此偉大的人物何以要發動『文化大革命』？發動『文化大革命』僅僅是個人的錯誤嗎？怎樣認識『文化大革命』的準備階段？」毫無疑問，這些問題都是切中要害的，但是，要回答這些問題，無論是客觀條件還是主觀見識，都還沒有具備，很難設想，在「文革」研究尚未形成氣候之際，靠個人的勤勉和才思就可以回答這樣宏大的時代命題。葉永烈亦表示，要以寫出歷史學巨著《第三帝國的興亡》的作者爲榜樣，研究「文革」，就此而言，他只能說是剛剛起步呢！其二，在史料的鈎沉索隱上，還有大量的艱巨的工作要去做，對於許多年事已高的當事人的採訪，成爲當務之急。寫作中的不愼重，道聽途說，歧義橫生，則又在增加新的混亂。比如，受張春橋控制的特務組織，以游雪濤爲首的「四二二」小組，其活動範圍和危害所及，便是眾說紛紜。他們是僅限於上海，還是伸手到北京？在一部紀實小說中，就有該小組在謝富治的物質支持下，對葉劍英、徐向前等老帥跟蹤、竊聽直至企圖綁架老帥們的描寫。再比如，雲南的軍政一把手譚甫仁被暗殺，原由何在？在張濤之的《中華人民共和國演義》中，繪聲繪色地描述了當年廣爲流傳的「迫降周恩來專機」遭致殺身之禍的故事，但是在另一紀實文字中，作者斷然否定說，「迫降周恩來專機」一事純屬子虛烏有，於理不合，於事無徵，而是另有隱情。類似的歧見，在以紀實文學爲旗號的「文革」題材寫作中，屢見不鮮，至少表明，此類文字未必紀實，未必可信，任其發展，只會使本來就撲朔迷離充滿疑團的「文革」歷史更加混亂，貽誤匪淺。

　　相對而言，我對於出諸幾位外國學者之手的「文革」研究著作更感興趣。從外部世界考察中國的「文革」，他們比我們的困難要大得多，許多我們認爲是習以爲常、無須多言的「文革」詞彙，和見多不怪的事件，比如「牛鬼蛇神」，「奪權」，他們都要反覆地理解和闡釋，在掌握史料上，他們也有更多障礙，細部的錯誤時有所見。但是，令我感到很受啓發的，一是他們的研究方法，二是他們的治學態度。他們是把「文革」作爲學術研究去做的，嚴格的科學理性的邏輯，脈絡分明。爲了瞭解對於西方世界來說簡直不可思議更不可理解的東方古國發生的大震盪大動亂，他們花費的心血可謂大矣。寫作關於紅衛兵研究的重要著作《毛主席的孩子們》的英籍華人學者阿妮達·陳，爲了自己的研究課題，在香港結識了一批來自中國大陸的紅衛兵，並且跟他們建立朋友式的聯繫，通過教他們學習英語，與之進行了深入的談話，據作者自己的介紹，每一次談話大約持續二到三小時，平均每人都有八到十次談話，然後根據錄音進行整理和翻譯成英文。出自威廉姆·辛通之手的《百日戰爭：文化革命在清華大學》，出自戈頓·本尼特和羅那德·蒙特培多之手的《紅衛兵——戴小艾的政治傳記》，也都是經對當事人的多方採訪而完成的。與求實精神相聯繫的是他們的學術眼光。他們往往是在進行研究的同時，爲自己建構一個具有科學性和可行性的學術框架。《文化大革命在各省》是一部出自多人之手的論文集，分別敘述了上海、黑龍江、武漢、四川的「文革」運動。粗看起來，這四個省市，似是信手拈來，編者在前言中卻論述了進行選擇的確鑿的理由——這四個省市，分別是其時各中央分局華南局、東北局、華中局、西南局的所在地，是各地區的運動中心，此其一。這四個省市在「文革」進程中，又有各自的代表性意義：上海和黑龍江都是在全國範圍內最早由造反派奪權的，武漢和四川則是在進行過軍管之後，才建立起新政權的。就前二者而言，又有各自特色，上海的奪權是有中央文革成員直接介入，但上海公社的模式卻未能得到毛澤東認可，未能推廣開來；黑龍江所創造的三結合（其要點是對舊領導幹部的新任用）及「革命委員會」的名稱，卻成爲了全國模式——這樣的理性的耙梳，開人心智，令人信服。再如，阿妮達·陳在對十餘名前紅衛兵的深入採訪之後，依照社會學中的格雷馬斯矩陣分析方法，從中選取了不同類型的四人，分別界定爲「有純正癖的積極分子」，「反抗的積極分子」，「順從的積極分子」，「講求實用的積極分子」，追蹤他們從小學到中學再到「文革」中的表規和思想，探究他們何以紛紛捲入動亂狂潮中，

從他們的中小學教育和性格特徵兩個方面論證了紅衛兵運動興起的必然性，立論嚴謹而富有說服力。此外，英國學者麥克法誇爾的三卷本《文化大革命的起源》，和由他與費正清共同主編的《劍橋中華人民共和國史，一九六六～一九八二》，都是篇幅浩大、規模宏偉的力作。

儘管我們對此感到慚愧，但我們不能不承認，這種「文革」在中國、「文革學」在國外的局面，業已形成。朱多錦在一篇名爲《「文革」研究在國外》的文章中比較中外的「文革」研究狀況說，國外的「文革」研究是學術研究，是其研究本身，不管其所達到的深度如何，都是一種正常的學術過程，都是其研究側重點或階段過程的一種表現，事實上其研究過程正不斷地推向一種新階段。相形之下，「中國國內的『文革』研究最致命的地方就是其所謂『文革』研究總是很難做到是『文革』研究本身，表現爲『文革』問題至今還不是一種學術問題，而是一種政治問題。中國國內關於『文革』的反思雖已經過若干階段，但每次都是在某種政治意圖的限制下以掩蓋、躲閃、辯護的手法和尋找替罪羊的形式把『文革』研究推至一種禁區，最後是寧可把『文革』的歷史交給所謂『紀實文學』而至於變成傳奇資料，也不願意交給學術研究而顯其共象。其所謂研究總是表現出一種工具性」。在思想方法上，該文指出，中國的「文革」研究，總是在意識形態裏繞圈子，總是在人的頭腦中尋找事變的根源，總是用文化傳統解釋發生的一切……這就是由「文革」所固定下來的那種「人論」、「文化論」的模式。這模式又被用來反思「文革」，形成一種自我循環。我們可以說，朱多錦的觀點有其偏頗之處，從政治的需要去考察「文革」，同樣是中國現實發展的需要。我們可以分辯說，「文革」學研究，並不能只從客觀環境找原因，但是，他所指出的對於「文革」的學術研究的闕如，及思想方法的陳舊，卻是切中時弊，令中國學者汗顏的。

因此，當我見到一家沒有顯赫名聲，沒有自我吹噓，沒有譁眾取寵，甚至沒有激烈宣言，而是眞正把「文革學」作爲一門嚴肅的學問，並且爲它的建立做著默默的工作的刊物，不禁爲他們的學術態度和實幹精神而深深感動。這就是由山東濟南一群青年學者主辦的《青年思想家》。在這份思想活躍、時代意識濃鬱的刊物上，專門開闢有「『文革』學術研究」的欄目，而且已經開辦數年，發表了一批很有見地的學術論文（前述朱多錦的文章就刊登在該刊），團結了一群有志於「文革學」研究的青年學者。像張寶明的《失掉祛碼的天平——就本世紀兩次「文化革命」問題致林毓生教授》，就是一篇很有見地很有分量的文字。

林著《中國意識的危機》，在大陸學界影響甚大，追隨者甚眾。但是，恕我直言，它在開闊大陸學人的思路的同時，也造成了某些思想棍亂。這當然恕不得林先生，而是我們自己根基太淺，見識不高，找不到自己的思考角度，盲目地作了人家的應聲蟲。其實，作爲過來人，以我們的親身經歷，我們是不難找到五四新文化運動與「文革」的內在區別的，後者是只有破壞而沒有建設，前者卻是開創和奠定了現代中國的文化格局，產生了一批思想文化成果、一代繼往開來的文化大師的。可惜，林著在大陸只是獲得掌聲一片，卻很少有不同的聲音。張寶明的文章，條分縷析，鞭闢入裏，從幾個方面對林著提出質疑：五四與「文革」的內在運作方式，一是自下而上，一是自上而下，兩者的來龍去脈不可同日而語——五四的開放性和加入世界文化潮流的迫切性與「文革」的自我封閉、自我禁錮，正好是相逆而行。對待傳統文化，五四反對的是它的專制、僵化和封閉，「文革」在反傳統的背後一心一意地培植傳統的封閉專制之文化精神，「『不破不立』不過是反傳統文化口號下『立』傳統文化精神的一塊遮羞布。透過現象看本質，在『五四』，傳統與西方這兩種文化精神處於同一平面，而且在相反方向的同一直線上形成矛盾張力，具有實際衝突的價值。而在『文革』，文化發展的動力規律發生了根本性錯位，『破』與『立』的內蘊根本不在一個屬性領域，構不成雙方對立作用的張力場，從而就失去了破與立的實際意義」。「『五四』的任務遠遠沒有完成，『文革』悲劇正是對它的最好說明」。我以爲，這是國內學術界對林毓生教授之持論的最有說服力的回答和對話。值得推薦的，還有《紅衛兵狂潮》一書的作者江沛有關紅衛兵研究的系列文章，《紅衛兵心態探微》，《紅衛兵大串聯述略》，王靜的《「文革」與大字報》等。儘管它們的理論色彩有濃有淡，但它們的共同特點，卻是如朱多錦所提倡的那樣，是在做實實在在的學術文章。比之於我們見慣的政治批判，它們的感情色彩讓位於理性思考，爲中國的「文革學」建設做了確實的工作。

（The Cultural Revolution in the Provinces, Harvard East Asians Monographs, 1971; Red Guard—The Political Biography of Dai Hsiao-ai, London, Geroge Allen and Unwin Ltd, 1971; Hundred Day War: The Cultural Revolution of Tsinghua University, Monthly Review Press, New York and London;《毛主席的孩子們——紅衛兵一代的成長與經歷》，阿妮達·陳著，史繼平等譯，渤海灣出版公司一九八八年版。）

本文原載於《讀書》1996 年第 2 期。

世紀末回眸：
文化激進主義與文化保守主義的思考

風乍起，吹皺一池春水

　　1993 年 5 月出版的新一期《文學評論》，在頭條位置上刊登了鄭敏的一篇長達 3 萬餘字的文章《世紀末的回顧：漢語語言變革與中國新詩創作》。〔註1〕在 90 年代彌漫於文化和文學界的文化保守主義思潮中，在對中國百年的歷史風雲和文化進程的反思中，這都是非常具有代表性和論辯力的一個樣本。它的問世，不僅引發出一場「關於傳統與現代」的學術爭鳴，〔註2〕也為我們描述 90 年代的思想文化領域中一個重要現象，即文化保守主義對文化激進主義的清算橫掃，以及對文化保守主義的來龍去脈做出某些廓清和反詰，提供了很好的切入點。

　　鄭敏的文章，恰似「風乍起，吹皺一池春水」。

〔註1〕　鄭敏《世紀末的回顧：漢語語言變革與中國新詩創作》，《文學評論》1993 年第 3 期。

〔註2〕　鄭敏的文章發表以後，在 1994 年的《文學評論》上，先後刊登一批文章，圍繞此文展開爭鳴。它們是：范欽林《如何評價「五四」白話文運動——與鄭敏先生商榷》，《文學評論》1994 年第 2 期。
　　　　鄭敏《關於〈如何評價「五四」白話文運動〉商榷之商榷》，《文學評論》1994 年第 2 期。
　　　　張頤武《重估「現代性」與漢語書面語論爭——一個九十年代文學的新命題》，《文學評論》1994 年第 4 期。
　　　　許明《文化激進主義歷史維度——從鄭敏、范欽林的爭論說開去》，《文學評論》1994 年第 4 期。
　　　　沈風、志忠《跨世紀之交：文學的困惑與選擇》，《文學評論》1994 年第 6 期。

　　《文學評論》是由中國社會科學院文學研究所主辦的一份雙月刊，儘管它有時偏重於開發新話題新領域，有時又以持重穩妥為務，不過，憑它多年來累積起來的學術成果和權威性，在文學研究的各種刊物中，是居於首屈一指的地位的；發表於該刊的文字，歷來很受學術界的重視。

　　何況，在中國現當代詩歌史和外國文學研究領域裏，鄭敏都是一個很響亮的名字。她既有豐富的創作實踐，又有深厚的英美文學功底。對當代西方文論中的前沿性課題都有所心得；她的見解，當然非同一般——

　　早在40年代初期的西南聯大校園，她就以詩歌創作引人注目，成為後來被命名為「九葉詩派」中的重要成員；後來，她似乎因為不合時宜而中止了歌唱，專注於英美文學的教學，直到70年代末期，當時代的雄風又一次鼓蕩起她仍然年輕的詩情，她在詩壇上再現輝煌，以其獨特聲音，贏得了人們的歡迎和尊重。就在她的這篇長文問世前數月，另一家文學評論刊物《當代作家評論》在「鄭敏評論小輯」的欄目下，發表了孫玉石、藍棣之等在現代詩歌研究中地位顯赫的著名學者的4篇論文，對鄭敏的詩歌創作做出高度評價：

　　　　擺脫了一切精神束縛的詩人鄭敏，以仍然年輕的姿態和聲音，重又唱出了新的更為成熟的歌。她的被埋沒的過去的歌聲和重新唱出的新的歌聲，由於雕塑了人們心靈的美麗，一起引起了許多熟悉的和陌生的人們的熱愛。人們愛讀她的詩，甚於那些新來者的聲音。鄭敏在她詩的新的爆發期，勤奮創造產生的為數甚多的美的果實，遠遠超過了我們的期待。〔註3〕

　　　　鄭敏之所以對生命的發掘和詩的探索達到如此深度，既有當代西方後現代主義和後超現實主義的啟示，也有當代中國後朦朧詩浪潮的激發，更是因為她對世界人生有很多問號，她沒有想到自己已經70歲了。她拼命地要知道西方知識分子找到了些什麼東西，特別緊張地把他們找到的東西拿過來用自己的眼睛看看。〔註4〕

這兩段話，前者充分地肯定了鄭敏詩歌的成就，後者則揭示了鄭敏的思維和情感的開放性特徵，和她對西方文化最新成果的關心；她的發言，對於當代詩壇，自然是舉足輕重的。

　　還有，她所談論的，從五四新詩誕生以來，現代新詩的歷程和經驗，這

〔註3〕　孫玉石《鄭敏：攀登不息的詩人》，《當代作家評論》1992年第5期。
〔註4〕　藍棣之《鄭敏：從現代到後現代》，《當代作家評論》1992年第5期。

樣一個宏大的命題，本身就具有足夠的分量，足夠的吸引力。該文劈頭就問道：中國新詩創作已將近一世紀，最近國際漢學界在公眾媒體中提出這樣一個問題：爲什麼有幾千年詩史的漢語文學在今天沒有出現得到國際文學界公認的大作品、大詩人？

以一個世紀爲單位，進行有關思考，這裡的意味非同尋常。

進入 90 年代，跨世紀也罷，世紀末也罷，標誌著一種社會共識和文化心理的字樣，反覆地出現在各種印刷品和傳播媒介中。這不止是因爲，人們對於一些自然數字有著非自然的理解，對於滿百之數，更是重視有加；這也不可能是少數人爲了某種目的而人爲地製造出來，像那些爆炒出來的「社會新聞」、「演藝明星」、「暢銷書」一樣；而且，這也不能簡單地歸結爲西方文化中「世紀末情緒」的影響。對於有著漫長歷史的中國，20 世紀所具有的獨特的歷史意義，恐怕是怎麼評價都不會過份的。比之以上下五千年，100 年當然是短暫的；但是，這 100 年卻又的確是不同尋常。從上個世紀中葉開始，中國人同時面對著兩個相反的卻又互相關聯的新課題：一是西方列強（後來又有東方的俄國和日本的入夥）的侵略、瓜分和吞併，使得中華民族的生存，受到空前的威脅，維護民族獨立，爭取民族平等，成爲當務之急；二是在這種外來的危機和挑戰面前，在一批又一批的時代先行者的努力和獻身的推動下，古老的東方大國，向別國竊得火來，開始了艱難而又不停頓的民族現代化的進程。如同洋務派的領袖人物所言，中國面對的來自西方的挑戰和隨之而來的社會動蕩，是三千年未有之大變局。回答這歷史的斯芬克斯之謎，無論答案如何，其後果只能是，要麼再生，要麼滅亡。如果說，時至今日，中華民族已經擺脫了淪亡的命運，獨立自主地挺立在世界東方，並且成爲國際政治、經濟、文化的多元格局中重要的因素；那麼，後一個目標，則還屬於「正在進行時」，還有待於國人的繼續努力奮鬥。我們還要爲一個世紀以來民族的優秀兒女所確立和爭取的偉大目標而前行。但是，作爲這尚未到達的艱難長征中的一個階段，這百年世紀，又可以自成一個段落——它從最先的「師夷長技以制夷」的洋務運動開始，由科技領域和現代工業開始，演進到政治和思想文化的範疇，而以武裝鬥爭和政治革命爲其主調；在經歷過近代以來第一場反侵略戰爭的全面勝利、人民國家的建立、政治運動的愈演愈烈直到十年內亂瀕臨崩潰等大起大落，終於又回到當年的出發地——當然，這不是簡單的回歸，而是否定之否定，是螺旋形上升——以經濟建設爲中心，以市

場經濟爲形式，以現代科學技術爲支持發展生產力，在人們眼中，又一次成爲關鍵之所在。因此，對這個世紀的反思，包括作爲社會和民眾的心理和呼聲的詩歌的反思，就正好印合了這一振興經濟——政治變革（包括改良、維新和暴力革命）——思想動員——經濟變革的歷史螺旋。而且，總結這風雲起伏、柳暗花明、悲喜交加、物極而返的 20 世紀中國，的確是有使命意識的中國學者的重要任務。

同時，還要有相應的社會和文化環境。遠的不說，20 世紀後半葉以來，可以說，是 90 年代，才具備了相對來說最寬鬆和從容的文化氛圍。五六十年代的狂熱和盲目，十年浩劫的「全面專政」，改革開放初期的緊迫感和躁動，都成爲如今的平和而逐漸有序化的時代的一種參照。人們說多元化也好，說雜語喧嘩也好，都表明，在現實條件下，今天是最適宜於進行文化討論和文化建設的。

於是，鄭敏出面，總結 20 世紀中國新詩的歷史進程及其經驗教訓，就可以說，是「四美俱，二難並」，恰逢其時。

「四美」者，天時——新舊世紀之交；地利——權威性的學術刊物；加上經濟轉軌，人們反思歷史提供了新的機緣和新的眼光；文化活躍，1993 年的文壇，可謂熱鬧非凡，論爭迭起，而且大都是文化人以獨立的姿態出面發言。

「二難」者，一身而兼爲中國新詩的健將和研究、講授西方文化的學者，這在五四時期和三四十年代可以說是普遍現象，但在今天卻很難尋覓。

鄭敏的大塊文章——不僅是說其篇幅，更在於其縱覽新詩的誕生和發展，進步和曲折的宏大氣勢，自然會有其不可替代的意義。

然而，提出有意義的問題是一回事，做出什麼樣的回答，是另一回事。

五四新文化運動與文化激進主義

鄭敏的《世紀末回顧：漢語語言變革與中國新詩創作》，是追尋中國新詩爲什麼沒有產生世界級大師——這也是當代中國文學中的一塊心病。自從 70 年代末期，中國的大門重新打開，中國人要走向世界，中國文學也要走向世界，在世界文壇取得應有的地位，與其他國家的人們進行交流和對話，直至摘取諾貝爾文學獎的獎牌。因此，類似的問題，已經先後有人多次談論過。

鄭敏文章的新意在於，她是毫不含糊地向著五四新文化運動的發起者進

行批判的，她把中國新詩之所以發展不力的病源，定在了胡適、陳獨秀那裏：因爲胡適、陳獨秀在提倡白話文運動的時候，摒棄了經過數千年積累起來的、具有豐厚蘊含的文言文和古典文學，從而使新文學和新詩失去了民族文化傳統的繼承，從一片文化空白中白手起家，談何容易？加上後來對漢語的不斷破壞，中國文學和新詩，如何能夠發展？她說：

> 由於我們在世紀初的白話文及後來的新文學運動中立意要自絕
> 於古典文學，從語言到內容都否定繼承，竭力使創作界遺忘和背離
> 古典詩詞……對此缺乏知識的後果是延遲了白話文從原來僅只是古
> 代口頭語向全功能的現代語言的成長。只強調口語的易懂，加上對
> 西方語法的偏愛，杜絕白話文對古典文學語言的豐富內涵，其中所
> 沉積的中華幾千年文化的精髓的學習和吸收的機會，爲此白話文創
> 作遲遲得不到成熟是必然的事。

如果說，在這一點上立論，並且展開，那麼，會使話題轉向學術性的方向，那麼，由此而對胡適、陳獨秀的進一步追訴，則把話題引向了對於五四新文化運動的再評價，引向關於現代與傳統的關係問題。鄭敏把新文學和新詩之所以成績不佳，都歸結到胡適、陳獨秀那裏，歸結爲五四新文化運動對傳統文化的徹底決裂，並且把五四與「文革」聯繫起來。她批評胡適、陳獨秀的激進態度，並且以 60 年代的「文革」去印證之，「凡是經過我們自己時代的文化革命的人都不難識出這股滌蕩污泥濁水的『革命』氣勢，和砸爛古蹟，打倒孔家店的激烈情緒，並在回首當年時，心有餘悸地理解這股在『革命』的名義下掩蓋的對文化的摧毀，和後患無窮的急躁。」「今天回顧，讀破萬卷書的胡適，學貫中西，卻對自己的幾千年的祖傳文化精華棄之如糞土，這種心態的扭曲，眞值得深思，比『小將』無知的暴力破壞，更難以解釋。」對於陳獨秀，她的抨擊更爲激烈，「如果站在語言的這個制高點回顧陳獨秀要推倒古典文學，無異於要埋葬幾千年中華民族的存在，更覺得他的論點幼稚無知。」

　　鄭敏進行這樣猛烈的批評，是因爲她以爲自己掌握了當代西方最先鋒的語言學—哲學理論，是從索緒爾的結構主義語言學和德里達的解構主義哲學那裏，尋找到了歷史批判的有力武器。但是，無論在什麼條件下，在各種新興的理論之前，首先要做的，應該是對於歷史現象的整體的盡可能準確的把握。正是在這一點上，鄭敏的眼光產生了偏差。

　　要回答鄭敏對五四新文化運動的指責，並不需要高深的學識，比如說，她批評陳獨秀要推倒古典文學，其實，與我們今天所理解的，在大學中文系和學術研究中把可以稱爲古代文學的典範性作家作品稱爲古典文學的內涵不同，陳獨秀在《文學革命論》中，是把「古典文學」與「貴族文學」、「山林文學」並舉，只是他認爲的古代文學中的僵化和雕琢的文字而已——我們今天使用的是全稱概念，陳獨秀則用同一詞語指稱其中少而又少的一部分。如果不是望文生意，是斷然不會得出他要推倒全部的古典文學，進而「埋葬幾千年中華民族的存在」的論斷的。進一步而言，新的文學觀念的提倡，不但沒有也不可能毀滅古典文學的傳統，而是擴大和豐富了人們的文學視野，對古典文學的理解更加開闊和深入，如胡適所言，「舊日講文學史的人，只看見了那死文學的一線相承，全不看見那死文學的同時還有一條『活文學』的路線。我們在那時候所提出的新的文學史觀，正是要給全國讀文學史的人們戴上一副新的眼鏡，使他們忽然看見那平時看不見的瓊樓玉宇，奇葩瑤草，使他們忽然驚歎天地之大，歷史之全！大家戴了新眼鏡去重看中國文學史，拿《水滸傳》、《金瓶梅》來比當時的正統文學，當然不但何（何景明）李（李夢陽）的假古董不值得一笑，就是公安竟陵也都成了扭扭捏捏的小家數了！拿《儒林外史》、《紅樓夢》來比方（方苞）姚（姚鼐）曾（曾國藩）吳（吳汝倫），也當然不再會發那『舉天下之美無以易乎桐城姚氏者也』的傖陋見解了！」〔註5〕

　　不過，對於鄭敏的文章及其引出的話題，還是著文參加有關討論的許明說得一針見血：展開爭鳴是必要的，但不必拘泥於一些具體的觀點，它的要害在於，如何看待中國現代文化史上出現的而且發生了深遠影響的「文化激進主義」？「鄭文的內在理據是以白話文運動爲例對文化激進主義的歷史性的否定」。〔註6〕

　　同樣是許明，對這場論爭的意義，做出高度的評價：「從鄭文的發表引出這種爭論是必要的。它不僅僅關係到今天的我們對本世紀初發生的『白話文』運動的評價，而且關涉到今天的我們對中國現代化進程的根本態度。它對當代顯得特別重要，因爲，八十年代我們共同參與了一出典型的激進主義的歷

〔註5〕　胡適《〈中國新文學大系，建設理論集〉導言》，該書第 22 頁，上海良友圖書
　　　　印刷公司 1935 年版。
〔註6〕　許明《文化激進主義歷史維度》，《文學評論》1994 年第 4 期。

史活劇，而它的影響餘音嬝嬝，至今不絕」。〔註7〕另一篇參與爭鳴的文章，則對文化激進主義與文化保守主義的消長更迭，做出宏觀的描述：

> 20 世紀的中國，爲了實現民族振興、國富民強的理想，在文化和文學中，一直爲現代與傳統、爲世界主義與民族主義的矛盾和取捨所困擾，並且以此爲主線，構成波瀾起伏又迂迴曲折的進程。如何評價「五四」新文化運動，便成爲這種興替更迭的晴雨錶。遠的不說，從 70 年代末期以來的文化思潮，便形成了一個有意味的回折。實踐是檢驗眞理的唯一標準的大討論，和隨之而高漲的理想主義和人文主義的大潮，自命爲「五四」新文化運動的繼承者，並且把正在逐漸深入地展開的除舊布新的思想文化熱潮命名爲繼「五四」新文化運動和延安整風運動之後的本世紀第三次偉大的思想解放運動。「五四」新文化運動所表現出來的開放的、廣取博收外來文化的襟懷，生機勃勃、千姿百態的豐富創造，徹底地不妥協地反帝反封建的決絕態度，都極大地鼓舞和啓迪了在改革開放大潮初起之際異常活躍的文化人，也爲我們深入批判十年內亂中甚囂塵上的封建專制、愚民政策、閉關自守、蒙昧主義等種種弊錮提供了歷史的參照系，「德先生」和「賽先生」以及人道、博愛精神，又一次重現在文化人的精神旗幟上。但是，經過八九十年代之交的調整和反省，經過政治風波留給人們的思索，對「五四」新文化運動持較多的批評和清算態度，指責陳獨秀、胡適否定乃至毀棄源遠流長的傳統文化的聲音屢有所聞，對文化激進主義的批評和譴責聲中，文化保守主義應運而生，並且逐漸有日益浩大之勢，成爲一種不可忽視的思想文化潮。〔註8〕

那麼，這一回折，是怎樣形成，又表現在哪些方面呢？

時代變遷中的光榮與夢想

80 年代，是一個狂飆突進、如火如荼的年代，是思想文化包括文學藝術在內新潮迭起的年代，也是一個讓人們時時想到「五四」新文化運動，並且

〔註7〕 許明《文化激進主義歷史維度》，《文學評論》1994 年第 4 期。
〔註8〕 沈風、志忠（即張志忠，本書作者）《跨世紀之交：文學的困惑與選擇》，《文學評論》1994 年第 6 期。

情不自禁地以重現「五四」時代精神自居的年代。

改造國民性和思想啓蒙，成爲思想文化界思考的重心之所在：

劉心武那篇開新時期文學先河的振聾發瞶之作《班主任》，曲終奏雅，直追魯迅的《狂人日記》而發出「救救孩子」的呼號；

高曉聲的《陳奐生上城》，讓魯迅深惡痛絕的「精神勝利法」再度在文學中復活，從而引起人們對於阿Q的新體認；

羅中立的巨幅油畫《父親》，以對勤勞而蒙昧的老農肖像的傳神刻畫，令人感慨不已；

曾經激動過魯迅、郭沫若、冰心等人的尼采，以「上帝死了」和「重估一切價值」的雄姿，在大陸學人中又一次激起熱情的反響；

以《中國近代思想史論》、《中國古代思想史論》和《中國現代思想史論》等「三論」名重一時的李澤厚，在談到「五四」一代人的時候，充滿了敬慕之情：

> 「他們是在中國空前未有的自由氛圍中開始尋求自己的道路。
> 儘管仍有各種舊的束縛如主觀上有意識和無意識層的禮教觀念，客
> 觀上貧窮、困苦、腐敗的社會現實壓迫、管制、阻撓著他們，然而，
> 新的生命新的心靈對新的人生新的世界的憧憬，卻仍然是這一代的
> 『思想情感形式』和人生觀的主要標誌。」〔註9〕

如果說，「五四」新文化運動，是爲即將到來的民族民主革命高潮，進行了思想方面的準備，那麼，80年代的思想啓蒙和文化創造，則是爲經濟變革和市場經濟的確立，做了全面的動員。正是因爲「文革」十年給人們的創傷、壓抑和思考太深太深，積鬱越久，迸發越烈，新時期的撥亂反正、去舊開新，才具有了不同尋常的內在推動力。儘管說，在80年代思想文化界的狂飆突進與90年代的市場經濟和建設熱潮之間，隔著八九十年代之交的政治風波，使短視的人們看不到二者間的有機聯繫，但是，可以毫不含混地說，它們是有著內在的血脈關聯的。

而且，80年代的思想文化進程，如果說，在產生思想文化大師上，尚且比不上「五四」時代那樣群星璀璨，奔放不羈，那麼，在發動群眾的深度和廣度上，它要更爲成功得多，它對於社會和民眾的影響，要更加有力得多（比

〔註9〕 李澤厚《二十世紀中國文藝之一瞥》，《中國現代思想史論》第219頁，東方出版社1987年版。

如說，像《傷痕》、《於無聲處》、《高山下的花環》、《新星》等作品的轟動效應和社會反響，就是空前而絕後的。）。

而且，它與「五四」新文化運動一樣，它的注意力，是緊緊追蹤當代世界的思想文化進程，同時又在歷史回溯中進行必要的補課的。它的價值取向，是面向全球，廣泛地吸收人類的思想文化成果的。由於中國的特殊國情，我們似乎是在短短幾年十幾年的時間裏，要接受西方從文藝復興以來數百年間積累起來的思想文化成果，這就不能不造成一種空前的緊迫感，並且產生相應的副作用，就是缺乏必要的鑒別和揚棄，把西方的歷時性地展開的過程，簡化爲共時性的並生，被各種思潮和學派弄得眼花繚亂，顧此失彼，唯新是趨，淺嘗輒止，造成特定情況下的消化不良症，至於 80 年代的激進主義思潮與後來的社會大震蕩的內在關聯，更是一個有待於開掘的歷史命題。

海外吹來轉向的風

因此，對現實的總結和對歷史的回顧，對其正反兩個方面的經驗教訓的總結，都是很有必要的。但是，對於「五四」新文化運動的再評價，對於激進主義思潮的反省，卻又一下子轉到了另一個極端，變成對「五四」新文化運動的一次清算，對 20 世紀的激進主義思潮的根本否定。

最早的也是最有影響的批評，來自美籍華人學者林毓生。他的《中國意識的危機——五四時期激烈的反傳統主義》不誇張地說，在很大程度上影響了大陸 90 年代思想文化界的發展方向——如果說，80 年代的思想文化界的悲哀，在於對外來文化熱情接受的同時，我們自己卻沒有能力做出必要的整合和構造自己的思想體系，那麼，90 年代的反激進主義思潮，和文化保守主義的大行其道，不過是對另一種外來的聲音的應和而已；只不過，前者來源於西方的弗洛伊德、薩特、卡西爾、尼采、湯因比，後者則來自林毓生、余英時等海外新儒家。

林毓生在《中國意識的危機》中，通過對胡適、陳獨秀和魯迅的個案分析和思想批判，對「五四」新文化運動提出兩點批評，「全盤性反傳統」和「借思想文化以解決問題」，「20 世紀中國思想史的最顯著特徵之一，是對中國傳統文化遺產堅決地全盤否定的態度的出現與持續」，指責它給中國的文化傳統造成了毀滅性破壞，造成 20 世紀中國的文化危機，並且一直延續到六七十年代的「文革」災難：

這種當代文化曖昧性（或當代的文化危機）的直接歷史根源，可以追溯到本世紀初中國知識分子起源的特定性質，尤其可以追溯1915～1927年五四運動時代所具有的特殊知識傾向。在中華人民共和國的歷史中，又重新聽到了五四時代盛極一時的「文化革命」的口號，其中最富有戲劇性的場面就是1966～1976年間的「偉大的無產階級文化大革命」，這絕非偶然。這兩次「文化革命」的特點，都是要對傳統觀念和傳統價值採取嫉惡如仇、全盤否定的立場。而且這兩次革命的產生，都是基於一種相同的預設，即：如果要進行意義深遠的政治和社會變革，基本前提是要先使人們的價值和精神整體地改變。如果實現這樣的革命，就必須激進地拒斥中國過去的傳統主流。

在20世紀中國歷史上，鑒於文化上反崇拜傳統是一股貫穿著直至70年代的強大的潮流——這股潮流在毛澤東思想中表現在他對「文化革命」的必要性所作的種種的堅持——所以，充分理解五四時期激進反傳統主義的意義，無論怎樣強調都很難說是過份。反對中國傳統文化遺產的激進的五四運動，在後傳統中國歷史上是個轉折點。就這個反傳統主義的深度和廣度而言，它在現代歷史上也許是獨一無二的。這個反叛運動反映著20世紀中國知識界發展的預兆；以後數十年中，文化反傳統主義的各種表現，都是以五四時期的反傳統主義為出發點的。〔註10〕

與《中國意識的危機》（增訂本）在大陸出版的同一年度，1988年，另一位美籍華人學者余英時在香港做了《中國近代思想史上的激進與保守》的演講，並且很快地傳到國內。儘管說，余英時的演講，比林毓生的專著，態度要和緩和客觀一些，但是，二者的思想之路，卻是互相應和的。尤其是他對於大陸80年代的激進主義的描述，和《河殤》所表現的偏頗的揭示，應該說是很有見地的——

在最近這十年間，由於「改革」和「開放」的需要，我們重新聽到了大陸知識分子的心聲。這十年來的大陸知識界確有「百家爭鳴，百花齊放」的氣象。今天大陸上知識分子的聲音很多，不再是

〔註10〕林毓生《中國意識的危機》（增訂再版本）「緒論」，貴州人民出版社1988年版。

單調的直線發展。但是就其中所表現的主要傾向而言，我們覺得激進化的歷程仍未終止，不過倒轉了方向而已。如果我們以「五四」爲起點，我們不妨說，經過70餘年的激進化，中國思想史走完了一個循環圈，現在又回到了「五四」的起點。西方文化主流中的民主、自由、人權、個性解放等觀念再度成爲中國知識分子的中心價值。全面譴責中國文化傳統和全面擁抱西方現代文化似乎是當前的思想主調，這是不難理解的。不少人把中國傳統理解爲一種「文化心理結構」；正是由於這一結構，才形成在中國生根和成長的現實。儒家自然又成爲眾矢之的。有些人甚至提出「馬列主義儒家化」的論斷，認爲一切災禍，歸根到底還是要由儒家來負責。中國現狀不是這幾十年之內造成的，其遠源在中國遠古的黃河文明。西方文化則自始即是健康的、先進的、活潑的。中國只有徹底掃清原有的文化傳統，歸宗於藍色的海洋文化，才能眞正得到解救。這就是電視劇《河殤》的主題。從《河殤》的轟動一時，我們不難窺見反傳統的激進思想是多麼深入知識分子之心。〔註11〕

海外華人學者對大陸的文化現狀的思考，給我們提供了一種新的觀察問題的角度。但是，必須指出，這些思考，有可能是隔岸觀火，確有所見，也可能是隔牆猜枚，不得要領。他們對於當代中國的歷史進程，缺少親身的體驗，在把握上有很多困難和盲點。至少，像林毓生那樣，把五四新文化運動與「無產階級文化大革命」混爲一談，就大謬不然。只要舉出一點，五四新文化運動產生了中國現代文化的第一批成果，產生了一批在思想文化領域中開創新風的時代英雄，「文革」所造成的卻是文化凋敝、百花凋零，兩者之差別，不可同日而語，即可證明其基本的事實錯誤和邏輯錯誤。

但是，大陸的文人卻不加思索地將其全盤照搬過來，這就成爲大陸90年代文化保守主義的重要思想來源。大陸的學人，似乎一下子都轉了方向，浪子回頭，批判激進主義，鼓吹文化保守主義，成爲一種新的時尚。

從因翻譯卡西爾的《人論》一舉成名的哲學家甘陽，到寫作《什麼是文明》的經濟學家盛洪，都浪子回頭地高舉起批判激進主義思潮和重新皈依傳

〔註11〕余英時《中國近代思想史上的激進與保守——香港中文大學廿五週年紀念講座第四講（1988年9月）》，余英時《錢穆與中國文化》第210頁，上海遠東出版社1994年版。

統文明價值的旗幟；

從「國學熱」的走紅，到陳寅恪、王國維等在學術造神運動中被鍍上新的光環，再到由官方和民間合謀的大規模祭孔廟、拜黃帝陵的盛事；

在歷史學界，非激進主義的思潮，也左右了一些人對中國近代史的評價，譬如，有人就說，革命不如改良，改良不如漸進，民主制不如保留皇帝實行君主立憲制，對中國更適合一些；「自辛亥革命以後，就是不斷革命」，「現在應該把這個觀念明確地倒過來：『革命』在中國並不一定是好事情」；〔註12〕

曾經寫過《六朝美學》的文藝學家袁濟喜，在一篇題為《保守主義：華人文化的當務之急》的文章中提出，「華人文化的靈魂是它獨特的語言系統。漢字的單音獨體和象形特徵，釀造成華人文化的渾樸型與直覺性，在哲學和美學中，以天人合一為原型的文化精神便鮮明地反映了這一點。這種農業文明的原生形態，與西方工具理性不同。由此也造成了華人文化與華人社會獨特的天地。」「因此，在文化劇烈流失的背景下，首要任務不是將華人文化商品化，匆匆忙忙地推向市場，去為經濟利益服務。這樣做是一種文化自殺行為。而應該採取保守主義的態度，首先保護好華人文化的原生形態，然後再進行研究發掘，與世界文化進行交流」。〔註13〕（農業文明的原生形態，在現代歷史進程中，不是要順應時勢加以改造，而是要保護它發掘它，這如何可能？）

研究中國近代思想史的俞吾金則這樣寫道：「每一個致力於中國近代思想史研究的人都會發現，以全盤反傳統為根本特徵的激進主義構成近代思想史發展中的一個十分觸目的現象。正如林毓生先生所指出的：『二十世紀中國思想史的最顯著特徵之一，是對中國傳統文化遺產堅決地全盤否定的態度的出現與持續。』這一激進主義的思潮表現在政治、經濟文化、外交關係等各個方面。從康有為的激進維新到義和團的盲目排外，從辛亥革命後匆匆忙忙實行的共和制到五四運動提出的『打倒孔家店』的口號，從58年經濟上的冒進到『文化大革命』中提出的『橫掃一切牛鬼蛇神』、『與一切傳統觀念實行徹底決裂』的口號，無不遊蕩著激進主義的幽靈。」〔註14〕

中國的思想文化界，積貧積弱，沒有自己的思想的支點，只能是隨機而動，如草向風。於是，就出現了這樣的怪事，那些激進主義思潮的代表人物，

〔註12〕參見《正確認識中國近代史上的革命與改良》，1996 年 3 月 12 日《光明日報》。
〔註13〕袁濟喜《保守主義：華人文化的當務之急》，1995 年 10 月 14 日《中國貿易報》。
〔註14〕俞吾金《對激進主義思潮的反思》，1995 年 6 月 4 日《文匯報》。

也會接受林毓生等人的觀點，舉起左手鼓吹激進主義，舉起右手打倒激進主義，豈不怪哉！

　　一個典型的例子，就是作為《河殤》撰稿人之一的謝選駿。如同余英時所言，《河殤》把 80 年代的激進主義思潮推向了極致，充分地暴露其批判傳統文化的激情掩蓋下的思想蒼白、目光偏狹。但是，就在謝選駿為《河殤》撰稿的同時，他卻明確地稟承和發揮林毓生的「全盤性反傳統」的觀點，寫了一篇《反傳統主義的七十年——中國現代史的一個基本線索》，對激進主義痛加針砭——

　　　　五四新文化運動迄今為止的 70 年，是反傳統主義跌宕起伏的 70 年。反傳統造成了結構意義上的沙漠。結果，無結構的文化、反文化的文化、喪失了主體感的文化佔據了社會生活的主流。文化的沙漠中雖然有最廣義的「文化因素」，但這些因素彼此之間攘擾不已，無法形成一個能夠自行生長的有機系統，這一總體性的混亂必定表現為反傳統反文化的綜合症。〔註15〕

甚至，在對「五四」新文化運動的嚴厲批判上，在對「五四」新文化運動與 60 年代中期發生的「文化大革命」的內在聯繫的闡釋上，他比林毓生還要走得更遠，這與其說是一種學術見識，不如說，與他從事《河殤》撰稿時的心態一樣，是被一種極端主義的態度所支配，「有的學者主張，反傳統前期 30 年的主流是啟蒙，而反傳統主義的後期，尤其是其典型，『文化大革命』，則背離了啟蒙的傳統而導向了一種新蒙昧主義。僅從表現形式上著眼，這分析可以成立。但深入問題的癥結便不難發現，五四文化運動的社會功能早已超過了啟蒙的要求而成為一場文化革命。其基本宗旨，甚至不是站在傳統的構架以內尋求改良與啟蒙，而是站到傳統構架的對立面，去進行一場文化界的暴力革命。儘管這場暴力革命臨時還停留在『觀念』與『符號』的領域，但它確實主張『打倒偶像』。從 1919 年的『打倒孔家店』到 1950 年以後的『打倒×××』，青年造反的底氣似有一脈相承之處。而且文化界的暴力革命後來都演化為社會的全方位暴力衝突。」〔註16〕

〔註15〕謝選駿《反傳統主義的七十年——中國現代史的一個基本線索》，《五四與現代中國——五四新論》第 31 頁，山西人民出版社 1989 年版。
〔註16〕謝選駿《反傳統主義的七十年——中國現代史的一個基本線索》，《五四與現代中國——五四新論》第 38～39 頁，山西人民出版社 1989 年版。

　　不過，與上述種種現象相比，李澤厚的思想轉向，恐怕是最不可思議，又最富有代表性時代性的了。這位在 80 年代的思想文化界，尤其是青年學人中具有很大影響和號召力的著名學者，他大約可以說是當時首屈一指的思想家。他曾經提出「西體中用」，力圖借助於西方思想文化成果改造中國傳統文化，這無疑是最激進的一種文化態度。在《批判哲學的批判》中，他試圖以康德的人本主義和審美理想，溝通東方與西方，歷史與現實；在《美的歷程》中，他借用克萊夫・貝爾的「有意味的形式」和榮格的「心理原型」、「積澱說」闡釋中國古典美學的發展；在《中國近代思想史論》中，那種銳利的批判鋒芒，鼓舞和激動了眾多的思想者；前面所引，余英時所提到的「馬列主義儒家化」，則是他在《中國現代思想史論》中首創的帶有強烈批判色彩的新論斷。然而，到激進主義思潮退潮、海外新儒家和文化保守主義風行一時的 90 年代，他也「城頭變幻大王旗」，浪子回頭，皈依到文化保守主義的陣營中。他聲稱，從本世紀初，如果不是一味地追求激烈和革命而是以穩妥的態度循序漸進，結果也許會好得多；他悔其少作，檢討自己當年在學術界藉以起家的譚嗣同研究，檢討自己對於譚嗣同的激進主義思想——新舊兩黨血流遍地，然後改良方能成功——的盲目贊同，他埋頭於《論語》的注解工作，和當代的海外新儒家和國內的新國學一道，爲弘揚傳統文化，放棄了自己對儒家文化的批判，轉而認同於儒家文化。〔註17〕

　　或許，每個人的學術和社會態度的選擇，都有各自不同的心路歷程，而很難被他人所理解；但是，在中國的 90 年代，這轉折，又過於整齊劃一，過於輕鬆瀟灑，甚至很少回過頭去再看看自己早先的足跡。而且，更值得注意的是，我們並非簡單地反對文化保守主義，而是反對在文化保守主義的旗幟下，對激進主義的全面討伐和清算，對激進主義的粗暴踐踏和任意指責，似乎激進主義成了萬惡之源。余英時在討論激進主義和保守主義的互補作用時這樣說：「相對於任何文化傳統而言，在比較正常的狀態下，『保守』和『激進』都是在緊張之中保持一種動態的平衡。例如在一個要求變革的時代，『激進』往往成爲主導的價值，但是『保守』則對『激進』發生一種制約作用，警告人不要爲了逞一時之快而毀掉長期積累下來的一切文化業績。相反的，在一個要求安定的時代，『保守』常常是思想的主調，而『激進』則發揮著推

〔註17〕參見 1995 年 5 月 24 日《中華讀書報》的《文事近錄》關於李澤厚的近期言論的報導。

動的作用，叫人不能因圖一時之安而窒息了文化的創造生機。」〔註 18〕這樣的觀點，應該是很有說服力的，激進和保守的互相制約互相補充，創新和繼承的有機調諧，是一種文化能夠在常態下穩步發展的先決條件。但是，我們今天看到的，卻是昔日的激進主義者，在短短數年，搖身一變，換上保守主義的流行時裝以後，用當年同樣激烈的態度，橫掃激進主義——這樣的暴烈，又有何保守可言？

文學對文化保守主義的回應

讓我們回到 90 年代文學，具體地說，1993 年的文學上來。

鄭敏對胡適、陳獨秀的批判，在相當的程度上，是林毓生對胡適、陳獨秀、魯迅的批判的翻版；只不過，鄭敏的切入點，是從白話與文言之爭入手，集中在漢語語言的發展歷史上，其思想方式和基本評價，卻是從林毓生那裏接受來的。

或許，還可以追溯的更遠。早在 80 年代中期，接受海外新儒家影響的一群知青作家，就已經向「五四」新文化運動開刀；說實在的，知青一代成長的社會環境，並不足以給他們多少傳統文化的滋養，憑他們自己的學識，似乎也難以產生如下的見解：

> 五四運動在社會變革中有著不容否定的進步意義，但它較全面地對民族文化的虛無主義態度，加上中國社會一直動盪不安，使民族文化的斷裂，延續至今，「文化大革命」更其徹底，把民族文化判給階級文化，橫掃一遍，我們差點連遮羞布也沒有了。

——阿城〔註 19〕

> 近來，每與友人們深談起來，竟不約而同地，總要以不恭之辭談及五四。五四運動曾給我們民族帶來生機，這是事實。但同時否定得多，肯定得少，有隔斷民族文化之嫌，恐怕也是事實。「打倒孔家店」，作爲民族文化之最豐厚積澱之一的孔孟之道被踏翻在地，不是批判，是摧毀；不是揚棄，是拋棄。痛快自是痛快，文化卻從此

〔註 18〕余英時《中國近代思想史上的激進與保守——香港中文大學廿五週年紀念講座第四講（1988 年 9 月）》，余英時《錢穆與中國文化》第 216 頁，上海遠東出版社 1994 年版。

〔註 19〕阿城《文化制約著人類》，1985 年 7 月 6 日《文藝報》。

切斷。儒教尚且如此不分青紅皂白地被掃蕩一空，禪道兩家更不待言。

——鄭義〔註20〕

正因爲阿城、鄭義們對「五四」新文化運動的批判，和他們對傳統文化的肯定，都帶有海外來風的影響，而不是論必己出，所以，他們的「文化尋根」的創造，要麼是淺嘗輒止，並沒有達到他們所說，要以中國文化與世界文化對話的高度，要麼是在鄉村的貧困和鄉村的溫馨中化爲烏有，只剩下一些民間傳說和山村風情；總之，都不足以以創作實績支持他們的言論。水積不厚，其載大舟也無力。尋根文學努力再三，卻只是停留在中短篇小說的階段，連一部長篇小說都沒有拿出來，恐怕是很能說明問題的。

相反地，到90年代，一批不發宣言，只寫作品，從年齡上來說比阿城、鄭義等要年長一些的作家，卻以自己的潛心之作，展現出中國傳統文化的深層底蘊，應和了正當紅的文化保守主義的思潮。

這裡指的是這樣一批作家作品：唐浩明的《曾國藩》，陳忠實的《白鹿原》，以及二月河的《雍正皇帝》〔註21〕等等。說他們不發宣言，是指他們沒有像鄭敏、阿城和鄭義等人一樣，去斥責「五四」新文化運動以來，以民主、科學、革命、進步爲宗旨的現代文化對傳統文化的排斥和毀棄，但是，他們卻以自己的作品，表現出對於傳統文化的欣賞和肯定，表現出文化保守主義的傾向。而且，由於這些作品在思想情感、價值取向和藝術表現上的功力，它們都是在近年來發行量很大，專家學者和普通讀者都叫好又叫座的暢銷書，其對社會和民眾的心理的潛移默化的影響，怕是那些激切的言論所難以比擬的。

從另一角度說，社會對這批作品的歡迎，恐怕也和民眾的心態有關，在經歷過太多太多的風潮起落、社會震蕩以後，穩妥持重，求安定求平和，是當今社會的一大特徵——舉一個很有說服力的例子，北京電視臺的《今晚我們相識》的電視徵婚節目中出場的女性們，對男女雙方年齡差距的要求，正在加大到5歲以上。按照此前80年代通行的社會慣例，則是結婚雙方的年齡

〔註20〕鄭義《跨越文化斷裂帶》，1985年7月13日《文藝報》。
〔註21〕唐浩明著《曾國藩》，湖南文藝出版社1990年版；二月河著《雍正皇帝》，長江文藝出版社1992年版；陳忠實著《白鹿原》，人民文學出版社1993年版。

差距大多在兩三歲之間。這正表現出人們在不同時代的不同心態。在浪漫的、充滿青春氣息和精神活力的年代，年齡相近，志趣相投，容易有更多的共同語言、共同愛好和共同心理，作爲首選的是兩人間的相同點，以便用同樣的姿態跨入共同的生活；加大年齡差距，看重的是兩人的差異，是年長一方的社會經歷和處世經驗，以及相對地穩定的生活條件，是希望能夠借助於對方在各方面的優勢，能夠有所依賴，而需要依賴本身，就說明人們在這變動不居的社會環境裏的不安全感。在思想活躍、充滿進取精神的時代，人們願意冒險和探索，在人們開始對變化太快的環境感到難以把握難以選擇的時候——如同 80 年代末期一首歌中所唱，「外面的世界很精彩，外面的世界很無奈」，「不是我不明白，這世界變化快」——人們希望能夠穩妥一些，保險一些，不得不求助於他人的經驗以補充自己的不足。

同樣地，從閱讀的興趣上來說，80 年代，以不斷地推陳出新的世界現代文化和現代文學爲主，欣賞的是轟轟烈烈，開創進取；新興的電視藝術，引人注目的是小院落大題材的《四世同堂》，戰場硝煙的《凱旋在子夜》，改革奮進的《新星》，情勝於理的《河殤》。進入 90 年代，人們對那些心態平和、委婉有致的現代散文，尤其是過去因爲逃避時代風雲、只講風花雪月而受到排斥的周作人、梁實秋、徐志摩、林語堂等人的閒散文字，突發興趣；在電視屏幕上當家的，是表現時代風雨所難以淘盡的逆來順受，包容一切的傳統美德的《渴望》（該劇策劃人員在設計人物的時候，首先定位的就是一個尚且沒有名姓的「東方女性」，還要讓她有一個傳統的惡婆婆替身的惡大姑子，讓她碰上可能和不可能碰上的一切倒楣事），是以平靜的態度回顧知青歲月和展現今日上海中年人生活的《孽債》，是講述普通老百姓過日子的日常煩惱和孝順兒女的《咱爸咱媽》。在思想學術界，則是如同李澤厚概括的那樣，學問家凸現，思想家淡出，人們對於學術傳統的關心，對於回到書齋和以邊緣化自居的提倡，遠遠大於對社會走向和時代精神的直接回應。

在文學創作中，80 年代，曾經是浮躁凌厲之氣登峰造極，現實的與歷史的大變革大情感大英雄大悲劇，盛極一時。90 年代，一批得時代風氣之先的作家，率先描寫的卻是於時勢動盪之機，維護現存秩序，保持社會穩定的歷史人物：力挽狂瀾於既倒，平定太平天國戰爭，實現「同光中興」的理學名臣曾國藩，繼承康熙的事業，又扭轉康熙晚年政紀鬆弛、朝綱不振弊端的雍正，和爲白鹿原帶來吉祥和仁義的朱先生。

　　《曾國藩》中的主人公曾國藩體現了傳統文化中經世致用和功成身退的儒臣之風。他以保衛孔孟名教爲號召，吸引了一大批儒生從軍，以此構成湘軍的領導核心，與太平天國作戰；他察人度己，謹言愼行，既能任仁義，得人心，又能施權術，振軍威；他在眾多部屬和說客紛紛勸告他見機而作自立爲王，借平定太平天國的勝利，兵威將勇，執水陸雄師數十萬之際，起而爭奪天下，恢復漢家江山的情況下，堅定不移地恪守人臣之道，避免了一場新的戰爭，給內憂外患交相逼的晚清政府，提供了喘息和復蘇的機會，也使民眾和社會避免了一次新的破壞動亂。他在文事武功兩個方面，都體現出儒家文化的特色。

　　《雍正皇帝》中，雍正皇帝面臨的局勢，與曾國藩不無相似之處。康熙在位60年，除鰲拜，平三藩，安定西北邊疆，廢除圈地制度，鼓勵農耕，恢復科舉考試，吸收漢族文化，開一代太平氣象。在康熙的光輝掩蓋之下，雍正只能是一個平常的、守成的君主。但是，從爭奪皇位繼承權開始，到他繼位以後，內有諸兄弟對權力的覬覦和謀反，外有官吏腐敗，重臣弄權，雍正所經歷的一生，又是那樣地充滿了危機。形勢的逼迫，使他既要維護康熙的治國之策，以證明自己是康熙所選定的當之無愧的繼承人，又要扭轉康熙執政末年的種種弊端，革新世風；他自認無其父的才華和魄力，又要維護自己的權威，保障社會的穩定；他既要體現出明君和仁兄的氣度，又要在朝政和兄弟之爭中處處留心，先發制人，何況，他的本性又是刻薄猜忌的陰騺之人……處在前有康熙，後有乾隆，這兩個才華出眾的皇帝之間，他的維持現狀，以爲過渡的特色，似乎壓倒了其他，但是，他又的確爲了自己統治的穩定和吏治的整肅，傾盡心血。

　　《白鹿原》中朱先生的形象，是作家傾其所愛創造出來的，而且，他比雍正和曾國藩，更多了一個神聖的靈光圈，更貼近儒家的聖人的理想，也更具有文化保守主義的典範性。因爲他的活動是20世紀前半期，如前面所言，正是「五四」新文化運動以來對傳統文化批判甚烈的時期，是令文化保守主義者痛心疾首的時期，他的形象，就從另一個方面補充和豐富了文化保守主義者對中國現代文化的批判，而證明著傳統文化的魅力和意義。

　　作家用了大量的筆墨，明示暗示他的聖人情懷。白嘉軒「敬重姐夫不是把他看作神，也不再看作是一個『不乍樣』的凡夫俗子，而是斷定那是一位聖人，而他自己不過是個凡人。」這是朱先生在作品中正式登場前的一段鋪

墊。在朱先生死後下葬以前，他的臉上沒有蒙上通常情況下要蒙的一塊白布，以認證作品中前面的交代：普通人因為生前做過虧心事，死後無顏直面祖先，故此只能以白布或白紙蒙臉遮羞；只有聖人，一生磊落光明，坦然無愧，才不需要這遮羞布。更進一步地，白鹿原之所以得名，是因為傳說中此地有白鹿保祐它的吉祥和豐收，在行文中，作家又幾次將朱先生比喻為白鹿，其用意自不待言。

證明朱先生的大仁大義，是白鹿原上的「吉祥物」「保護神」的，是作家為他堆砌的數不勝數的輝煌業績：

白鹿原上的農民，為了追求巨大的利潤，把糧田改種罌粟。他從自己的妻弟白嘉軒開刀，耕毀罌粟田，帶頭在白鹿原禁除毒品種植和交易；

為了一塊土地，白嘉軒和鹿子發生糾紛，從地頭鬥毆鬧到要對簿公堂，他以幾句小詩，平息白、鹿兩家為土地引起的糾紛，並且使白鹿村得到「仁義白鹿村」的美名；

辛亥革命爆發，西安的革命派起而響應，為撲滅起義，清軍大兵壓境。他隻身前往兩軍對壘的前線，用簡明而又透闢的談話勸退要撲滅起義民軍的清軍巡撫率領的 20 萬大軍，為人們消彌一場戰亂於無形；

他自帶乾糧主持白鹿原上的賑災事務，清廉自守，功德圓滿；

他主持編撰滋水縣志，歷經多年而成，而且是秉筆直書，不溢美，不隱惡——修史，在儒家的事業中是首當其衝的，孔子修春秋而亂臣賊子懼，因為他是依照自己的價值觀，去撰寫歷史，顯惡揚善的；

他主辦白鹿書院，廣施教化，連黑娃那樣冥頑不化、土匪成性的人，也受到他的教育，幡然悔悟，「學為好人」；

他是關隴學派的大儒，修身甚嚴，在「洋貨」盛行的 20 世紀，他一輩子都只穿妻子手織的衣服，具有民族氣節。他能夠齊家，連他的妻子，在同他生活多年以後，在白嘉軒眼中，也有了聖人氣。國難當頭時，他又不顧老弱之身，立志奔赴戰場，為國效力，事雖不逮，其情可感……

如果說，雍正和曾國藩，是兩個實有的在民族歷史上佔有重要地位的歷史人物，那麼《白鹿原》中的朱先生，卻是作家陳忠實的藝術創造；前者是以歷史事實為依據的藝術加工，後者則發揮了作家的想像和虛構能力。不管這其中有多少原因和理由，歷史的變遷，時代的特質，作家的藝術個性，以及題材、人物的特定要求；但是，就本文中所討論的文化保守主義和傳統文

化的重新評價而言，我們願意做出自己的解釋。雍正所處的時代，是中國最後一個封建王朝的開國之始，其生氣勃勃的進取，滿漢文化的相撞擊相融合所產生的新機，傳統文化本身的生命活力，康熙時期所創造的強大的國力，爲雍正皇帝的作爲，提供了底蘊。作家在立場選擇上，則受到雍正所撰《大義覺迷錄》的深刻影響，不由自主地爲其大唱讚歌。

曾國藩處於亂世，外有兩次鴉片戰爭的慘敗，內有太平天國和捻軍的起義，封建帝國的危機，日盛一日，與此相伴隨的，還有外來文化的挑戰──太平天國與歷次農民起義不同的就是，它所具有的西方文化的背景，它所憑藉的宗教，是由基督教演化出來的「拜上帝會」。樂觀的文化學者，在論及從那個年代至今天的西方文化對中國傳統文化的挑戰時，總是要援引從漢魏六朝的佛教東來，五胡亂華，到元朝和滿清等異質文化被中原的漢族文化融合和吸收的例子，論證中華文明所具有的優越性。其實，在鴉片戰爭和太平天國戰爭之前，種種文化衝突中，漢族文化都是佔據有利地位的，與佛教東來時代的印度相比，漢文化比它更爲發達，與蒙古族、滿族的游牧文化相比，漢族的農業文明，也顯示出其天然的吸引力。西方文化卻是建立在工業文明基礎上的，是比中華文化處於更高的社會發展階段上。倒是曾國藩、李鴻章等當時的有識之士，看的更清楚，他們所做出的判斷，中國正在面對「三千年未有之大變局」，不但高出其同時代人，甚至高出今天的某些文化學者。在內外交困和文化危機的刺激下，傳統文化不能不調動其全部力量和精華，做最後的抵抗，實現一次迴光返照式的中興，產生出曾國藩、李鴻章、左宗棠等文武兼備、立功立德立言的優秀人物。

與雍正的盛世，曾國藩的亂世相比，朱先生所處的 20 世紀，對於中國傳統文化來說，可謂是已經到了末世，已經無法以寫實的方式，從歷史的記憶中發掘出傳統文化的光輝，於是，只能以種種虛構和綜合的方法去爲傳統文化招魂，而且，把各個不同情況下的故事，都歸納到朱先生身上，例如，破四舊的紅衛兵掘墓時發現朱先生死後留下箴言，以證明朱先生的先見之明的情節，就明顯地是模仿了劉伯溫拜祭諸葛亮墓而發現諸葛亮的預言的民間傳說。這還不夠，爲了神化朱先生，作家還打破儒家所奉行的「子不語怪力亂神」的傳統，讓他觀天象，知莊稼豐欠，未卜先知。然而，這些表現，卻又使得朱先生的形象，帶上幾分妖氣。

作家們對自己筆下的人物，顯然是過於厚愛，以致於不免褒獎過份，而

迴避某些瑕疵乃至罪惡。比如，對於曾國藩這位因殘暴屠殺太平軍俘虜和南京百姓而得名「曾剃頭」的劣跡，在《曾國藩》中顯然沒有得到應有的充分的表現——其實，這正是儒家文化的另一面，對亂臣賊子的誅滅，是毫不憐憫毫無仁義可言的。在《白鹿原》對朱先生不遺餘力的美化和神化中，卻又無法迴避地讓他成為對屈死的小娥的迫害者——鹿三為報白嘉軒的恩典，殺死被封建禮教和宗族鬥爭迫害而墮落的小娥。結果，瘟疫流行，鹿三遭鬼魂附體，村民以為是小娥顯靈，要給她修廟上供，白嘉軒堅決不答應，他要再次懲罰小娥，去徵求朱先生的同意：

> 白嘉軒走了一趟白鹿書院。「白鹿村就剩下我一個孤家寡人咯！」他向朱先生敘說了鹿三鬼魂附體以來的世態變化，不無怨恨地說，「連孝武這混帳東西咄咄著要給那婊子修廟。」朱先生饒有興味地聽著，不屑地說：「人妖顛倒，鬼神混淆，亂世多怪事。你只消問一問那些跪著要修廟的人，那鬼要是得寸進尺再提出要求，要白鹿村每一個男人從她襠下鑽過去，大家怎麼辦？鑽還是不鑽？」白嘉軒再也壓抑不住許久以來蓄積在胸中的怒氣，把他早已構想的舉措說出來：「我早都想好了，把她的屍骨從窯裏挖出來，架起硬柴燒它三天三夜，燒成灰末兒，再撂到滋水河裏去，叫她永久不要歸附。」朱先生不失冷靜地幫他完善這個舉措：「把那灰末不要拋撒，當心弄髒了河海。把她的灰末裝到瓷缸裏封嚴封死，就埋在她的窯裏，再給上面造一座塔。叫她永遠不得出世。」白嘉軒擊掌稱好：「好好好好好！造塔祛鬼鎮邪——好哇，好得很！」

這一段文字，與《白鹿原》對朱先生的濃墨重彩的讚頌相比，不過是短短的一小節，但是，它卻透露出傳統文化的一個如今被人有意無意地忽視的重要方面，讓人想到魯迅的《狂人日記》，在每頁每行的「仁義道德」的後面，看出「吃人」二字。無視這一控訴，而單純地提倡復興傳統文化的人們，不知面對朱先生這種冷酷和殘忍，該如何作答？

本文原載於《文藝評論》1996 年第 1 期。

歷史之謎和青春之誤
——從近年文藝作品中的紅衛兵敘事談開去

「當我把上面這段『著名』大字報上的話，原原本本念給他聽的時候，這位 40 歲男子的臉上有一種無法形容的表情：詫異、驚奇、疑惑、喜悅、慨歎、悵惘。這是一種在不以爲然的掩飾下的關注，是一種說不出痛苦的痛苦。那雙中年人注滿風雨的大眼睛裏，好像驀然脫去了歲月的雲翳，跳出不少青春的光。」

——秦曉鷹《紅衛兵之旗》（收入《紅衛兵秘錄》一書）

引在這裡的文字，是秦曉鷹與清華附中紅衛兵也是全國第一個學生造反組織的創始人之一的卜大華談話時的一個場面。秦念的是當年曾經風靡全國的《革命造反精神萬歲！》——清華附中紅衛兵的撼世之作，它使得那雙因爲經歷過人世滄桑的中年人的眼睛，「驀然蛻去了歲月的雲翳，跳出不少青春的光」。

我們歷來是對青春充滿了讚譽之情的，它是人生的華采樂章，是生命中最寶貴的時光。青年人高呼青春萬歲，中年人希望永葆青春，這是從很文化的方面說。在世俗的方面，充斥於電視廣告和MTV的，是一個個情男靚女、金童玉女、青春偶像、心肝寶貝，以及什麼「青春寶」「回春丸」之類，無條件地認同和膜拜青春，成爲一種全民族的情結，哪怕它伴隨著夢魘，負載著迷狂，和堪稱是 20 世紀人類的一大浩劫的十年動亂相爲始終。一切都可能是過眼煙雲，都可以被懷疑和否定，惟有青春二字，眞是「青春常在」。

這是我最近閱讀一批表現或反思紅衛兵運動的文學作品中所強烈地感受

到的。這些作品有，吳文光的《革命現場 1966》──這是他拍攝訪談式紀錄片《我的紅衛兵時代》的文字臺本；梁曉聲的《一個紅衛兵的自白》──該書曾於 1988 年由四川文藝出版社出版，1993 年又由陝西人民出版社再版；《紅衛兵秘錄》──這是一部由多人的回憶和訪談編成的紅衛兵運動的回顧，其中有不少當年的風雲人物；張承志的日文版《紅衛兵的時代》以及他為該書寫的中文序言《三份沒有印在書上的序言‧之一》，正是這些文字引發出關於對張承志的「原紅旨主義」的批評；詠慷的《青春殤》（作家出版社 1998 年出版），作者是當年北京中學紅代會五人領導小組的成員，現在軍中從事文學創作。

恩格斯曾經把斯芬克斯的謎語稱作歷史之謎。

對於當代中國人來說，發生於 30 年前的「史無前例的無產階級文化大革命」，也堪稱是「斯芬克斯的謎語」，是一個事關重大卻又難以把握，說法日多卻又越來越撲朔迷離的歷史之謎。

就拿似乎是最為單純、最容易說得清的紅衛兵運動而言──它既沒有政治核心的權力鬥爭那樣充滿隱秘，難以為普通人所覬覦，它的參加者都是當年的一群中學生，回首往事，對他們來說，應該不是難事；它也沒有後來的奪權鬥爭那樣反覆多變，情節複雜，大體的脈絡應該說是不難理清的；何況，近些年來，有關的文字不斷問世，也為人們的閱讀和思考以及由此激活歷史的記憶，提供了新的便利。然而，在諸多的歷史敘述中，青春的喧嘩與騷動，似乎佔據了過多的分量，對歷史的反思，往往是淺嘗輒止。我們仍然缺乏一種追根究底，拷問靈魂的精神。

譬如說，對於歷史的回顧，應該建立在什麼樣的價值基點上？

我們都習慣於認定紅衛兵運動的參加者，是一群純潔而天真的青少年，是出於無私忘我的革命激情，而投身於這場「轟轟烈烈」的「大革命」的。我們習慣於簡單明瞭地把當年的迷失歸結為對毛澤東的精神崇拜和思想的幼稚淺薄，在做幾句直觀的反省以後，就把過去打發到過去，而把青春抬舉到聖殿裏，青春至高無上．青春永垂不朽。苦難也罷，浩劫也罷，在青春面前，它們的災難性，似乎不值得深究，似乎都不成比例，不在話下。

於是，在梁曉聲的《一個紅衛兵的自白》的封底，赫然在目地印著：「我曾是一個紅衛兵。我不懺悔。」自然，梁曉聲有他拒絕懺悔的理由。他的一部自白，一半是回憶，一半是分析。回憶的是自己的所作所為，如何感受到

時代風暴的臨近，如何僥倖參加紅衛兵，在看守抄家物資的時候讀到《肉蒲團》等禁書，在進京串聯和赴四川探親途中與幾個青年女性的種種糾葛，以及為了充當悲劇英雄投入派仗中……，作者致力於分析並且加以批判的，卻是他所目擊的「文革」初期種種荒誕不經的群眾場面，是成為著名作家以後對於芸芸眾生的蒙昧無知的抨擊，是對於「文革」中的社會心理的一種剖析。回憶的是自我，抨擊的是他人，二者之間，找不到連接點：自己的一切行為，都是有理有據的，情有可原的，無需懺悔，沒有過錯；社會的動盪喧囂，則是盲目而狂熱的，是一次瘋狂的表演──難道說真有兩個「文革」，分別屬於梁曉聲自己和社會民眾，他自己就那麼潔白無瑕，青春無悔，是災難和罪孽的局外人？作家說：「《自白》的與眾不同之處有兩點：一，它的主人公我，是一個工人階級的後代，是『紅五類』，是『紅衛兵』，是被荒謬的時代賦予『造反有理』特權的中學生，而且又是一個理想主義情結縈繞的青少年，和一個受人道主義和人性主義濃重薰染的青少年。這一種矛盾，造成我自己在那一特定歷史時期昭昭的內心分裂現象。這一種現象是耐人尋味的。二，……從社會心理學，尤其從此一角度去分析曾是『紅衛兵』的一代共和國的長子長女，進而從社會心理基礎去闡述『文革』的作品，似乎還不多見。我希望，也認為，我的《自白》彌補了這一點」（《一個紅衛兵的自白‧自序》）。問題在於，這裡的第一點和第二點，其相切於何處，是通過對自我的剖析達到對民眾和社會心理的剖析，還是以自己的高明和優越去反襯出民眾的昏庸？

　　還有，固然可以說，地處北國邊陲的哈爾濱，又不是紅衛兵運動的中堅人物，梁曉聲所經歷的，大都是「文革」初期的一些邊緣性的事件，但是，若能真實地將其記載下來，即使作家自己沒有能力對此進行深入討論，那也可以為他人提供一份翔實的研究資料；可是，他又一次地偏離了作品的「主旋律」，他的筆下濃墨重彩地出現的自我，雖然佩著紅衛兵的袖章，所作所為卻大量地是一個懵懂少年的青春期覺醒和他交往過的幾個少女，對於作品的主旨何干，不過是小說家營造情節的習性和玩噱頭、增加可讀性以贏得更多讀者的狡計而已。

　　比起梁曉聲的拒絕懺悔，張承志走得更遠，他簡直是要為紅衛兵運動──或者說，為他心目中的紅衛兵運動，作一次正名。早在《金牧場》中，他就把紅衛兵運動作為青春的證明，血性的證明，人類九死不悔地追尋理想中的黃金牧地的一個證明。在他為日文版《紅衛兵的時代》所寫的中文序言中，

他說得更加堅定決絕：

> 「我畢竟爲 60 年代——那大時代呼喊了一聲……我畢竟爲紅衛兵——說到底這是我創造的一個詞彙，爲紅衛兵運動中的青春和叛逆性質，堅決地實行了讚頌。」

> 「應該說，不是法國五月革命的參加者，不是美國反戰運動的嬉皮士，是我們——我們這一部分堅決地與官僚體制決裂了的、在窮鄉僻壤、在底層民眾中一直尋找真理的中國紅衛兵——才是偉大的 60 年代的象徵。」

《三份沒有印在書上的序言·之一》

如果我理解得不錯的話，張承志是從三個方面對紅衛兵或者說他主觀願望中的紅衛兵作辯護的：青春叛逆性、社會底層性和反官僚體制性。然而，這三點，在我看來，又是大可商榷的。青春並不是天然合理的，正像群眾運動並非天然合理一樣。所謂青春的叛逆性，乃是一代又一代人成長過程中的一種心理機制而已，也並非紅衛兵一代的特權。處於成長見習階段的社會成員，青年人具有雙重性格，他既希望擺脫少年人的稚氣，盡快地成熟起來，取得社會的承認，這就必須使自己認同於成人社會，認同於既有的社會規則，納入社會的軌道；但是，初出茅廬，他又生怕被湮沒，生怕被成人社會的光芒所遮蔽，他要努力地表現自我，努力地建立自己的新的個性特徵，證明自己的價值，爲此，不惜矯柔造作，不惜矯枉過正。在他們身上，積蓄著巨大的活動能量，而在社會生活中尋找著突破口。青春似火。但是，這火，既可能是焚燒黑暗，驅逐嚴寒的熱源，也可能是玉石俱焚、製造荒蕪的災禍。以爲青春就是理所當然，無所顧忌，爲所欲爲，那大約只是一種青春的自戀，就像那喀索斯一樣，對著水中的倒影眷戀不已，執迷不悟，至死不肯離去，癡則癡矣，於人於己何益？紅衛兵也好，知青上山下鄉也好，給時代和社會帶來的究竟是積極作用大，還是消極作用大、破壞作用大？

還有，什麼是社會底層性和反官僚體制性？其一，紅衛兵運動，尤其是早期的紅衛兵，骨子裏是一種貴族氣十足的青少年運動，「紅五類」的家庭背景，各種各樣的上層的乃至通天的社會關係，血統論的驕縱——血統論的對聯的提出是在該年的七、八月，但是，早在對聯提出之前很久，血統論就已經普遍地存在——父母的幹部地位帶來的深入骨髓的優越感，以及日益膨脹

起來的唯我獨左、唯我獨革，使它染有強烈的門第色彩、紅色貴族的價值觀念，紅衛兵組織的領導者，絕大多數是由領導幹部子女擔任，這實際是他們以一種非常的方式繼承其父母的權力，相反地，受到紅衛兵衝擊的，無論在校內還是在社會，卻有相當多的是屬於社會底層的人們，無論是自建國以來一直被管制和專政的「黑五類」，還是新揪出來的「牛鬼蛇神」，還有一些基層幹部和工作組成員。其二，所謂反官僚體制，也未必能夠成立，更令人無法贊同。「文革」的要害之一，是領導核心的權力鬥爭，是曾經被反覆宣稱過的「奪權」運動，或者說，是「保衛紅色江山千秋萬代永不變色」的鬥爭，「紅」「衛」「兵」三個字，無論是分開來還是合在一起，都無法看出其中的反對官僚主義的特點，明明是反對「帝、修、反」嘛。這只能說，張承志是用他今天的態度，詮釋乃至文過飾非地評述歷史。其三，退一步講，即便如張承志所言，紅衛兵有真有假，像他這樣的以社會底層的代表者自居的，是真正的紅衛兵，那又有多少值得誇耀之處呢？社會底層，和青春少年一樣，都不具備值得無條件地絕對肯定的理由；社會底層和熱血青春，都具有許多共同性，由於其社會地位的低下，他們都具有一種潛在的對社會的叛逆性和對抗性，又因為他們是既得利益最少的，行動起來最無所顧忌，也使他們具有超越其他社會階層的行動能力和活動能量。如果說，「越窮越革命」的口號，在歷史進程中已經被質疑和拋棄，那又怎麼能用社會底層性為紅衛兵運動作辯護呢？

也許，討論紅衛兵運動的要害所在，是這一運動的動機和動力問題。無論是梁曉聲、張承志，還是別的紅衛兵運動的參與者，都願意強調它的理想主義精神，和無私忘我的英雄氣概，以及純而又純的個人品德；換句話說，儘管紅衛兵運動的失敗早已被歷史所證明，但是，在許多當事人來說，他們的認識仍然停留在這樣的階段：紅衛兵運動的效果出了問題，但它的動機和追求卻是不能否定的，紅衛兵的聖潔和獻身精神卻是不能玷污的。

於是，那些目睹和縱容過他人的血腥行為的人，對於過去的一幕，至今都未曾作出真正的深入的反省。

這是《革命現場1966》中吳文光與被採訪者的一段對話：

胡：……那時串聯的時候咱們到西安，在一個工廠裏頭，我們有6、7個北京去的。工廠的人說你們是北京來的，得支持我們，我們工廠的紅衛兵力量弱，受孤立，你們北京來的人再少，在外地政治影響也大啊。我們去抄了一個國民黨少將旅長家，那傢夥很不服

氣。當時確實委任狀、武裝帶、戰刀都給抄出來了。當時是動手打了，打得嗷嗷直叫，拿皮帶抽的。最後他們本廠的人就更激烈了，拿推子把頭給剃了，陰陽頭，當時確實是這樣的。

吳：當時你站在一邊嗎？

胡：我站在一邊，我也沒有制止。

吳：你心裏怎樣想？

胡：我……如果按照當時的想法，就是活該。

吳：你的同學也在場嗎？

胡：在啊。

吳：他們參加打了沒有？

胡：有幾個年齡小的參加了。

吳：一個制止的人都沒有？

胡：一個都沒有。

吳：不動手也覺得是應該這樣做？

胡：對。

吳：那你為甚麼不動手呢？

胡：因為我感覺一個是我年齡比較大，另外就是「十六條」裏有規定「要文鬥不要武鬥」，毛主席也說了，武鬥只能觸及皮肉，只有文鬥才能觸及靈魂。另外他已經喪失抵抗能力，打他就是出出氣而已，但打了也活該。之所以沒動手並不是覺得不該打，而是覺得自己好像是比較講政策，不虐待俘虜的意思。

吳：也不能完全從人道……

胡：不能從人道來講，因為本身對他們是仇恨的，對不對？我們把你失去的天堂給砸爛了，你們還隨時想復辟，對不對？那一旦他們復辟我們就人頭落地，那一點兒都不含糊。那不是什麼人道不人道的問題，什麼時候他這些人重見天日，我們不是就入地獄了嗎？就是這麼簡單，所以打他一點兒都不過份。當然並不是說打人就是對，今天看起來，這是第一；第二並不是所有打的在那種理由下都應該打，或者都有所謂依據，因為有些就出於鬧意氣泄私憤，找點碴兒就給人打了。

摘引這一段篇幅冗長的對話，是因為，在其中，我發現了某些值得思索的東

西。正像本文開始所引錄的那段話中的卜大華一樣，一旦回首當年，這位姓胡的前紅衛兵馬上就沉浸到往事裏，情感和記憶一起復活，而沒有任何的心理距離，自然也無法對既往進行真正的反思和自我批判。目睹了打人的殘暴場面，作為縱容者和心理上的參與者，說起往事，毫無內疚和慚愧感，這不能不讓人吃驚──當年那血腥的一幕，究竟給人們的心頭留下了什麼？紅衛兵們又對那場「紅色恐怖」有多少反省？──在各種各樣的回憶錄裏，只見他們的過五關斬六將，關於紅衛兵運動的狂熱和殘暴的一面，卻付之闕如。這一代人的自省何以遲遲不能完成，通過各種文字的和口頭的紀錄，留給後來的，又會是如何殘缺的歷史？

最根本的要害在於，紅衛兵運動的動機，果真如他們自己所言，是那麼純潔，那麼超越個人功利地無私無我，那麼充滿高昂的理想主義，那麼值得肯定？

其實，任何規模任何形式的人的活動，都是依照著利益驅動的原則進行的。儘管它可能是潛藏在事物的內部和底層，不那麼容易察覺。紅衛兵運動的內在驅動力，稍加分析，也是不難見出的，討論這個問題，與其說需要理論的眼光，不如說，它要求直面現實、直面自我的勇氣和真誠。

這或許是我看重《青春殤》的理由。儘管說，作者的主觀心態，可能和他的同代人一樣，是肯定自身的純潔、崇高和「革命理想」的，但是，在閱讀中，卻常常讓我感到，「文革」初期對立的學生和紅衛兵們，在看似冠冕堂皇的革命動機後面，是有著利益驅動原則的。儘管作家的主觀情感是有褒貶有愛憎的，但他筆下的，作為對立雙方的學生領袖的柳亮石、吉歡歡和汪京京，不但是有著共同的政治背景，即都是出身於高級幹部的家庭，有著獨特的政治優勢，而且，他們的取捨和選擇，也與個人的利害得失相牽連，哪怕這種利害得失並沒有被他們自己所意識和察覺。在當年的那種政治狂熱和盲目的深層，其實隱藏了人們的功利判斷，每一次運動，都要劃分界限，組織隊伍，都要分清左、中、右，你的個人表現如何，以及組織上對你的評價如何，都會關係到你今後的命運的。

> 「吉歡歡由於自小生活在高級幹部家庭，對政治有一種特殊的敏感。他早就聽父親多次說過：我們黨的發展有一個現律，即每次大的政治運動之後，都是既要整下一批『垮』了的幹部，又要大力提拔一批新的幹部。『鎮反』是這樣，『三反』『五反』是這樣，『反

　　右』和『四清』也是這樣……」

吉歡歡和汪京京因爲信息渠道暢通，得風氣之先，自然要爭得「先手」，奉旨造反。這種情況，換了別人也會大抵如此吧。

　　保守派學生領袖柳亮石的選擇，同樣不是無緣無故的。他對學校的領導，對校長兼書記的晁婉韻的信賴，既是發自他的誠實的本性，也和他在學校中的位置相關：在學校中，他是學生中的第一號人物，唯一的一名學生黨員，團委幹部，預定要保送到國外留學，然後進入外交戰線當棟樑的，現實的處境，未來的出路，似乎都在向他招手，他又何苦去造反？維護學校領導，維護現存秩序，正是他的利益所在。他所用以對抗吉歡歡們的思想武器，同樣是毛澤東所主持制定的「二十三條」，是作爲「文革」先聲的左傾色彩甚濃的理論。他與吉歡歡們，在具體鬥爭目標上有所不同，但是，在指導思想上，卻未必有根本區別。他對於政治的強烈興趣，對於「無產階級文化大革命」的熱衷，都與他人別無二致。區別之一在於，他的家庭環境，雖然同樣是高幹子弟，但畢竟沒有接近「文革」初起之時的核心層，沒有最新的上層信息，也就使他不能與吉歡歡、汪京京們取同一立場了。

　　政治鬥爭與家庭、血統的聯繫，政治運動與個人利益的擇抉，昭然若揭。

　　其實，這個規律，並不深奧，在那個時代，是被許多人所接受的。即使是沒有向上爬的心思，要想在政治鬥爭中保得自身無虞，莫過於向別人揮舞「打倒」「批判」的拳頭。比權力的誘惑更有威懾力的是「動搖」和「保守」的帽子。「革命」的權力需要爭取，需要底氣，一旦落入阿Q的「不准革命」的境地，那就離自己被打倒相去不遠。胥薇薇、畢子誠、施作慨們的不同選擇，其實都是源於這種考慮的。只不過，不只是對「文革」持保守態度的柳亮石、畢子誠的家庭在「文革」的第一次浪潮中就被沖到漩渦之中，連自以爲是手眼通天的「革命左派」汪京京、吉歡歡們，也隨著其家庭的沉淪而落難；使問題複雜化的另一面，則是中央文革的中途換馬，在「橫掃一切牛鬼蛇神」的狂潮中爲王前驅的紅衛兵，很快地失去其「先鋒性」，而被棄之如敝履。

　　再看《一個紅衛兵的自白》，儘管梁曉聲在許多地方都強調的是一種純粹的精神追求和理想主義，但是，在字裏行間，也不能完全超凡脫俗，而是透露出某些眞實的信息——

　　　　「我看明後天也上不了課。」韓松山略顯憂慮地說：「耽誤了這
　　　麼多課程，將來誰對咱們的畢業和升學考試負責任啊？」……

　　我的好友王文琪以批判的口吻說:「你的意思是這場社會主義文化大革命的來臨使你受損失啦?是黨和國家的生死存亡重要,還是你考高中重要?」他本是開玩笑,但因他是團支部副書記,將來肯定是畢業鑒定小組的成員,韓松山便認真起來,罵了他一句:「滾你媽的!」還臉紅脖子粗地要和他動手,搞得他十分尷尬。

　　趙運河透露:「據說,今年的高中和大學錄取,要實行政治表現第一,分數第二的原則。政治表現的主要一條,當然要看在這場運動中的表現啦!表現不積極的,分數再高也後邊『稍息』去!」他的父母都在教育局工作,大家猜測他的話可能是很有來頭的,誰也不多問,可誰都分明牢記心間了。

　　韓松山立刻同王文琪和好如初,摟著王文琪的肩膀,親密無間地說:「別生氣啊,剛才我是跟你鬧著玩兒呢!」

我想,這才是促使人們紛紛地湧向「文革」的前列,爭當「紅衛兵」的根本所在呢。

　　當然,問題還有它的另一方面,即被許多人認為是屬於理想主義的,紅衛兵要為一個無產階級的新世界和世界革命而獻身的烏托邦精神。這是無可爭辯的事實。但是,不論是紅衛兵也好,還是後來捲入運動的廣大民眾也好,他們在投身於這場「鬥爭」的同時,都在體驗和滿足著一種自我實現的快感,以至於沉醉於其間。歷來是被家長、學校和社會加以重重束縛的中學生,一下子變成革命的先鋒,時代的闖將,那樣一種精神上的解放感,自我膨脹的和輿論鼓吹的「革命主角」感,對於一代青少年來說,還有比這更能滿足自我實現的方式嗎?「時代者,我們的時代;國家者,我們的國家;天下者,我們的天下;我們不說誰說?我們不幹誰幹?……」「革命者就是孫猴子,金箍棒厲害得很,神通廣大得很,法力無邊得很,這不是別的,正是戰無不勝的偉大的毛澤東思想。我們就是要掄大棒、顯神通、施法力,把舊世界打個天翻地覆,打個人仰馬翻,打個落花流水,打得亂亂的,越亂越好!……」當年為紅衛兵所反覆宣揚的這些話(前一段是毛澤東在五四時期創辦的《湘江評論》上寫的,在文革初期被紅衛兵們反覆引用,後一段話是開篇時講到的《革命造反精神萬歲》中的一段文字,兩者都曾經風靡全國),正是特殊環境下一種獨特的心理體驗和自我評價,而且是得到社會的回應和最高權威的褒獎的,焉能不令人陶醉和癡迷?

那麼，這是不是一種利益所在呢？答案是可以肯定的。人們之所以忽略它，是以為只有物質的實際的獲得才是利益，精神的利益和價值則容易被忽視。人本主義心理學的創始人馬斯洛把人的需要分為不同的層次：最起碼的生存需要，和自我發展自我實現的需要。前者主要是物質性的，後者則更偏向於精神。無論何種需要，對它們的實現，就是利益的最大獲得。青少年學生，正處於愛幻想、重精神、有追求的時期，加上特定的理想教育，政治薰陶，投身於「史無前例」的「文革」，比巴黎公社、比十月革命、比前輩打江山都毫不遜色，甚至有過之而無不及，這樣偉大的事業偉大的時代偉大的使命，落到自己頭上，豈不是天降大任於斯人哉！紅衛兵的自我實現和自我證明，伴隨絕大的精神滿足和心理收穫，這樣的利益，恐怕是很難用什麼物質的東西去替代和表達的。何況，今天的「大鬧天宮」，同時也預示著未來的修成正果，未來的遠大前程，理所當然地接過前人手中的權力，這又有什麼可以懷疑的呢？

因此，清算「文革」，破解歷史之謎的一大要害，在於粉碎青春的神聖化，自我的聖徒化。對領袖的神化，其實是和對民眾的神化相呼應的。基督的信徒朝拜十字架，是為了死後進入天堂，永遠蒙受上帝的恩澤；民眾似乎為上層的權力鬥爭所蒙蔽，骨子裏卻有著實用的算計；一旦入了另冊，不只是一人吃苦，還會殃及家庭，株連三親六故，鄰居朋友，「文革」中「黑五類」、「可以教育好的子女」的遭遇，從反面證明了這一點。只是，當年的人們，在強大的政治壓力之下，無法直接表達這種對被排斥被迫害的恐懼，於是給自己的盡可能「革命」的選擇包裹上順應時勢的口號，似乎真的是為了超功利的理想追求，而咸與革命；今天對歷史的回顧，又在這種自欺欺人中，掩蓋了個人的利益取捨，也淡化了對自我的無情審判。「此情可待成追憶，只是當時已惘然。」心靈的錯覺記憶，給我們回顧歷史、審視自己，增加了新的難度。

在這裡借鑒一下捷克作家米蘭·昆德拉對待青春的評價，也許不無幫助。米蘭·昆德拉是親身經歷過第二次世界大戰之後急速向左轉的東歐的革命風暴，並為之歡欣鼓舞的。那也正是他的青年時代。但是，在《生活在別處》、《玩笑》等作品中，他沒有一味地去表現「青春無悔」，也不作簡單的否定性判斷，而是冷峻而客觀地探討青春與革命、藝術與生活、現實與幻想的複雜關係，開掘出人性的和青春的深度；同時，他對於像現實中的自己一樣的極端畸型的政治迫害下的受害者，並沒有將其聖徒化純潔化，而是通過毫不留情的、追索不已的心靈拷問，去追究他們在歷史中既是受害人又是參與者和

同謀的責任，對青春的本質，對青春的另一面，予以深刻的揭示，從而對人類性，對青春與革命，都達到一個新的認識高度。在《生活在別處》的序言中，作家對他筆下的時代和作品主人公都做出明確的評述。他確認革命的 50年代在人們心理體驗中的意義說：「值得強調的是，這一特定時代充滿了真正的革命心理，它們的信徒懷著巨大的同情以及對一個嶄新世界的末世學信仰體驗了它們」；他們以為正在上演的是英雄悲劇，「卻一點兒沒有察覺到，劇院經理已在最後的一刻改換了節目單，而代之以一齣通俗的滑稽劇」。對於作品主人公，一個嚮往著革命、詩歌和愛情卻又在莊嚴的名義下變成告密者的青年詩人雅羅米爾，作家說，「請別認為雅羅米爾是一個低劣的詩人！這是對他的一生的廉價的解釋！雅羅米爾是一個有天分的詩人，富有想像力和激情。他是一個敏感的年輕人。當然，他也是一個邪惡的人。但他的邪惡同樣潛在地存在於我們每個人身上。在我的身上。在你的身上。在蘭波身上。在雪萊身上。在雨果身上。在所有時代所有制度下的每個青年人身上。雅羅米爾不是特定時代的產物。特定時代只是照亮了隱藏著的另一面，使不同環境下只會處於潛伏狀態的某種東西釋放出來。」青年人的浪漫激情，對革命、愛情和詩歌的嚮往，我們一向是無條件地予以肯定和讚揚的。革命伴隨的殘酷乃至殘暴，也往往被人們忽略不計。但是，米蘭‧昆德拉卻從作品主人公那裏，獲得了一面鏡子，一面照出青春所潛藏的邪惡和殘忍的鏡子，給青春以無情的剖析，而且包括了作家自己在內，拷問自己的靈魂。我們所討論的紅衛兵，無疑是在特殊環境下，把青春的負面、青春的邪惡發揮得淋漓盡致的。如今回首當年，卻有意無意地迴避這些醜陋和血腥，更談不上解剖自己的心靈。因此，談論這樣的話題，幾乎令人感到一種絕望。但是，我們也沒有別的手段，除了付諸文字，付諸繼續的談論，同時在絕望中等待希望。

那麼，被恩格斯稱作歷史之迷的斯芬克斯的謎語，其答案是什麼？俄狄浦斯以什麼樣的回答解除了這個怪獸對人們的生命威脅？

俄狄浦斯說，人小的時候在地上用四肢爬行。到獨立成人，用兩條腿走路，老年體弱，則依賴拐杖。

人。

既是簡單到家，卻又深不可測。

「文革」是什麼？紅衛兵是什麼？

本文原載於《社會科學論壇》2000 年第 1 期。

究竟有幾種紅衛兵？

一

　　曾經有過那樣的年代，從最高決策者到幼稚的小學生，從街道上的小腳老太太，到鄉村裏的青壯年農民，都戴上了紅衛兵的袖章，都「咸於革命」，「咸於造反」。但是，動亂過後，時光已經流失了 30 餘年，我們對於許多基本的歷史事實，仍然是所知甚少。其問題在於，大量的當事人，對於往事閉口不提，淪為沉默的大多數，像中國現代史上諸多謎語一樣，或者只講過五關斬六將，諱言走麥城，如一些當年的「老紅衛兵」，省略了最初的「破四舊」和鼓吹「血統論」的狂妄，只講「聯動」與「中央文革」的鬥爭。更重要的，是人們對於各自的深層心理動機和潛意識的迴避，對於「造反動機」的有意無意的模糊和神聖化，使得本來並不很複雜的事情，變得撲朔迷離。

　　早在 70 年代，西方的一些學者，就以香港作為一個窗口，通過與一批「文革」中逃港的廣東青年的深入交談，以及苦心收集到的文字資料，為紅衛兵研究鋪下了第一塊基石。其中，《毛主席的孩子們》，《廣州紅衛兵的派性和文革運動》，《戴小艾，一個紅衛兵的政治自傳》，無論從資料收集，研究方法和研究結論上，都是很有代表性的：《毛主席的孩子們》，是在與多名前紅衛兵的交談中，採用社會學的矩陣分析法，精心選擇了具有不同的思想和性格傾向（如單純與功利，馴從與叛逆等）的 4 人，進而剖析為什麼這些個性和價值取向各異的青年學生會先後走上造反之路；《廣州紅衛兵的派性和文革運動》，是通過口頭瞭解和文字資料，從大講階級路線的 1964 年廣州幾所高中入學新生的家庭出身，及他們在學校中的政治態度和學習情況入手，闡釋激

進派和保守派紅衛兵的各自的來龍去脈；《戴小艾，一個紅衛兵的政治自傳》則是以個人口述方式進行的一種個案分析。可惜的是，除了《毛主席的孩子們》，後兩種還沒有中文譯本，使得國人無緣一窺其真諦，更談不上相互交流。此外，還有一本《競爭的同志》，是從文革前校園中的人際關係入手，分析紅衛兵的成因的，想來應當是很有啓示性的，但是，筆者也僅僅是從他人的引用中得知此書，更多的話無從說起。

比較起來，國內的紅衛兵研究專著，筆者見到的，似乎只有兩種，陸建華等的《紅衛兵的一代》，吳文光的《革命現場 1966：我的紅衛兵時代》。前者是 80 年代中期，由共青團中央等部門組織的青年研究的課題，後者則是吳文光拍攝的紀實影片，採訪幾位前紅衛兵的文字稿本。可惜這兩種書，也都是在海外出版，本來是關乎整整一代人的話題，卻變成了秘籍珍本。除此之外，還有一些紅衛兵回憶錄的彙編，雖然給研究者提供了有益的資料，但是離真正的研究，還有相當距離。尤其是 90 年代以來，隨著圖書市場的興起，對於此類圖書的策劃和出版，也難免染上商業化操作的味道，粗製濫造，東拼西湊，在所難免。作家梁曉聲的長篇紀實作品《一個紅衛兵的自白》，問世較早，數次再版，影響較大，但是，梁曉聲自己大約可以算作是文革中的「逍遙派」，或者，用今天的話來說，是屬於邊緣化的，捲入文革的漩渦沒有多深，所能提供的史料和思考價值相對有限。

二

因此，新近在國內出版問世的兩部書稿，詠慷的長篇紀實文學《紅色季風》和徐友漁的文集《自由的言說》，就具有了新的意義。詠慷是一位筆耕不輟的部隊作家，曾經用長篇小說《青春殤》描寫過文革初期即 1966 年夏季北京某中學的動蕩。新作《紅色季風》可以看作是其續集，只不過更加寫實，個人親歷的色彩更加濃鬱了。徐友漁是中國社會科學院的研究員，是在思想文化界很有影響的學人，並且一直在作哲學研究兼從事紅衛兵研究——鑒於目前的種種條件限制，非有至深的認識和決絕的毅力，如何能夠在這個敏感而又諱莫如深的話題上不停地挖掘？《自由的言說》中，用 200 多頁的篇幅，討論紅衛兵運動，既有作者自己作爲紅衛兵組織中的骨幹分子，對往事的回溯，也有作爲當代思想者，在進行大量的調查研究之後，對這一歷史謎語的思考。而且，這兩個文本的作者，其相同和差異之處，也給我們提供了很多

啓迪。他們在 1966 年，都是應屆的高中畢業生，是完整地接受了當時的高中教育的，在中學紅衛兵中，在年紀和閱歷方面，都有很大優勢。他們又都是運動初期受到打擊和排斥，是在該年秋冬之際，所謂「批判資產階級反動路線」和第一代紅衛兵即信奉「血統論」的紅衛兵開始走向衰落之後，走上造反的前臺的，也就是通常所說的造反派紅衛兵；他們兩個人，都是在名牌學校讀書，而且是其中的佼佼者，除了功課好，還各自閱讀了大量的中外思想文化類的書籍，有較高的文化素養，所以在文革中，表現得比較成熟，有比較清醒的頭腦和自我反省精神，在那一代人中應該說是有思想的。他們在運動中的言行狀態，也就顯得更爲複雜和深刻。同時，從史料價值來說，「血統論」紅衛兵的回憶所見較多，從紅衛兵組織的發起，到受到毛澤東等人的接見，以及全國大串聯，直到冒險犯難向中央文革挑戰，都有所記載（不知道這是否和這些人憑藉他們的個人能力和家庭優勢，在短暫的淪落和低迷之後，又重新佔據了社會生活的有利位置相關聯），在現存的紅衛兵回憶錄中基本都是他們的手筆；相反地，第二代的即造反派紅衛兵，卻是緘默得多，很少看到此類文字。這其中的客觀原因，可以說，在進入 1966 年冬季及後來的「一月風暴」時期，工人造反派開始佔據了政治舞臺，即便是在北京，紅衛兵運動的發源地，紅衛兵運動也從中學轉向大學，即所謂的「天派」「地派」和「五大領袖」，中學的紅衛兵運動相對而言顯得黯然失色。其次，正如徐友漁所說，文革運動似乎有一個規律，每一個浪潮過後，都有一批人被清洗，而越是倒臺晚的，其受到的懲罰就越嚴厲，遭受的創傷就越慘重。比起第一代紅衛兵來，他們值得誇耀和回味的東西也貧弱蒼白許多，他們的幻滅感也更強一些。但是，這畢竟是一段不容抹煞的歷史，遲早會有人掀開這塊瘡疤。詠慷和徐友漁的回憶，就是它的先聲吧。

三

在紅衛兵研究中，追問其產生的思想源頭時，常常會以 60 年代初期的青少年教育爲先導，追溯到當年的學雷鋒運動，和風行於當年的有關毛澤東的青少年時代的故事。學雷鋒運動，強調的是服從和自我反省，要做默默無聞的螺絲釘，並且由雷鋒的刻苦學習毛澤東著作，引發一代青少年閱讀毛澤東著作的熱情；李銳和蕭三所寫的早年毛澤東的故事，則刻畫了一個少年時代就胸有大志，具有獨立性格和叛逆精神的革命領袖形象。我想，還應該補充

一個重要人物，就是保爾·柯察金。在那一代人中間，保爾·柯察金的那一段名言，「人的一生應該這樣度過……」對許多人都是耳熟能詳的。如果說，雷鋒的形象是召喚人們去充當黨的馴服工具，去忘我奉獻和獻身，如果說，毛澤東少年時代的故事，似乎告訴人們，領袖也是可以從小開始進行模仿的，既要學習毛澤東從小就敢於獨立分辨是非，敢於向父親的權威挑戰，又要像毛澤東那樣，以「野蠻其肌體，文明其精神」的堅韌意志，爲了明天的奮鬥刻苦鍛鍊自己；那麼，保爾·柯察金的榜樣則是在生命最活躍，對人生眞諦探索最爲迫切的青少年中間，確立了一種浪漫的又是非常迷人的人生信念，激勵著青少年們爲共產主義的理想而奮鬥和追求，儘管說，共產主義理想的眞正蘊含是什麼，它的理論基礎何在，他們並沒有切實地理解，但是，這並不妨礙他們從保爾的動人事跡，與武裝的敵人的殊死搏鬥，在艱苦異常的自然環境中修築關乎城市命脈的鐵路，以及那種朦朧而又自制的柏拉圖式的愛情，都以其豐富而獨特的魅力征服了中國的青少年一代，培養了他們的理想主義氣質。因此，雷鋒，毛澤東和保爾，就從各自不同的精神側面，互相補充，互相呼應，建構著他們的精神空間。

這一點，在詠慷和徐友漁的自述中，得到了很好的印證。在他們分別列舉的閱讀書目中，《毛澤東的青少年時代》，是他們所共同提到的。詠慷在初中畢業的時候，就自覺地選擇了文學的道路，並且爲此考取了以文學教育見長的北京師範大學附中，他的中外文學修養是比較深厚的，他提到包括《青年近衛軍》，《鋼鐵是怎樣煉成的》，《卓婭和舒拉的故事》等同一價值傾向的蘇聯文學作品，對培養自己的革命理想主義精神的積極作用。而且對於政治方面的學習也抓得很緊，他剛剛升入高中不久，就主動寫了入黨申請書，並且帶頭組織了班裏的黨章學習小組，學習「八大」通過的黨章，學習劉少奇《論共產黨員的修養》，「甚至熟得能夠背誦」。他也講到如何刻苦鍛鍊自己的身體和意志，當然，這是在那一代人中非常普遍的。徐友漁的閱讀範圍要更開闊一些，「家庭的知識教養使我從小就有一種精神上的優越感」，在讀初中一年的時候，就能夠談論《安娜·卡列尼娜》和《復活》，推想起來，對於許多同代人尚屬陌生的文學和哲學著作都有所涉獵的他，對於保爾的故事，不會不知道，而且，他對於學雷鋒運動，學毛澤東著作運動的回憶，同樣是體會頗深的。

與上述情況相應的是，60 年代初期以來對於培養革命接班人的有關教育

和具體舉措。詠慷自己當年就是被有關部門列入了接班人的特殊培養名單的，徐友漁在他的回憶錄中講到了關於培養接班人教育的問題與紅衛兵運動的聯繫，講到了當年的「九評」對於紅衛兵的文風的巨大影響（1963年至1964年間，圍繞國際共產主義運動的方向，中蘇之間發生了一場「大論戰」，中共黨中央相繼發表了九篇評論「蘇共中央公開信」的文章，史稱「九評」），而毛澤東的論革命事業接班人的五項條件的著名論斷就是在「九評」的最後一評《關於赫魯曉夫的假共產主義及其在世界歷史上的教訓》中提出來的。儘管說，對於徐友漁，似乎離接班的條件相去甚遠，但是這並不妨礙他按照當時的說法，積極爭取去做一個「革命青年」。主流文化的影響對於他們來說都是不可抗拒的。

他們之間的差別也是顯而易見的。詠慷出身於軍隊幹部家庭，屬於當年所謂「自來紅」的階層，他們中的許多人因此而充當了最早的「衝鋒隊員」，高張起「血統論」的旗幟，憑依他們特殊的身份而「搶班奪權」。詠慷似乎是個例外。在文革初期，他與學校領導站在一起，充當了保守派，並且以「黑黨支部的紅得發紫」的「修正主義苗子」受到殘酷的迫害。他是最早的學生黨員之一，已經被選定為公派出國留學，這在當年是一個中學生所能獲得的最高榮譽和肯定。要是說，這樣的資歷，使他成為17年教育路線的當然受益者，使他很容易地與學校當局保持了同一立場，那麼，他在批判「資反路線」中崛起，並且先後成為北京市中學紅衛兵代表大會的五人核心小組成員，北師大附中革命委員會主任，成為後期紅衛兵運動的重要人物，似乎也順理成章的了。

徐友漁屬於另一種情況。詠慷在運動初期是不願意造反，徐友漁卻是不准造反。他的父親曾經是20年代初期的共產黨員，先後留學法國和蘇聯，後來卻因為被捕而脫黨。但是，在現實的選擇之外，那種對於黑暗的憎惡，對於革命的嚮往，卻沒有減弱。這樣，當共產黨奪取政權以後，徐家的尷尬狀況可想而知。「本應成為革命元勳的人卻脫離了革命隊伍，這成了父親終身難愈的心病。其結果是，我在家中接受的革命意識形態和訓誡可能遠遠超過了真正革命家庭的子女。」加上「血統論」紅衛兵走紅的時候所受到的排斥和壓抑，更加刺激了他的革命激情（幸運的是，他的父母親在文革風暴到來之前，已經雙雙辭世，既免除了自己的苦難，也使得子女們不必因家庭的原因遭受大的挫傷），一旦時機到來，他投身於運動的積極性，怎麼能不百倍劇增

呢？因此，他幾乎是義不容辭地躋身於革命造反的隊伍中，並且以其個人的才能和品格，成為核心式的人物。然而，他們的自我定位，又是人各有志，自行其是的。我這裡指的是他們對於文革中現行體制的選擇。詠慷一直是生存於 17 年的政治體制之內的，在經過運動初期的短暫疏離和被排斥打擊以後，他很快就再次融合到體制之內──當然是經過重新整合之後的屬於文革潮流的體制之內。長期地處於被排斥被壓抑狀態的徐友漁，則因為家庭曾經一直處於社會的邊緣狀態，雖然在投身於造反的時候，順應和響應了當時的潮流，但是，他對於體制本身的反感，害怕被體制融合掉自我的恐懼，仍然強烈地支配著他。叛逆的情緒，在野的身份，決定著他的取向。他造反的動機，並不是要在現實的權力再分配中，分得一杯羹，而是要力圖證明，他的革命激情，雖然被壓抑多年，卻一點兒也不比那些「紅五類」差多少，相反的，只會比他們更加純粹更加高潔，更加沒有自己的任何私人利益考慮。因此，他和他的夥伴們可以「奉命造反」，卻拒絕獲得官方的身份，拒絕獲得官方的承認。因此，就會出現這樣的「咄咄怪事」：他們響應號召，奪了學校的權，卻不耐煩掌權，把標誌著權力的公章推來推去；他們所在的「紅衛兵成都部隊」曾經得到一言九鼎的成都軍區公開宣佈為「左派組織」而得到支持，這意味著什麼，熟悉那段歷史的人都會明白，可是這卻引起他們的警覺，並且直言不諱地公開宣稱，不當「官封左派」，拒絕收買和誘惑。這恐怕也是一種罕見但不難理解的姿態吧。

比較起來，詠慷投身於造反大潮以後，他的經歷更加特殊一些。他沒有多少造反和弄潮的欲望，儘管他曾經在運動初期經受過嚴酷的打擊迫害，但是他對於派性鬥爭似乎具有著先天的免疫性，也無意向那些損害過他的同學們報一箭之仇──在他的上一部作品《青春殤》的討論會上，我曾經見到他當年在北京中學生紅代會的幾位朋友，李多民，郝仁，從他們的言談之間，感到蘊藏著的那股壓抑和憤懣之氣。說實在話，我當時對此是很不理解的。我以為，難道還能夠找得出手上沒有血污的紅衛兵嗎？在《紅色季風》中，詠慷所述說的一切，打消了我的疑惑和不解──從客觀上講，如前所述，肇始於中學的「血統論」紅衛兵衰落以後，中學紅衛兵的歷史使命已經基本結束，比他們頭腦複雜，經驗豐富的大學紅衛兵，在鎮壓「聯動」，揪鬥劉少奇和奪權鬥爭中，與中央文革建立了更加緊密的聯繫，並且成為北京文化大革命的主角，中學裏的運動則逐漸開始退潮。從個人條件來講，詠慷的開闊的視野和胸襟，以及本性中的善

良和平和，以及中外文學名著對他的薰陶，使他渴望和緩平穩，厭惡血腥和動
蕩（在這一點上，他和徐友漁有著共同性，即由於讀書較多，書生氣較重，而
厭惡流血和殘忍，儘管徐友漁在文鬥階段曾經熱衷於關於兩大派組織孰是孰非
的論戰，但是他卻堅決地遠離武鬥，逃避開去），並且表現出較高的理論和政策
水平。他在北師大附中致力於消除派性，實現聯合，化解隔閡和對立情緒，使
得校內的派性鬥爭趨於緩解和消除，避免了新的動蕩和損失，在苦難歲月中，
做了自己力所能及甚至是超水平發揮的有益之事。慶幸的是，他在風頭正健的
時候，就無所吝惜地抽身而退，於 1968 年初應徵參軍入伍，逃離了那塊是非之
地，心甘情願地去當一個普通列兵。

徐友漁就沒有那樣的幸運了。儘管說，他只是在「文鬥」中非常活躍，
派性很強，卻堅決拒絕武鬥，厭惡流血，但是，在工人和解放軍宣傳隊進校
以後，他先是被作為派性頭目加以清理審查，後來又無可逃脫的下鄉當知青，
並且在鄉村生活中繼續他的自學，繼續他的反省和思考。不過，此後他似乎
沒有再經受大的挫折，也算是「苟全性命於亂世」。詠慷呢，塞翁失馬，安知
福禍，他避開了學校中的糾葛，並且很快地在全空軍部隊中脫穎而出，成為
軍種中的先進人物，卻又因為在出席代表會議期間，對林立果的「講用報告」
進行非議，觸犯了「超天才」，而再次遭受厄運。

這樣，儘管所詠康和徐友漁都佩戴過造反派紅衛兵的袖標，他們的人生
軌跡卻各自不同，就像兩條弧線，曾經在某一階段相交相切，但是其內在的
區別，又使得他們終於「各自須投各自門」。家庭背景，生活閱歷和個性使然。
他們都是事業有成的佼佼者，在某種意義上，他們又代表了造反派紅衛兵的
兩種不同走向。詠康，一個循規蹈矩又刻苦自勵的人。家庭環境的優越，決
定了他的先天優勢，個人的努力，例如對於《修養》的領會和身體力行，使
他在「紅色家族」中出類拔萃，他很適合在常規狀態下生存和工作，充當造
反派紅衛兵的領袖，在嘈雜和動亂中崛起，並非他心中所想，相反的，他所
求索的，在文革開始之前，他就有所收穫，甚至，他在文革中的顯赫地位，
固然與他的個人選擇有關，卻同樣取決於他的家庭背景和黨員身份，得益於
這些從過去延續下來的東西。因此，捲入中學的紅衛兵運動，對他來說，總
是讓他惴惴不安，讓他心中無數，讓他戰戰兢兢，如履薄冰，使他在非常時
期非常狀態，他總是要尋找秩序和規範，甚至自己去建立這種規範。因此，
從無法無天的紅衛兵到嚴格管理的解放軍部隊，就是他最好的選擇。

　　徐友漁呢，在「不准革命」的狀態下壓抑很久，這種狀態又是在文革前就已經形成。這樣，就既造成了他因為被壓制被排斥而更加強烈的革命衝動，要尋找能夠證明自己的革命性的機會表現出來，同時，它也使得他不能沒有相當的不自覺的逆反和牴觸，從而對於排斥和蔑視自己的體制有意無意地表示疏離和漠視。「血統論」紅衛兵的衰落，給他提供了造反的舞臺，使他和那些非紅五類子女們，爭取到了一定的、長期以來渴望而不得的平等機遇，可以發揮自己的革命積極性。他們的生存狀態得到了暫時的改善，在這種形勢下，他無非有兩種選擇，一是以「機不可失，時不再來」的緊迫感，放開手腳，得意忘形，瘋狂地大幹一場，一是跪著造反，在環境允許的情況下爭取有限的改善。雖然說，血統論的狂熱降溫了，但是，出身論的嚴重問題仍然決定著人們的命運，即使是在造反和奪權的狂潮中，它都是不言而喻的存在。徐友漁選擇了後者，而且主動地採取了低調造反，與主流和當局保持距離，甚至害怕進入主流害怕成為當權者。他從長期的邊緣狀態投身造反，一度接近主流和中心，卻又保持了自己的獨立性，我猜測，其中既包含著徐友漁自己的警覺和矜持，也有對於形勢的判斷，即動盪終會結束，一旦「秋後算帳」，出身有瑕疵的人，必定首當其衝。因此，在短暫地與「時代潮流」同行後，他很快地又游離出去，作一個獨立的思想者，在哲學的海洋裏採擷智慧的珍珠，並且成為 90 年代自由主義知識分子的重要發言人。

四

　　在結束這篇述評之前，我想就紅衛兵研究中的兩個問題再說幾句。

　　第一，在他們的自述中，講到他們投身於文革運動的時候，對那一代人的理想主義予以了特別的強調，強調了其中的純粹和無私。這也是紅衛兵研究中的一個死結。許許多多的紅衛兵，都是以此對自己的幼稚和過失加以開脫，因為他們儘管說犯了許多錯誤，但是卻沒有任何私心和獨特的利益追求，是為了一個「崇高的目的」而受騙上當；或者如詠慷這樣，利用個人的威望和能力，為學校的穩定和秩序的重建，作出可貴的努力。但是，他們都忽視了其中的潛在因素，比如說，對於自己作為百分之百的革命者的頑強證明，比如說，自我的實現——馬斯洛心理學把人的需要分為不同層次，在最低的層次上是溫飽和生存，其次還有群體和歸屬的需要，在最高的層次上則是自我實現。在別人都「咸與革命」，都參加了某一造反組織的時候，遊離於其外

的孤魂野鬼，那種孤獨和寂寞，幾乎是無法忍受的。當然，自我實現既包括物質和權利的獲得，也包括心理的滿足和陶醉。紅衛兵和許多追求理想主義精神的人們一樣，是把自我實現的預期融合在社會的變化之中，因為從根本上來說，文化大革命是一次權力和利益的再分配，是對按照蘇聯和斯大林體制建立起來的社會模式的衝擊和挑戰，而且，文革與以往的政治運動不同的是，它既公開宣佈了重新進行權力和利益再分配的目的，又將鼓譟經年的接班人理論化作接班的行動，對幼稚單純的青少年寄予厚望，鼓勵有加。這對於那一代人來說，真是千載難逢的機會。當然，追求自我實現，這是每一個人都擁有的基本權利，是人之為人，我之為我的根基。對此無可厚非，不過，完全忽視這一點，忽視個人心理滿足與投身造反潮流的關係，那只能是又一次製造無私無畏的神話，也妨礙了紅衛兵研究的深入。

第二，是造反派紅衛兵領袖的家庭背景問題。雖然說，批判了血統論，大量的非紅五類子女加入了造反派（這也是造反派紅衛兵的隊伍迅速壯大的根源），但是，人們對於出身論已經習以為常，自覺地接受它，是毫無困難的。因此，成員可能是複雜的，但其領袖們卻仍然是講出身講背景的，仍然是以紅五類子女為當然領袖的。詠慷所述北京市中學紅代會五人小組的組成情況，和徐友漁雖然才能出眾，但是對於充當造反領袖一直底氣不足，一直覺得名不正言不順，也從一個側面印證了這一點。此外，還有造反派紅衛兵中的溫和派和激進派的關係問題，也是上述《紅色季風》和《自由的言說》所隱含的話題。因為缺少來自激進派一方的陳述，包括宏觀和微觀兩個層面，我們只能是留待今後了。

原載《社會科學論壇》（河北石家莊）2001 年第 1 期。

從狂歡到救贖：世紀之交的文革敘述

　　歷時達十年之久、覆蓋了中國大陸、扭曲了數億人命運的「無產階級文化大革命」，是當代中國人心中永遠的痛，卻也是中國作家開掘不盡的文學礦藏。國家不幸詩家幸，賦得滄桑句便工。2000～2001 年初所出現的幾部狀寫文革風雲的長篇小說，王蒙的《狂歡的季節》，閻連科的《堅硬如水》，柯雲路的《黑山堡綱鑒》和《蒙昧》，鐵凝的《大浴女》，所形成的一個強烈的凝聚點，就是一次雄辯的證明。儘管說，具體到每一個作家，他們有各自的思考和創作的內在理路：王蒙是循著「季節」系列的推演，以主人公錢文的人生軌跡為經，從五十年代一路寫下來，順延到了文革時期的經歷；柯雲路是在特異功能和氣功大師、《黃帝內經》和胡萬林、玄學和神秘主義中沉浸甚久以後，忽然轉身，以理性精神追問文革痛史；閻連科是在他的「耙耬山系列」中奇峰突起，敘述一個鄉村化了的荒誕故事；鐵凝則是以一個女性青春時代二十年間的心靈自省和艱難蛻變為代價，對文革年月作出痛苦而明澈的精神追問。但是，不約而同地，這些活躍在文壇上的重量級作家，以他們在思想情感和藝術探索上的求新求變，為文革敘述帶來了一派新的氣象，為新世紀文學的展開確立了一個重要命題，則是毫無疑議，值得高度肯定的。更進一步的研究，又讓我們在上述各顯神通、相去甚遠的作家作品中，發現了某些內在的聯繫，找到了當下敘述和解讀文革往事的基本思路，這就是本文的題目所示，從狂歡到救贖。這更增加了我們的研究興趣。

神聖化狂歡：邊緣與漩渦

　　　錢文感到的是真正的語言的狂歡！錢文讀了這樣的文字興奮得

幾乎要跳起來！翻翻幾千年的中國歷史，翻翻全世界的上古中古文藝復興近代現代當代歷史，即使第二次世界大戰勝利的時刻，你也看不到這樣集中的詞語狂歡！……這當然是亙古未有的創舉，無可比擬的勝利，人類社會的奇觀，革命加拼命的好戲。歡慶加歡慶，報捷加報捷，累累碩果加碩果累累，上海公社一月革命，東北新曙光，大西南春雷，大西北豔陽高照，毛澤東思想偉大勝利，南京長江大橋建成，紅色衛星上天，語錄歌狂唱，忠字舞狂舞，講用稿、日記稿、修辭競賽，砸狗頭、踏一腳，氣貫長虹。

——王蒙《狂歡的季節》

從東邊喇叭傳來的革命歌曲是黑鐵白鋼的《將革命進行到底》，從西邊傳來的革命歌曲是鏗鏘有力的《打倒美帝蘇修反動派》，從南邊傳來的是《北京有個金太陽》，從北邊傳來的是紅中含香綠的《請你喝杯酥油茶》和汗澀淚鹹的《控訴萬惡的舊社會》，從頭頂降下的歌曲是泛濫著土腥氣味的《天大地大不如黨的恩情大》，從地下鑽出來的歌曲是又跳又笑、絲綢飛舞的《解放區的天是明朗的天》。這些歌我耳熟能詳，句句會唱，聽了上半句就知道下半句，聽一句就知道整個一首歌。然而，我卻生生硬硬想不起來那道在我頭頂，在我腦後，在我胸前，在我兩側最最轟鳴、最最嘹亮、最最蕩人心腸、動人心扉、聽了令人激情滿懷坐臥不寧、血流加速的一首歌兒是啥兒。

——閻連科《堅硬如水》

在王蒙的《狂歡的季節》和閻連科的《堅硬如水》中，我們都感覺到了語詞的狂歡和時代的狂歡，因為一種僵化刻板的社會狀態被打破而引發的社會動盪和無序狀態，以及相應給人們造成的精神上的逍遙和放縱的氣息。因此，在一些敏銳的批評家看來，這些作品為巴赫金的「狂歡化理論」提供了中國特色的小說文本，巴赫金的狂歡化在這些作品中得到了印證和闡釋，中國的文革敘事，也會假此而得到全球化的通識。

是的，在某些方面，文化大革命帶給社會的衝擊，比如說它的廣場化、全民化效應，它的烏托邦色彩，它所造成的社會階層、社會規範的顛覆以及

社會角色的戲劇化倒置，權力的轉移和權威的喪失，以及某一類型的粗鄙話語的膨脹，都與巴赫金所界定的狂歡化的特徵相近似。但是，在最根本的性質裁定和價值判斷上，文革的狂歡化與巴赫金借助於對拉伯雷的《巨人傳》研究所鼓吹的狂歡化是南其轅而北其轍的。（本文所述巴赫金的理論，見巴赫金《拉伯雷研究》，李兆林、夏忠憲等譯，河北教育出版社 1998 年出版。下同。）首先，巴赫金揭示和肯定的是，從中世紀神學籠罩下掙脫出來的、由神聖天國降落到世俗民間的大眾化底層化的狂歡，是對刻板的教會秩序的短暫卻又是致命的消解，是人們自由自在放縱不羈的天性的大釋放大迸發，是偉大的人的解放；文革所造成的卻是一次逆向的大倒退，是一種由日常化的生活狀態「入魅」，上升到「英明領袖揮巨手，全國人民勇向前」的「神聖天國」、「莊嚴境界」，去進行一場對內掃蕩「封資修」、對外擊敗「帝修反」的史無前例的「偉大斗爭」。兩者都帶有酒神的醺醺醉意，兩者都交雜著深刻的鬧劇因素，但是，文藝復興時期的狂歡化，蘊含著新生，蘊含著人文主義和市民社會掙脫神權獲得解放的歡欣鼓舞，文革時期的狂歡化，卻是建立在蒙昧主義和現代迷信盛行，人們都力圖把自己超拔為神聖的十字軍戰士，為一個沒有上帝的天國而戰、為一個謊言和囈語所包裝的夢魘而獻身的迷狂的基礎上的。兩者的價值取向截然相反。其次，非常態的社會生活需要與之相適應的逸出常規的社會語言，以表達和傳遞非同尋常的信息和情感，產生了狂歡化的語言，但是，在巴赫金所稱贊的民眾的廣場狂歡和拉伯雷的作品中，這種狂歡化的語言是以對宗教神學的神聖用語的褻瀆和嘲弄為前提的，它相悖於中世紀教會對於人的靈魂的控制和對肉體的擯斥，充滿了形而下的、關乎人的身體和感官的話語，不潔、不敬、粗鄙、欲望化中，含蘊著人的重新發現，含蘊著人性對神性的抗爭；文革時代的語言呢，一方面，是嘈雜和喧囂，是為了區別於資產階級的溫文爾雅而刻意表現的粗俗野蠻，「砸爛狗頭」、「油炸火燒」、「滾他媽的蛋」等皆為此列，另一方面，卻是配合造神運動和偽烏托邦而採用一種高調話語，是由少數御用文人炮製，在無窮重複中擴散開來的，「神聖」、「崇高」、誇飾、華麗，鋪陳，對仗，排比，駢偶，其語言風格比起古代充滿了阿諛和粉飾詞語的讚頌文體有過之而無不及，以當時的社論體、致敬電、樣板戲、「紅太陽」頌歌等為範本。再次，巴赫金所稱道的狂歡化，是民眾自發地反叛教會權威、實現人的解放的重要環節，文革時期的狂歡化，卻是始終處於神聖權力的指揮調度下的，反過來，又在人人平等

的假象下面將一切權力和信仰都歸諸一個最高權威，形成高度集中高度統一的集權化為內涵的。

這些差異的存在，在我們解讀《狂歡的季節》和《堅硬如水》時會有更加深切的感受。這兩部作品，在語言風格上，都具有巴赫金所說的「神聖的戲仿」性，是對上文所說的「莊嚴、神聖、崇高」的文革語言的巧妙模仿，並且通過這種模仿對前者進行惡毒的嘲弄。這或許也是一種補課，一種清算。文革所造成的影響和遺患是多方面的，其中很重要的一個方面就是對於民族語言的敗壞，虛假、浮誇、狂妄至極、裝腔作勢而又鋪張揚厲，色屬內荏而又豪氣干雲，自以為獨家掌握了無往而不勝的真理，匍匐於一人之下而訓導於萬人之上。這樣的文風，在文革結束以後接近消失，但是卻沒有被及時清理，只是封存起來，像一個沒有被引爆的炸彈一樣，因此就很難說在將來的某一時刻會不會捲土重來。作家們從語言上揭示其荒唐可笑，揭開其謬不可言的假面，用嘲弄和戲仿為其送葬，可以說是為後來的人們打了預防針，增加語言的免疫力，是為徹底否定文化大革命做了一項必不可少的工作。

不過，問題還沒有解決，狂歡化在語言層面的戲仿實現以後，反而顯示出了難度更大的新問題。兩部作品在語言上的戲仿，其功用是在語言層面上嘲弄和否定了文革語言，這種語言描述下的人物和故事卻要複雜和令人困惑得多。文革的話語方式否定起來比較容易，但是，在這種語言中浮現出來的文革故事和文革記憶卻沒有完全擺脫歷史語境的支配，沒有完全粉碎那個年月的某種幻象，也就是說，其神聖狂歡的一面，在語言的層面得以顛覆，在人物和情感的層面上卻陷入了自相矛盾的狀態。文革的語言層面主要是那種充滿了政治色彩和大批判大歌頌腔調的語言被顛覆了，但是，文革時期的社會生活和個人經歷，卻遠遠不止於政治和大批判，遠遠不是徹底否定所能概括的，要對其進行辨析和回憶，幾乎是今人難以做到的。「此情可待成追憶，只是當時已惘然。」如王蒙在創作談中所言，「想起過去，我會想到很多詞彙，過去是如此偉大、幼稚、荒謬、無情而又多情……我甚至也會懷念我在『文革』中的許多生活」（李曉犁《王蒙：我要把真相告訴後人》，今日作家網站轉發）。《狂歡的季節》中的敘述者（他往往是和主人公錢文相重合的）也這樣聲言：「時間和季節永遠不可能是單純詛咒的對象。它不但是一段歷史，一批文件和一種政策記錄，更是你逝去的光陰，是永遠比接下來更年輕更迷人的年華，是你的生命的永不再現的刻骨銘心的一部分。它和一切舊事舊日一

樣，屬於你的記憶你的心情你的秘密你的詩篇。而懷念永遠是對的，懷念與歷史評價無關。」在這裡，與戲仿的荒誕的語言相對立的真摯的辯白（似乎作者預感到了這種對文革時期的懷念情緒會遭到批評指責），似乎要在當年那種政治狂潮的縫隙中，在高度的社會整合和千篇一律中，尋找出屬於青春、生命、個人記憶的痕跡，尋找出十年間高調政治籠罩之下的日常生活情趣來，或者說，是因為物極必反，在號召人人政治化、天天革命化的喧囂中，忽然使那些被拋棄被遺忘的小人物們回歸了日常生活，體味到了渺小瑣碎中的快樂和逍遙。

錢文先是作為在北平解放前夕參加中共地下黨的少年布爾什維克，有著驕人的革命經歷，然後以青年詩人的身份出現在文壇，後來卻莫名其妙地被打成右派，淪落於地獄的邊緣；這樣，他無論被關注被贊揚還是被批判，都始終是一個社會公眾人物，從少年時代起，「經歷過地下鬥爭的革命者歌唱革命與青春的青年詩人右派分子或者摘帽右派」的經歷使他高度的政治化、社會化了。而且，儘管遭受挫折，他胸中的豪情依舊，純情不改，自動申請帶著全家到邊疆去落戶，希望在新的生活新的環境中獲得新的靈感新的體驗，恢復他對現實的歌唱讚頌的權利和義務，加入到時代主潮中去。六十年代中期的一再遷徙，從北京到邊疆，再從自治區首府到邊境地區，他離開政治中心越來越遠，可以說是僥倖地躲過了這場劫難，在撲滅野火中竟然沒有傷到一個手指頭。因此，一方面，作為一個有思考能力的知識分子，作為一個飽經政治風浪的「驚弓之鳥」，他在內心中體味著文革運動的每一次衝擊波，體味著它對首都文化界和邊疆人民生活的破壞和影響，另一方面，作為一個邊緣人，他又在「苟全性命於亂世」的無所事事中，養雞養貓，鑽研廚藝，抽煙酗酒，打麻將，讀禁書，在高度政治化的社會氛圍中體驗到了非政治化的平常人家的逍遙自在，使他認識到了庸常生活使人能夠保持平常心的真實意義。「反正不論過去與今後錢文對於『文化大革命』的譴責有多麼強烈，也不論當時錢文想起國事來是怎樣的憂心如焚，在『文革』中的一大段他確實過上了奇妙的珍貴的難得的也許是對他的後半生意義重大的不平常只因為太平常的日子！」柴米油鹽醬醋茶的日子雖然平淡無奇，對於革命狂熱、文革狂歡卻是一副冷卻劑，使人理解革命並不就是人的生活的全部內容，相反地，力圖把人人都超拔到革命者的高度，天天都充滿革命化的內容，則只會製造虛偽和騙子，只會使革命遭到玷污和消解。君不見，那些中了文革魔咒的人

們，無論是死難於紅色恐怖中的虔誠革命者劉小玲，受到衝擊批鬥又誠心認
罪悔過的「走資派」陸浩生和張恩波，在信守良知與檢舉揭發之間進退遊移
的祝正鴻，還是受到那位「女首長」賞識的卜迎春和趙青山，乃至遠走雲南
少數民族邊塞「鬧革命」的陸月蘭等等，在那「鬧哄哄你方唱罷我登場」的
時代舞臺上，莫不展現了自己的可笑可悲，出乖露醜，怎比得上錢文在遙遠
邊陲廁身蒿萊的「逍遙遊」？

　　錢文是立足於遙遠的邊疆注視著北京城，在被遺忘的角落裏靜觀著時代
潮流的起伏跌宕，在偏居一隅的逍遙中見證時代和他人的狂歡。《堅硬如水》
中的高愛軍和夏紅梅則是以鄉村中堅定的革命造反派的姿態，充當時代的弄
潮兒，在奪權風暴中、在造反漩渦中盡情盡興地體會著狂歡，權力的狂歡和
生命的狂歡，荒誕與神聖、陰謀與愛情的狂歡。

　　從部隊復員歸來的高愛軍，回到他的家鄉，宋代理學大師程顥、程頤的
故鄉程崗鎮程崗村，演出了一場既轟轟烈烈又荒誕可笑的「還鄉」喜劇。首
先，他在部隊入了黨，長了見識，學會了文化大革命中的那些流行理論和時
髦話語，自然就會比普通村民的能耐高出一籌，不能甘居人下；其次，在「二
程故里」，以祖先為榮耀的程氏後裔佔據了絕大多數，作為程崗村的外來人，
他是以與村支書程天民的醜女兒桂枝結婚作交換爭得了參軍的機會，而且得
到了復員後就接替程天民作程崗大隊黨支部書記的承諾，可以說是有約在
先，對權力日思夜想；恰逢文化大革命時期，年輕的「革命者」造反奪權的
大趨勢，更刺激了他的權力欲望。何況，在回鄉的路上，他就巧遇同樣犯了
「革命狂魔症」的嫵媚女性夏紅梅，在造反與愛情兩個方面，都與之一拍即
合。因此，在無法以和平方式登上程崗村的權力寶座以後，他就狂熱地投入
了「革命洪流」，以激烈的革命造反姿態，在這狂歡化的時代大顯身手。以尋
找和檢舉對偉大領袖的不敬言行為手段，他搞垮了程天民，取而代之，當上
了大隊革委會主任，讓夏紅梅做了他的「革命助手」。在接下來的日子裏，高
愛軍官運亨通，先是當上了程崗鎮副鎮長，接下來，因為私下調查和舉報被
老鎮長暗中支持的包產到戶「有功」，打倒了老鎮長，他被視作新生力量一躍
成為縣長人選，夏紅梅也面臨提拔，而且被地委關書記批准他們兩人結婚。
如果不是一件意外而荒唐的小事情，使他們由座上賓變為階下囚，並且因為
炸毀程寺和殘殺無辜被判處死刑，他的革命和愛情的狂歡，馬上要掀起新的
高潮了。

　　如果說，高愛軍在敏捷地把握時機，順應時勢上，有什麼作為，那他不過僅僅是一個野心勃勃的鄉村造反派，是一個「鬧而優則仕」的跳梁小丑。但是，他對於在政壇上發跡的前景指望著從村裏的頭目向鎮上、縣裏、省裏的掌權人物發展，以致頭腦狂亂地要充當「紅太陽」，讓我們理解了為什麼中國會出現那麼多大大小小的皇帝和更多的帝王夢：他在造反過程中對於同夥的許諾多記工分，多分化肥，讓他們佔據村裏的權力津要和有利可圖的「肥缺」位置，又分明有著傳統的實用主義的色彩。他對於程崗鎮的仇恨，殃及二程，對二程的憎惡又與他的受壓抑的婚姻愛情相關，從而使他成為傳統文化的徹底破壞者；取代對二程的崇拜和迷信的，卻是他所推動的「紅海洋」，是登峰造極的現代迷信（他從精神上打垮程天民，也使用了這一招）。他打擊老鎮長的殺手鐧，即對於包產到戶的揭發，不是因為他對包產到戶真有什麼政治上的敵視，而是借用流行的論調掠奪權力。如果說，在造反之始，高愛軍還有著自己的可以成立的理由，那麼，當他走到這一步，他的蛻變和墮落，就已經不可救藥了。

　　不過，這並不是作家的寫作初衷。閻連科對高愛軍，可以說是愛恨交織，甚至還非常欣賞他，欣賞他的才乾和頭腦，甚至在某些時候為他與夏紅梅的愛情高唱讚歌。當他被迫接受了屈辱的無愛的婚姻之後，他和夏紅梅志同道合的愛情格外熾烈格外動人，單單是他費時兩年開挖的那一條長達數百米的地下通道，若非愛到了極致，如何可以想像得出？他和夏紅梅的性愛狂歡，在與妻子桂枝那種以生育為惟一要義的夫妻之事，與夏紅梅丈夫程慶東孱弱無能的對比之下，是那樣地充滿了生命的與情感的爆發，靈與肉的交響，酣暢淋漓，盡情盡性。在《狂歡的季節》中表現出的是狂歡化的語言與非狂歡化的日常生活的瑣屑庸常的相背離，在《堅硬如水》中，狂歡化的造反生涯與勇敢狂放生死相依的動人愛情形成悖謬。

　　但是，如同作家不曾設想簡單地勾勒一個上躥下跳的小丑一樣，他也不想塑造一個空前絕後的「情聖」。二者統一於荒誕。在愛情的不無誇張的場景中，又摻雜了非常強烈的鬧劇色彩：他們把「革命」與性愛結合起來，每逢在「革命」上取得新的成功，他們就用「做那事兒」表示慶祝，反過來，「文革」時期的歌曲和樣板戲，以及浮誇鋪陳的詞藻，竟然成為這兩個小小野心家的情慾的催化劑和性愛的伴奏音樂，如同「革命」的理論和口號，指引著他們在公眾面前的言行一樣。這真有些匪夷所思。他們的這種愛情狀態，是

對那些「革命」喧囂的莫大嘲諷呢，還是說，在高愛軍和夏紅梅這樣「虔誠」的「革命造反派」這裡，盛行一時的理論和詞藻、音樂和戲劇，的確是「溶化在血液中，落實在行動上」，以至於在肌膚相親的時候，都必須以此催情助興，否則就興味索然？在禁欲主義和「不談愛情」的時代氛圍中，在高愛軍和夏紅梅這裡，文革話語音樂的狂歡與性愛的狂歡卻奇跡般地合二而一，這是對於神聖狂歡化的最高理解最高境界，還是對神聖狂歡化的徹底消解？

歷史的智慧和鄉村的帝王夢

與高愛軍、夏紅梅相似，在柯雲路的《黑山堡綱鑒》中出現的，也是鄉村中的革命造反派劉廣龍和羅燕。在七八十年代之交，我們在「傷痕文學」中聽到了慘痛的血淚控訴，在「反思文學」中聽到了對歷史教訓的追尋，時隔二十年，作家們才把在先前的文本中一直被忽視的造反派頭頭作爲作品主角加以刻畫描寫，時間的冷卻讓他們對造反派的性格有了新的思考和理解，作家對於文革的本質也有了新的認識。

和高愛軍一樣，劉廣龍這樣的出身於蒿萊的農民，即使不是碰上文化大革命狂潮突起，他們也不是久居人下之輩。在文化教育水平低下的鄉村，高愛軍和劉廣龍的高中學歷，使他們具有文化上的優勢；高愛軍在部隊歷練多年，劉廣龍在縣裏當過幾天通訊員，這使他們開闊眼界，長了見識，獲得了困居鄉土的鄉親們所無法比擬的膽略和決斷力（他們的女助手兼性夥伴夏紅梅和羅燕，也都具有城市文化背景，有一定學識文化，非土生土長讀書甚少的鄉村姑娘可比）；同時，他們在肉體生命上，也是非常強悍、很有活力的，比如劉廣龍，「是一個敦厚的勞動力，扛麻袋背石板少不了他」，他還練過硬氣功，「一指禪」令人畏懼。身體的優勢，在以體力勞動爲本的鄉村中是非常重要的，白面書生可以用學問贏得人們的尊重，但是，只有會幹活、力氣大，能夠證明自己的體力優勢，同時具有文化優勢以及財富優勢的人，才會得到信任和認同，才可能成爲農民群眾所跟隨所接受的首領。毛澤東當年讀《三國演義》、《水滸傳》，他奇怪作品中的主人公沒有一個是農民，作爲「農民起義」領袖的晁蓋、宋江、盧俊義等，都是地方士紳及其子弟（宋江身爲卑微的鄆城縣小吏，其父親宋太公卻是宋家莊的財主），相反，眞正的赤貧農民，即使在農民軍中，也只能充當嘍囉走卒。誰願意跟隨那些比自己更貧困的人去造反，誰能保證這樣造反得來的勝利果實不會被那些比自己更貧困的領導

者率先吞沒呢？富有叛逆性格的毛澤東不信邪，他推重貧雇農的革命積極性，稱讚他們是「革命先鋒」，進而演變出「越窮越革命」的論斷，但是，在實踐中，這條原則未必得到充分證實。中共的幹部隊伍，基本上是以佔有文化優勢的先進知識分子組成，毛澤東曾經選拔陳永貴、王洪文等工農幹部進入最高領導層，但這些「扶不起的劉阿斗」，也未能如他所願。回到文學作品，高愛軍和劉廣龍，都不符合「越窮越革命」，都不具有「痞子精神」，高愛軍剛剛從部隊復員回來，有一筆復員費，可以動用這筆錢買紙買筆「發動革命」，經濟條件顯然比普通農民優越。劉廣龍身強力壯，兩口之家，衣食無虞，比那些上有老下有小的大家庭要寬裕許多。這樣，他們才在鄉民中有號召力，才可能取得對他人的支配權。黑山堡後來吞併東山西山兩個生產大隊，固然有劉廣龍的擴張野心和強取豪奪，地處平川相對富裕的黑山堡對東山西山的物質支持，送糧送麥，輸水工程，則是現實能夠被人們所接受的內在緣由。相反的是，古華《芙蓉鎮》中的「運動根子」，又窮又懶又痞的王秋赦，卻無法建立自己的權威，只能是緊緊依靠上邊派來的工作組長李國香作後臺，才能勉強維持其統治。

　　劉廣龍和高愛軍一樣，被文革狂潮催生了勃勃野心，不過，他的現實感更強，本土性更強，他沒有像高愛軍那樣急於向上爬，卻一心用來治理黑山堡，維護自己的獨裁專制，包括對那些或者逢迎他或者畏懼他的女性的支配權佔有權。高愛軍所純熟地運用的那一套文革話語，只不過是表面的喧囂嘈雜的泡沫，劉廣龍卻是從中國古代文化典籍，從歷史沉浮中的帝王術裏汲取縱橫捭闔地駕馭統治下民的真經的。於是，他讀《綱鑒易知錄》，讀《古文觀止》，讀《商君書》，讀《東周列國志》，讀《四書集注》，讀《史記》，從而懂得「國以善民治奸民者，必亂至削；國以奸民治善民者，必治至強」，懂得「國之所以治者三：一曰法，二曰信，三曰權。法者，君臣之所共操也；信者，君臣之所共立也；權者，君之所獨制也」，懂得怎樣欲擒故縱，讓敵手「多行不義必自斃」，為他治理新的黑山堡王國提供歷史經驗。在他掌權的十餘年間，他先後挫敗了來自不同方面的覬覦和奪取他手中大權的密謀，而且及時排除有可能對他的權威造成威脅的潛在敵人，挽狂瀾於即倒，防禍患於未然，始終把黑山堡民眾及那些被他染指的女性玩弄於股掌之上。

　　為了強化這種歷史與現實的對應，作家煞費苦心。黑山堡的歷史被設定為：據說黃帝、孟子、秦始皇都曾到這裡，分別留下了「黃帝床」、「留孟槐」、

「始皇石」等遺跡，儒釋道三教的香火曾經在這裡此起彼伏，而且，「據說這裡曾經是一個地方雖小名氣很大的黑山國，在山的懷抱中黑山國的歷史延綿了上千年，後來消亡了。黑山國便逐漸被叫做氣魄收縮的黑山堡了」。爲了與劉廣龍所熟讀的《綱鑒易知錄》等等相呼應，作品命名爲《黑山堡綱鑒》，在行文中採用了以綱帶目、詳略互見的「綱鑒」體，而且還編入了劉廣龍讀古籍的批註心得，彷彿是在撰修黑山堡王國的現代史鑒。

這樣，高愛軍和劉廣龍兩個鄉村造反派，就形成了一種有趣的比較。在對待傳統文化的態度上，高愛軍不惜以生命爲代價將二程遺風掃蕩淨盡，炸毀程寺，劉廣龍卻是從讀史中尋找掌權的秘訣，甚至在「批林批孔」的大環境下，他都不爲所動地能從《論語》中得到積極啓示。並不是這兩個造反派有多少本質區別，形格勢禁，不得不爲也。高愛軍和夏紅梅都是程崗村的「外來人」，論對二程文化的傳承，怎樣也沾不上邊，相反，他們感受到的卻是程氏家族對外來人、對單門小戶的壓迫和排擠，只有用流行的文革話語和奪權行動摧垮龐大的家族勢力和滅掉二程的威風，他們才有立足和發展的地盤。作爲勢不兩立的死敵，他們只能拼死一搏。劉廣龍更加本土化，他在家鄉土地上成長，在縣裏當通訊員的時間甚短，擁有高愛軍所沒有的鄉土優勢；他經受傳統文化和民間文化的薰陶，理解其在鄉村生活中的地位和重要性。同時，高愛軍要爲清算二程和奪取權力大造社會輿論，進行精神動員，他不能不更多地依靠文革話語的能量，操縱人心向背，實現權力轉移；劉廣龍出場時，已經是奪權之後，他需要的是穩定局面，鞏固權力，這些計謀和權術，都不是那些冠冕堂皇的文革話語能教給他的，因此，他只能面對兩種選擇，要麼信奉時下流行的理論，像高愛軍那樣在狂熱中迅速垮臺，要麼就得尋找新的思想理論資源，爲在權力鬥爭中立於不敗之地而讀書，傳統的政治─歷史文化自然而然地成爲他的首選。

追問：童心的和人性的

在近期的文壇上，柯雲路對於文革的反省，也許是最爲集中最爲強烈的。在《黑山堡綱鑒》前後，他還推出了《芙蓉國》、《犧牲》和《蒙昧》等幾部長篇小說，力圖寫出小說版的文革史。柯雲路說，這些作品「都是與文革有關的。《芙蓉國》是寫了文革十年的全景，從北京上層到偏遠山村，各個層面都寫到。《蒙昧》寫了一個男孩成長的細膩心理過程，這個過程是與一個比他

大的女人相處中完成的。《犧牲》……是苦難中的一個經典愛情故事。《黑山
堡綱鑒》通過一個土皇帝的興衰全過程，濃縮和揭示了文革十年扭曲的人性。」
「我寫文革的作品是希望對那段歷史留下一個文字的記錄，希望經歷過那段
歷史的人溫故知新，希望沒有經歷過那段歷史的年輕人瞭解真相。」〔註1〕柯
雲路似乎總是這樣，要麼不出手，一出手就是一套「組合拳」，引人注目。我
這裡要談的是他的《蒙昧》。在上述四部作品中，這是我最看重的一部。因為
它提供了從童心的角度解讀文革往事的新方式。角度的變化則帶來了新的追
問和思考，帶來了成長心理學的新命題。

　　年輕美麗的單身女教師白蘭，借住在唐橋鎮上老鄉家中，和班上的小男
孩茅弟同居一室，她的關愛，讓從小就失去母愛的茅弟得到了情感的補償；
但是，她沒有意識到的是，年方六七歲的茅弟，性意識正在朦朧覺醒，開始
悄悄窺視這個在講臺上光明美麗的女性的身體，通過對白蘭老師的偷窺和伴
作睡夢中的觸摸，他的心理在悄悄發生變化。這本來可以寫成一部心理和生
理的成長小說，寫成弗洛伊德所命名的「戀母情結」的呈示部，微妙、曲折、
朦朧、刺激，含蘊著人類普遍性的詩意的奧秘，激發著兒童的探索自我心靈
的好奇，又伴隨著邪惡的快意和潛在的罪惡感，只可意會，難以言傳，柯雲
路的有關描述也曲盡其妙，傳神入化。但是，文革風暴的突起，改變了白蘭
和茅弟的命運，也使茅弟的成長變得異常艱難。白蘭因為在課堂上把流行的
「革命口號」講錯了，一下子由話語的狂歡墜落到人間的地獄，淪落為「現
行反革命分子」，經受了批鬥會、剪陰陽頭、遊街示眾、集中關押等摧殘。茅
弟呢，面對這猝然變故，也經歷了心靈的困惑和蛻變。作為庇護者、母親、
老師的白蘭不復存在，白蘭成為可憐無助又令人懷疑的弱者和女性，是做一
名保護弱女子的「小小男子漢」呢？還是做一個與階級敵人勇敢鬥爭的「少
年英雄」呢？同時，白蘭的戀人、醫生劉文俊在危難時刻的出現和對白蘭的
幫助、訓誡，又使茅弟感到莫名的嫉妒，兩個男性對一個女性的保護權支配
權的爭奪所引起的嫉妒。由於用各種卑劣手法對「牛鬼蛇神」所進行的形象
醜化和人格侮辱，由於通行於全社會的高帽子、紙牌子、陰陽頭、大紅×等
種種象徵物的強化和確證，茅弟終於確認白蘭老師是壞人，對待白蘭老師的
敵對態度由被動到主動、由消極到積極，甚至自動地帶領同學對白蘭進行監
視，既是反特小分隊對敵人的監視，又是他早先對白蘭的偷窺的繼續。監視

〔註1〕 《柯雲路作客搜狐網「嘉賓聊天」實錄》，2000 年 12 月 22 日。

的結果，是發現了劉文俊與白蘭暗中的交往，傳遞上訴材料，並且當場拿獲，由此迫使劉文俊與白蘭「劃清界限」，白蘭的「翻案罪行」則使她罪加一等、雪上加霜。沒有料到的是，很快地，茅弟自己的生活也陷入困境，他的爺爺奶奶相繼去世，曾經作為他生活的經濟來源的大伯自己也落難了，他成了流落街頭的孤兒，每天靠到處乞討為生；即使在這樣的危難中，他仍然拒絕了主動向他伸出援助之手的白蘭老師，斥責她為「反革命」。後來，茅弟流浪到茅家鎮，在飽經人間的白眼和冷漠之後，被隨後到來的白蘭老師收留，白蘭也借助於他躲避貪杯好色的董主任的糾纏不休。在權力的淫威下，他們的命運每況愈下，茅弟被強令從學校開除，白蘭因為替他申辯而再度陷入監禁和苦難，直到被發落到黃家界深山裏的一所小學，茅弟則冒著山路險惡、幾乎因此送命的危險去找尋白蘭老師。如果說，在唐橋鎮和茅家鎮時期，混雜於文革時勢中的，始終有著對那些與白蘭老師有感情糾葛的男性的嫉妒排斥，並且由此對白蘭產生複雜的既愛又恨的情感，潛在地形成茅弟的心理障礙，那麼，在黃家界，別的男性競爭者消失了，白蘭老師身體日漸衰弱，茅弟逐漸長大，兩個人之間的關係，似乎在悄悄發生轉換，在相依為命中，茅弟要努力充當保護者的角色，但他卻沒有迴天之力。在摧殘與絕望中，白蘭在茅弟的守護下悲慘死去，茅弟則在這一過程中繼續著認識社會與認識女性的啟蒙進程。

「當一個歷史潮流挾帶著蠱惑成年人的聲音滾滾而來時，兒童的天真就能保持本色嗎？至於兒童的情感，無論是對母親的愛戀還是其他情愛，莫非有比大男人更純潔的表現嗎？」我們歷來推崇童心和愛情的純潔無瑕，青春的無怨無悔，那些歌頌童心和真愛、即使是浩劫與災難中的童心與真愛的作品，也曾經受到社會和讀者的歡迎。其實，推重童心的純潔，推重青春的可貴（如《狂歡的季節》就這樣質問，難道文革中的青春就不是青春，不值得懷念和肯定嗎），誇大這些在人生經歷中不過是混沌無知、幼稚可笑的階段的價值蘊含，不過是表現出我們的自省精神的匱缺，不過是要為我們躲避心靈拷問留下一片避風港。反過來，在《蒙昧》這樣冷峻的質問之中，我們還能往哪裏躲藏呢？所謂「無知犯罪」，尚且不應該得到心靈審判的豁免權，何況是懷著各種各樣的欲望而參與了那場動蕩和浩劫的人們呢？

和《蒙昧》相似，鐵凝的《大浴女》也是以回溯的方式，拷問童心，拷問人們的意識和潛意識，拷問人們的靈魂和情感的，而且，這種拷問更為自

覺、更爲透徹。《大浴女》之前，鐵凝就寫過《對面》這樣的因爲欲望和嫉妒，因爲隱秘的窺私欲和佔有欲，傷害了無辜無助的女性，並且無法挽回和改正，主人公自己也陷入無盡悔恨的「罪」與「罰」的故事，只不過它的濃墨重彩所描述的，是犯罪的過程，是心靈的躁動和非理性的狂暴；在她的新作中，罪孽的形成，不過是短暫的一瞬間，爲此而付出的精神的折磨，卻是遙遙無期的。

《大浴女》的故事分爲歷史與現實兩個層面，在歷史的層面中，是文革往事的次第展開，在現實的層面中，是女主人公尹小跳與方兢、陳在和麥克等幾個男性的情愛糾葛；它的深刻蘊涵，卻是在展示罪過與懲罰、逃避與承受、救贖與淨化的心靈歷程。

文革風雲突起，尹小跳和茅弟一樣，還是一個低年級小學生，並非革命造反的主力。她目睹過女老師唐津津被殘酷批鬥的場面，身心受到強烈刺激，但是，更多的時候，她也是一個處於運動邊緣的局外人，她和唐菲、杜由由幾個小同學一起，看家中收藏的《蘇聯婦女》畫報，模仿畫報上的女性衣著，按照畫報上的菜譜學習烹飪，在轟轟烈烈的時代偷偷品味瑣屑生活的滋味（這讓我們想到《狂歡的季節》中錢文在邊疆體會到的那種日常生活的樂趣，請注意，錢文的與枯燥現實對比，也是以蘇聯爲參照的）。她本來可以作爲幼稚的旁觀者度過動亂歲月的，但是，一個更幼小的生命的死亡，讓她數十年難以得到心靈的解脫。爲了躲避農場沉重的懲罰性的體力勞動，母親章嫵籠絡唐醫生給她開病假條，由此墜入情網，還是小姑娘的尹小跳，敏感地察覺了章嫵和唐醫生的私情，並且認定她的小妹妹小荃就是唐醫生的女兒，她對此感到深深的恥辱。小跳的妹妹尹小帆，不明底細，卻是由於嫉妒最幼小的尹小荃在家中受寵而心懷怨恨，因此，她們在家中結成了排斥尹小荃的「神聖同盟」，以致在一次意外的事故中，她們本來可以挽救尹小荃的生命（或者說，她們以爲自己可以做得到），卻見死不救，使得兩歲大的尹小荃失足落井而身亡。儘管說，她們的行爲並不構成事實上的犯罪，他人也根本沒有察覺此事，甚至連尹小帆都不曾知曉尹小跳此舉的眞實動機，但尹小跳從此之後數十年的人生，卻一直籠罩在它的陰影之中，並且在一次又一次的愛情痛苦中，在面對尹小帆的無理指責和蠻橫爭奪（同她爭奪她的每一個情人）時，逐漸地認清自我，承認罪過，並且在自己遭受的感情挫折中，體味與懲罰的痛苦一道產生的清醒和「甜蜜」。如果說，方兢對她的絕情，是使她處於被動的、受

傷害的地位，她只能是軟弱無力地承受自己的命運，並且用自己原先的「罪過」應該受到某種處罰而排遣煩惱和憂傷，那麼，她重新審視與陳在的關係，進而主動地提出與之分手，忍痛割愛，卻表現出她的成熟，她的主動懺悔和擔當。在靈魂的淨化和昇華中，她學會了理解，理解生活，理解她周圍的人們（包括她曾經鄙視和冷漠對待的父母親），由此實現了靈魂的救贖，「聞見了心靈中那座花園裏沁人的香氣」。而原來，人們不僅有與生俱來的「罪惡」，還有著與生俱來的花園，只是它被人們迷失了，遺忘了……當尹小跳與陳在熱戀的時候，她從陳在那裏接觸到法國畫家巴爾蒂斯的繪畫作品，並且從中感悟到，「人們為回到無罪的本初和回到歡樂而耗盡了力氣，或將耗盡終生的力氣」。這一句話，應該是解讀《大浴女》的鑰匙。

進一步地，這樣的原罪和懲罰，懺悔和領受，滲透在作品中的每一個人身上，造成每一個人的命運和精神的改變，只是程度不同，自覺與否不同。尹小帆一直為往事惴惴不安，一直在尋找開脫自己的機會，希望尹小跳把責任全部擔當起來。唐菲和陳在以各自不同的方式，成為尹小荃死亡事件的「共謀」，雖然無法明言，卻久久不能釋懷。章嫵的丈夫尹亦尋，對唐醫生和尹小荃的往事心知肚明，卻一直有意不讓章嫵有開口說明真相進行懺悔的機會，使自己永遠地立於受害者和懲罰者的有利地位，夫妻兩人之間的冷戰和折磨，讓我們搞不清楚到底是誰的過錯更多更大。當那位作品中筆墨不多的俞大聲，即那位退休了的省長，在與尹小跳的交談中，居然從口袋裏掏出一部關於猶太人的書（一部《聖經》？），討論罪人與懲罰、神聖信念與殘酷現實的時候，我們不也分明地感覺到了他心中的某種正在痊癒的隱痛，正在超脫的苦澀嗎？那位「飽經苦難、劫後輝煌」的方兢，則是另一種典型，他以傾訴自己的痛苦經歷和標榜自己的忠貞不渝，成功地征服了社會和大眾，他卻以此為資本，輕薄的、始亂終棄的誘惑和佔有那些崇拜他的女性，並且以這樣的戰果示人，炫耀自己，在厄運與補償中迷失了自己。

拷問良知：關於反省與懺悔的沉重話題

我們所討論的對象，作家都是當前最有影響也最有創作實力的，作品都是較為成熟並且在相當程度上引起關注和討論的。可以肯定地說，這些長篇新作標誌著文革題材作品的最新成就，也蘊含著新世紀文革文學的未來。

巧得很，最有分量的一部文革文學研究專著，許子東的《為了忘卻的集

體記憶——解讀五十篇文革小說》在世紀之交問世〔註2〕，對我們正在討論的話題非常有啓示性。由於時間差，《爲了忘卻的集體記憶》沒有涵蓋上述作品，不過，許子東解析文革小說敘事方式和類型劃分的方法，卻有助於我們的思考。許子東把文革敘述分爲「契合大眾審美趣味與宣泄需求的『災難故事』」（大體相當於「傷痕文學」）、「體現知識分子—幹部憂國情懷的『歷史反省』」（大體相當於「反思文學」）、「紅衛兵—知青視角的『文革記憶』」和「先鋒派文學對文革的『荒誕敘述』」四種方式。對前三種敘述，我們並不陌生，對「荒誕敘述」，許子東作了如下描述，「所謂『荒誕敘述』，既是指這類作品，大都將文革敘述成一個無法解釋的『荒誕事件』，也是指這類作品大都採用『荒誕』的敘事手法。」它否定了前三種敘述所遵循的「善有善報，惡有惡報」、「苦盡甜來，否極泰來」或者「青春無悔」、「永不懺悔」的因果模式，許多時候都是以人物死亡爲結局，在敘述順序上則打亂了時間邏輯結構，「在『荒誕敘述』中，錯就是錯，禍就是禍，其間不一定有因果。既排除了『壞人』導致災難的倫理道德審判，也否定了『壞事導出好結果』的『歷史規律』。常見的情況是：很多好人合作做成一件壞事，『錯』與『誤』之間的聯繫幾乎無法解釋」（該書195～196頁）。以此考察本文所論及的幾部作品，這些作品在內容上和敘述方式上，大都具有「荒誕敘述」的特徵，在作品的功能上，又是以「知識分子的歷史反省」爲指歸的。二者的結合，使得文革文學呈現了新的風貌，表明作家們在這一題材上持續的努力和收穫。

這些作品的敘述，大都採用了時空交叉、事序倒錯的結構方式，狂歡化的語言，災難的混沌狀態，主要和次要人物的非正常死亡，因果之間的非線性關係，難以找到直接的眞正的壞人和兇手，等等，在這幾部作品中不同程度地存在著。比如說，《堅硬如水》中，高愛軍和夏紅梅最終被處以死刑是咎由自取，但是，導致情節突變、決定他們人生根本轉折的那張江青照片的丟失，卻與他們自身無關，他們炸毀程寺的行動，也是符合當時的「鬥爭大方向」的。《蒙昧》中，白蘭的悲慘命運，顯然與董主任施加的迫害密不可分，但是，導致白蘭死亡的直接兇手，卻未必能夠指證是他。同時，時隔四分之一世紀，作家們能夠以較遠的距離回首往事，理性地反省歷史，叩問心靈，成爲他們的自覺追求。王蒙自白說，要寫出新中國五十年知識分子的心靈歷

〔註2〕 許子東《爲了忘卻的集體記憶——解讀五十篇文革小說》，生活・讀書・新知三聯書店，2000年4月，北京。

程，這當然要求有很大的歷史概括，有很強的歷史反省。柯雲路要以一系列長篇小說描述導致文革發生的歷史、社會和心理的基因，並以此找到一個新的思想和情感的迸發點。

但是，在解讀上述作品的時候，我們的不滿和批評也是毋庸諱言的。這就是本節的標題所示，在追尋歷史，拷問良知，在反省和懺悔的程度上，這些作品遠遠不能令我們滿意。是的，時至今日，那種簡單化、道德化和情緒化的歷史反思、教訓尋找，如「反思文學」中王蒙《蝴蝶》、李國文《月食》、《冬天裏的春天》、張弦《記憶》等作品所揭示的那樣，把導致文革災難的原因歸結爲中共黨的幹部在全國勝利進入城市以後，脫離了群眾，變成了官僚，或者是幹部自己推行左的路線亂整人，直到最後運動整到自己頭上，或者如高曉聲的《陳奐生上城》、《李順大造屋》那樣，將災難根源認定爲農民群眾不覺悟、不懂得爭取和維護自己的切身利益，對現實抱著阿 Q 主義的態度，等等，都已經顯得淺俗和落套，但是，要想提出新的命題，又談何容易？許子東在談到「『文革敘述』中的反思與懺悔」時，將其概述爲：災難過後，一、女主人公原先的感情缺憾得到彌補，生活更加幸福；二、女主人公的敵人（壞人）受到懲罰，有人對災難負責；三、男主人公獲更高官職，地位上升；四、男主人公重遊故地，感謝苦難；五、男主人公反思文革中的是非恩怨，找不到具體的敵人；六、主人公反省自己在文革中的錯誤過失，但拒絕懺悔。不言而喻，文革文學的缺少深刻反思和懺悔，是其致命傷。這種缺失，難以補救，直至今天似乎都沒有找到具有新的思想鋒芒同時又具備可行性的新思路新途徑。

時間的推移，會使人們的思考變得冷靜，但苦難卻不會自動轉化爲精神財富，也不會被時間自動釀造成美酒。要作出新的闡釋，邁向新的高度，一是需要新的資料，包括最高領導層文件的逐漸解秘，也包括大量的縝密的社會調查，取得鮮活的經驗，二是需要指導理論的更新，需要「文革社會學」、「文革群眾心理學」、「文革時期政治——經濟——文化的互動作用」等課題的深入研究和相關理論的創立，三是從歷史學人類學的角度考察群眾運動與社會震蕩的關係，建立更大的參照系。凡此種種，在七十年代末期以來，至今並沒有什麼令人鼓舞的進展，作家對這些問題，所思所想也很少。因此，儘管說，本文所論及的這些作品，在文革文學的一些方面，作出了有益的探索和創新，但是，在最重要的問題上，這些作品的反省和思考，追尋和懺悔，

卻留下了新的缺憾。而且，這種缺憾還會影響到今後相當長一段時間的文革文學創作，必須予以明確指出，以引起注意。

比如說，用經驗主義的態度和漫畫的方式訴說歷史，卻無法深入到問題的核心。《狂歡的季節》描寫了眾多的人物，祝正鴻、趙青山、陸浩生等人在狂潮逆流中的錯亂和失態，在我的心目中，他們每一個人都可以作為典型，作為大動亂時代的「這一個」，進行深入開掘，進而勾勒出文革時期身不由己地加入了群體狂歡的「儒林外史」的。但是，王蒙的筆觸，總是不由自主地往油滑的方向去，往神秘的瞬間的方向演變，如祝正鴻的那位神神叨叨的母親，對他出賣良知、檢舉陸浩生的行為的影響力，既打亂了人物的行為邏輯，無形中又在為祝正鴻開脫他應負的責任；趙青山在觀見女首長時的小便失禁，可笑矣，可悲矣，卻過份鬧劇化相聲化，提起來千斤，放下去四兩，把趙青山小丑化了。作家用力最多的主人公錢文，其思緒紛紜萬狀，經驗豐富多彩，但是，「只求數量不求質量」，總是繞開了最切身的最致命的問題，就是對自身命運的追問，對自己何以成為右派分子的緣由以及歷次政治運動對文壇的衝擊的追問，在描寫反右運動和錢文的右派生涯的《失態的季節》中，這至關重要的內容就失之闕如，作家有意地跳了過去。缺少了這一環節，歷史也罷，錢文的命運也罷，反省和追尋就無法合乎邏輯地進行下去。閻連科的《堅硬如水》，狂放有餘，沉實不足，高愛軍的亢奮狂熱的自白，和過於一廂情願地處理的情節，連篇累牘的文革流行話語的鋪敘，以及一些相似場景的反覆渲染，在熱烈而誇張的氣氛中，遮蔽了喧囂的泡沫下面真正有力量有深度的漩渦和暗礁、險灘和惡浪，使得人物更像皮影戲中的兩個剪影，缺少真正豐滿厚實的生命力，自然也無法成為解剖文革的堅實的基點。《黑山堡綱鑒》呢，柯雲路在作品中寫道，要讓有思想能力的讀者「就黑山堡的故事做更多的哲學、歷史學、社會學、人類學的思考」。但是，作品中歷史與現實的契合過於直觀化等同化，主人公劉廣龍的思想情感軌跡過於單純和理念化，難以給讀者提供更豐富的思維空間，也無力實現作者的初衷。

比較起來，《蒙昧》和《大浴女》在靈魂的拷問上是做得最好的，至少在我所讀到的文革作品中是如此。二者都選取了主人公自我反省、自我剖析的角度，而且是以童蒙未啓的少年為靈魂拷問的對象。我們一向推崇童心和青春，無論在什麼樣的條件下，即使是在文革初期以青少年為法西斯衝鋒隊的充滿血腥的開路先鋒的狂瀾過後，童心和青春都具有第一優先權和豁免權，

童言無忌，少年無知，不知者不爲罪，或者以爲文革中期以後紅衛兵們被拋
棄被發落到農村和邊疆所遭受的懲罰已經遠遠勝過自己的過錯，所以才會有
諸多知青作家聲稱「青春無悔」、「永不懺悔」，並且得到社會的認可。茅弟和
尹小跳，可以說是比當年的紅衛兵更爲年幼的低年級小學生，他們更爲單純
更加無知，茅弟對白蘭老師的敵視和斥責，像一把雙刃劍，兩個人同時都受
到傷害，尹小跳在尹小荃的死亡中應當承擔的責任，並沒有確證，更像是一
種心理情境，但是，他們卻勇敢地撕裂歷史的傷口，審視自己的心靈，在自
我譴責自我懺悔中，爲一個醜陋的時代作證。

那麼，這兩部作品的不足在哪裏呢？在《蒙昧》中，爲了強化這種歷史
追尋的意味，特意設置了已經成長爲一名詩人的茅弟，重返故里，尋找他和
白蘭老師共同生活的遺留痕跡，並且以此與童年舊事的訴說形成雙線交叉，
互相映照。本來，這條「現在進行時」的線索，是可以容納很多東西，用以
呼應和強化童年故事的思想情感蘊含的，可惜作家沒有抓住這個契機，卻把
這一條線索搞得平庸不堪：一方面，少年人茅弟在認眞而努力的追尋往事，
重新體驗那種說不明道不白的、伴隨著小男孩性意識的萌動所產生的偷窺和
欲望、佔有和嫉妒、依戀和排斥、逆反和保護等複雜心態，從中透露出這些
心態與時代劫難、人物命運之間的微妙關係，一方面，現實中的詩人茅弟，
卻是一個輕薄文人，獵豔高手，在他一本正經地尋找歷史的同時，他卻用既
往的經歷和詩人的光環誘惑年輕的沒有經過動亂歲月的女性（如同《大浴女》
中方兢的所作所爲），這樣，作品的敘述中就出現了極大的分裂，令人懷疑他
對反省歷史和拷問靈魂的誠意幾何，消解了作品的眞誠和嚴肅。

《大浴女》的結構方式也是歷史與現實雙線並進，但是，現實的分量顯
然要更重一些。未必能夠確證其事實性的往事，對於現實的影響卻無法迴避，
如影隨形地籠罩著尹小跳的現實生活；而且，在尹小跳看來，尹小荃的死亡，
甚至是對她的一種成全，是對她與生俱來的朦朧的原罪感的一種證明，迫使
她在漫長的人生中接受命運的懲罰，從這懲罰中體會到人生的眞諦，「無緣無
故的善良和寬容是不存在的，是天方夜譚，只有懷著贖罪的心理才能對人類
和自己產生超常的忍耐」。雖然說，原罪感不相容於中國的傳統文化和社會心
理，但是，它使人們心存敬畏，使人們能夠坦然接受生活的挫折和痛苦，使
人們獲得一種超拔於現實之上、實現心靈淨化的積極動力，這對於每個從文
革時代走過來的人，都是有所裨益的。就此而言，《大浴女》的失足在於，第

一，尹小跳對於童年往事的靈魂的追尋與拷問，可圈可點，可欽可敬，但是，其最後的結局卻過於圓滿，花園的芬芳取代了贖罪的陰霾，歡樂的生命抹去了原罪的夢魘，平庸的大團圓結局消解了不斷深化的思考：連俞大聲這樣令人（令唐菲和尹小跳）深感懷疑他就是遺棄唐菲母女的人，也輕易地從《聖經》中尋找解脫，走入陽光的尹小跳更是完成了原罪的使命，變成快樂天使，而不是承受畢生的苦行。須知，一個民族連對於文革的原罪意識都沒有產生，它的先鋒卻已經告別原罪，已經一身輕鬆地走向聖境了。第二，是唐菲在作品中得到的褒貶。動亂歲月中，唐津津和唐醫生姐弟二人都先後受迫害死去，唐菲的處境自然不會很好，她以自己的肉體尋找快樂，換取切近利益，以此擺脫生活的困境，從而淪落風塵，一直遭受人們的歧視和覬覦，與尹小跳這種「好女孩兒」形成鮮明的對比。但是，正如《聖經》中耶穌所言，你們誰自認為比這個女人更純潔，就有資格用石頭砸她，卻沒有人敢於自命比妓女瑪拉高貴，沒人敢於出手一樣，作為被侮辱與被損害者的唐菲，她的敢作敢為和落拓不羈，遠在尹小跳的做作和矯飾之上，她的生命所遭受的苦難比起早夭的尹小荃來，要沉重坎坷得多，可是，過份關注自己內心世界的尹小跳，要麼對她的痛苦視而不見、無動於衷，要麼利用倆人的友誼唆使她出賣色相，為尹小跳的工作調動開方便之門，尹小跳對此卻沒有多少懺悔和罪孽感。尹小跳之所以能夠很快地徹底地從原罪心態中解脫，恐怕與她原罪意識的狹隘和自私相關聯吧？

本文原載於《當代作家評論》2001 年第 4 期。

參考文獻

期刊、報紙

A

1. 阿城《文化制約著人類》,《文藝報》,1985 年 7 月 9 日。

B

1. 北村:《愛能遮蓋許多的罪》,《鍾山》,1993 年第 6 期。
2. 冰心:《從「五四」到「四五」》,《文藝研究》,1979 年第 1 期。

C

1. 陳福民:《誰是今日之「拾垃圾者」──關於「文學危機」與現代文人命運的斷想》,《上海文學》,1993 年第 12 期。
2. 陳凱歌:《我們都經歷過的日子──少年凱歌》,《中國作家》,1993 年第 5 期。
3. 陳平原:《學者的人間情懷》,《讀書》,1993 年第 5 期。
4. 陳小雅:《關於知識分子理論的幾個問題》,《光明日報》,1988 年 3 月 17 日。

D

1. 戴錦華:《東方主義與後殖民文化》,《鍾山》,1994 年第 1 期。
2. 丁濤:《〈河殤〉的失落》,《中國文化報》,1988 年 7 月 31 日。

F

1. 樊星:《叩問宗教──試論當代中國作家的宗教觀》,《文藝評論》,1993 年第 1 期。
2. 費孝通:《知識分子的早春天氣》,《人民日報》,1957 年 3 月 24 日。
3. 費孝通:《孔林片思》,《讀書》,1992 年第 9 期。

G

1. 高爾泰：《文學的當代意義》，《人民日報》，1988 年 12 月 20 日。
2. 葛兆光：《最是文人不自由》，《讀書》，1993 年第 5 期。

H

1. 韓少功：《性而上的迷失》，《讀書》1994 年第 1 期。

J

1. 金沖及、胡繩武、林華國：《正確認識中國近代史上的革命與改良》，《光明日報》1996 年 3 月 12 日。

L

1. 雷頤：《文人還會被尊重麼？》，《讀書》，1993 年第 1 期。
2. 李潔非：《物的擠壓——我們的文學現實》，《上海文學》，1993 年第 11 期。
3. 劉心武：《話說「嚴雅純」》，《光明日報》，1994 年 3 月 30 日。
4. 劉再復：《論文學的主體性》，《文學評論》，1985 年第 6 期。
5. 劉曉波：《危機！新時期文學面臨危機》，《深圳青年報》，1986 年 10 月 3 日。
6. 呂澎：《最是文人有自由》，《讀書》，1993 年第 8 期。

P

1. 龐樸：《象牙塔與商品潮》，《光明日報》，1993 年 7 月 7 日。

Q

1. 錢理群：《有缺憾的價值》，《讀書》，1993 年第 6 期。

T

1. 湯一介：《在「自由與」不自由「之間」》，《讀書》，1994 年第 3 期。

W

1. 王朔：《王朔自白》，《文藝爭鳴》，1993 年第 1 期。
2. 王朔、吳濱、楊爭光等：《選擇的自由與文學現狀和人文精神》，《上海文學》，1994 年第 4 期。
3. 王曉明、張宏、徐麟等：《文學與人文精神的危機》，《上海文學》，1993 年第 6 期。
4. 王蒙：《躲避崇高》，《讀書》，1993 年第 1 期。

X

1. 許明：《文化激進主義歷史維度——從鄭敏、范欽林的爭論説開去》，《文學評論》1994 年第 4 期。

2. 徐遲：《現代化與現代派》，《外國文學研究》，1982 年第 1 期。

3. 肖海鷹：《商潮攪亂文人夢——中國作家心態實錄（上）》，《光明日報》，1993 年 6 月 17 日。

4. 肖海鷹：《出路：只能是文學——中國作家心態實錄（下）》，《光明日報》，1993 年 6 月 19 日。

Y

1. 袁濟喜：《保守主義：華人文化的當務之急》，《中國貿易報》1995 年 10 月 14 日。

2. 俞吾金：《對激進主義思潮的反思》，《文匯報》1995 年 6 月 4 日。

Z

1. 張承志：《無援的思想》，《花城》，1994 年第 1 期。

2. 張頤武：《重估「現代性」與漢語書面語論爭——一個九十年代文學的新命題》，《文學評論》，1994 年第 4 期。

3. 趙毅衡：《走向邊緣》，《讀書》，1994 年第 1 期。

4. 鄭敏：《世紀末的回顧：漢語語言變革與中國新詩創作》，《文學評論》，1993 年第 3 期。

5. 鄭敏：《關於〈如何評價「五四」白話文運動〉商榷之商榷》，《文學評論》，1994 年第 2 期。

6. 鄭也夫：《「皮毛理論」與知識分子》，《讀書》，1993 年第 2 期。

7. 鄭義：《跨越文化斷裂帶》，《文藝報》，1985 年 7 月 13 日。

專著、文集類

A

1. 艾愷：《最後一個儒家——梁漱溟與現代中國的困境》（鄭大華譯），湖南人民出版社，1988 年版。

2. 艾曉明：《小説的智慧——米蘭·昆德拉》，時代文藝出版社，1992 年版。

B

1. 巴金：《無題集》，人民文學出版社，1986 年版。

2. 巴金：《隨想錄》，人民文學出版社，1986 年版。

3. 巴金：《病中集》，人民文學出版社，1986 年版。

D

1. 丁曉強、徐梓主編《五四與現代中國》，山西人民出版社，1989 年版。
2. 董之林：《走出歷史的霧靄》，陝西人民教育出版社，1991 年版。

F

1. 馮驥才：《一百個人的十年》，江蘇文藝出版社，1991 年版。
2. 馮友蘭：《三松堂自序》，三聯書店，1984 年版。

G

1. 高爾泰：《論美》，甘肅人民出版社，1982 年版。
2. 高瑞泉：《天命的沒落——中國近代唯意志論思潮研究》，上海人民出版社，1991 年版。
3. 葛兆光：《禪宗與中國文化》，上海人民出版社，1998 年版。
4. 葛兆光：《道教與中國文化》，上海人民出版社，1987 年版。

H

1. 何其芳：《一個平常的故事》，百花文藝出版社，1982 年版。
2. 何新：《何新政治經濟論文集》，黑龍江教育出版社，1993 年版。
3. 胡適：《胡適口述自傳》（唐德剛譯注），華文出版社 1992 年版。
4. 胡偉希等：《十字街頭與塔——中國近代自由主義思想思潮研究》，上海人民出版社，1991 年版。
5. 胡月偉、楊鑫基：《瘋狂的節日》，四川文藝出版社，1987 年版。
6. 胡月偉：《瘋狂的上海》，四川文藝出版社，1986 年版。
7. 洪子誠：《作家的姿態與自我意識》，陝西人民教育出版社，1991 年版。

J

1. 季紅眞：《文明與愚昧的衝突》，《中國社會科學》，1985 年第 3 期、第 4 期。
2. 江沛：《紅衛兵狂飆》，河南人民出版社，1994 年版。

L

1. 李強：《當代中國社會分層與流動》，中國經濟出版社，1993 年版。
2. 李銳：《盧山會議實錄》，春秋出版社、湖南教育出版社 1988 年版。
3. 李澤厚：《中國現代思想史論》，東方出版社，1987 年版。
4. 李澤厚：《批判哲學的批判》（修訂本），人民出版社 1984 年版。

5. 魯迅:《魯迅全集》,人民文學出版社,1981 年版。。

6. 劉福勤:《心憂書〈多餘的話〉》,上海社會科學出版社,1989 年版。

7. 劉小楓:《詩化哲學》,山東文藝出版社,1986 年版。

8. 劉小楓:《拯救與逍遙》,上海人們出版社,1988 年版。

9. 劉曉波:《審美與人的自由》,北京師範大學出版社,1988 年版。

10. 梁漱溟:《東西文化及其哲學》,商務印書館,1987 年版。

11. 梁恒、朱迪思‧夏比羅:《文革之子》(彭萍、張曉丹等譯),中國民間文藝出版社,1986 年版。

12. 林太乙:《林語堂傳》,中國戲劇出版社,1994 年版。

Q

1. 瞿秋白:《瞿秋白文集》,人民文學出版社 1985 年版。

2. 錢理群:《豐富的痛苦——「堂吉訶德」與「哈姆雷特」的東移》,時代文藝出版社,1993 年版。

3. 錢理群:《周作人傳》,北京十月文藝出版社,1990 年版。

S

1. 蘇國勳:《理性化及其限制——韋伯思想引論》,上海人民出版社,1988 年版。

W

1. 王曉明:《潛流與漩渦》,中國社會科學出版社,1991 年 10 月版。

2. 王曉明編《人文精神尋思錄》,文匯出版社,1996 年版。

3. 王若水:《為人道主義辯護》,三聯書店,1986 年版。

4. 吳方:《世紀風鈴》,人民文學出版社,1992 年版。

X

1. 許子東:《為了忘卻的集體記憶——解讀五十篇文革小說》,三聯書店,2000 年版。

2. 謝冕:《新世紀的太陽》,時代文藝出版社,1993 年版。

Y

1. 葉永烈:《沉重的 1957》,百花洲文藝出版社,1992 年版。

2. 余英時:《士與中國文化》,上海人民出版社,1987 年版。

3. 余英時:《錢穆與中國文化》,上海遠東出版社,1994 年版。

4. 袁偉時:《晚清大變局中的思潮與人物》,海天出版社,1992 年版。

5. 楊絳《幹校六記》，三聯書店，1981 年版。

6. 楊健：《「文化大革命」中的地下文學》，朝華出版社，1993 年版。

7. 于輝：《紅衛兵秘錄》，團結出版社，1993 年版。

Z

1. 查建英：《八十年代訪談錄》，三聯書店，2006 年版。

2. 趙園：《艱難的選擇》，上海文藝出版社，1986 年版。

3. 曾鎮南：《王蒙論》，中國社會科學出版社，1987 年版。

4. 張志忠：《中國當代文學藝術主潮》，中國社會科學出版社，1994 年版。

5. 張德祥：《悖論與代價》，陝西人民教育出版社，1991 年版。

外文翻譯文獻類

A

1. 〔美〕阿妮達·陳：《毛主席的孩子們——紅衛兵一代的成長與經歷》（史繼平等譯），渤海灣出版公司，1988 年版。

2. 〔英〕阿·麥克倫泰著：《「青年造反哲學」的創始人——馬爾庫塞》（詹合英譯），湖南人民出版社，1988 年 9 月版。

3. 〔美〕阿爾溫·托夫勒《第三次浪潮》，三聯書店，1983 年版。

4. 〔美〕愛德華·薩義德：《知識分子論》（單德興譯），三聯書店，2002 年版。

B

1. 〔英〕保羅·約翰遜：《知識分子》（楊正潤譯），江蘇人民出版社，1999 年版。

2. 〔加〕本·阿格爾著《西方馬克思主義概論》（慎之等譯），中國人民大學出版社，1991 年版。

F

1. 〔美〕弗蘭克·戈布爾：《第三思潮：馬斯洛心理學》（呂明、陳紅雯譯），上海譯文出版社，1987 年版。

2. 〔美〕弗·傑姆遜：《後現代主義與文化理論——弗·傑姆遜教授講演錄》（唐小兵譯），陝西師範大學出版社，1986 年版。

K

1. 〔德〕卡爾·曼海姆：《意識形態與烏托邦》（姚仁權譯），社會科學出版社，2009 年版。

2. 〔德〕卡西爾：《人論》（甘陽譯），上海譯文出版社，1985 年版。

3. 〔德〕卡爾‧雅斯貝爾斯：《悲劇的超越》（亦春譯），工人出版社，1988 年版。

4. 〔美〕克里斯托夫‧拉斯奇：《自戀主義文化》（陳紅雯、呂明譯），上海文化出版社，1988 年版。

L

1. 〔美〕理查德‧波斯納：《公共知識分子——衰落之研究》（徐昕譯），中國政法大學出版社，2002 年版。

2. 〔美〕林毓生：《中國意識的危機》（穆培善譯），貴州人民出版社，1986 年版。

M

1. 〔美〕莫里斯‧邁斯納：《毛澤東與馬克思主義、烏托邦主義》，中央文獻出版社，1991 年版。

2. 〔美〕莫里斯‧迪克斯坦：《伊甸園之門——六十年代美國文化》（方曉光譯），上海外語教育出版社，1985 年版。

Q

1. 〔英〕齊格蒙‧鮑曼：《立法者與闡釋者——論現代性、後現代性與知識分子》（洪濤譯），上海人民出版社，2000 年版。

2. 〔美〕喬納森‧斯潘塞：《改變中國》（曹德駿等譯），三聯書店，1990 年版。

S

1. 〔法〕薩特：《存在主義是一種人道主義》（周煦良等譯），上海譯文出版社，1988 年版。

2. 〔美〕薩繆爾‧亨廷頓：《變動社會的政治秩序》（張岱雲等譯），上海譯文出版社，1989 年版。

W

1. 〔日〕丸山眞男：《日本的思想》（宋益民、吳曉林譯），吉林人民出版社，1991 年版。

2. 〔日〕丸山眞男：《福澤諭吉與日本近代化》（區建英譯），學林出版社，1992 年版。

世紀末的回顧
——《迷茫的跋涉者》代跋

季紅眞

　　關於中國的知識分子，歷來都有著褒貶不一的說法。特別是在風雲變幻的二十世紀，太多的責任和太多的使命，伴隨著無盡的苦難和救贖的努力，使一代又一代的知識者，都背負著沉重的十字架，艱難地跋涉在歷史的泥沼中。進入九十年代以後，商業文化大潮，以摧枯拉朽之勢，衝垮了大至幾千年，小至近百年的各種傳統。無主流、無深度、平面化和一次性的消費文化，瓦解了農業文明養育的全套的價值體系。不僅如此，細想來，從近代工業革命帶來的一系列世界政治格局的變化，大大小小的世界和地區的戰爭，一次一次的產業革命，導致的意識形態的變化，激進的左翼思潮和保守的右翼思潮，幾十年一輪迴，都勢不可擋地裏脅著一個喪失了主體性的民族，使她困惑於歷史的變幻莫測。正如張志忠的《迷茫的跋涉者——中國知識分子心態錄》所論述的那樣，「對國家現代化的追求，……以英日為範例的戊戌變法，以美法為榜樣的辛亥革命，以俄為師的新民主主義革命……」，加上頻繁的外族入侵，都在動搖著古老民族的悠久傳統。強國之夢和自卑的心態，造成了普遍的焦灼和浮躁，強化著民族心理的大分裂。欲速則不達的古老格言，也許在這個世紀顯得格外智慧。知識分子的迷茫，就是整個民族的迷茫。本書著力描述了自七十年代末至九十年代初，中國精英意識形態的多元格局和逐漸消解，以及重新振作的可能。因此，也可以當做新時期知識分子的精神歷程來讀。稱之為「心態錄」，顯然是有意識地區別於那些嚴格的關於知識分子的社會學著作。作者在大量的資料基礎上，對中國從七十年代末到九十年代初的意識形態狀況，和諸種學術思潮，進行了全面的梳理和描述。嚴格的學

術論證和飽滿的敘述激情，使本書具有學術著作的嚴謹，又兼具可讀性。雖然略顯粗疏，仍不失爲是一部有價值的心理史著作。

對於知識分子的定義，我沒有進行過深究。雖然讀書多年，以操縱文字爲業，卻從來不敢以知識分子自居。或許是由於屬於第二性，或者是因爲從小飽受政治歧視，也可能是由於有過多年做工的經歷，自覺始終處於邊緣，既沒有進入過主流也不想進入主流。這不僅是逃避使命感和責任感的一種遁詞，也是一種心理的真實。本書的作者主要是借用余英時關於知識分子的定義，並且特別強調了它與中國古代「士」的品質類同。由是說來，不管是孔子所謂「士志於道」，還是時下西方學者所說的「知識分子事實上具有一種宗教承擔的精神」，都把知識分子推到了一個價值主宰的地位上。這就無怪乎每一次政治文化的變動，和歷史的震盪，都以知識分子的犧牲爲代價。從秦始皇的「焚書坑儒」，到張獻忠敗局已定之後的濫殺士人，一直到「史無前例」的文化大革命，知識分子陷入了一個永劫不復的淵藪。

四十年代末政治的大變動，經濟的大崩潰，使國人面臨著一個戰爭的廢墟。政治上的獨立，與經濟上的貧困，迫使中國人必須以更加堅韌的精神頑強自救。近半個世紀，作爲資本原始積累的特殊方式，也是更嚴酷的一種方式，絕大多數中國的知識分子，就其經濟地位來說，和一般工農民眾沒有什麼太大的差距。「士」之特徵，只是農業社會裏，就農民、手工業者和商人的區別而言。正如作者引用的一份調查資料所顯示的那樣，目前的知識分子當中，出身農民的比例在明顯地增長。「士」在本質上，只是一些掌握了文化知識的農民而已。對於「士」之品質的規定，也只是一種道德的理想，和具體的社會實踐有著很大的距離。時下知識分子的進一步貧困化，只是這個原始積累過程在新形勢下的繼續。持續冷戰的國際局勢，和國內頻繁的政治運動，每隔七、八年就要來一次。文化革命中的「五七」幹校和知識青年上山下鄉運動，又幾乎中斷了文化的傳承和學術的積累，剝奪了知識分子的精神生產的權利。封建法西斯主義的文化專制，加上「批孔」的意識形態宣傳，整個社會的價值體系實際上操縱在極少數政客們的手裏。「士」之地位如江河日下。知識分子的主導政治地位，是到七十年代末才得到確認的。在這樣畸形的生存狀態下，奢談知識分子的責任感和使命感，以及宗教承擔的精神，多少都有點兒自作多情和阿Q式的精神勝利法。就我個人的經驗而言，中國當代的絕大多數知識分子，除了謀生手段之外，和一般的農民、市民沒有什麼

太大的區別。

　　此外，即使真的把社會的價值體系交與知識分子，是否就能保證不走彎路。也就是說，中國的知識分子是否真的能承擔起價值主體的責任。縱觀中國近代的歷史，除了客觀的政治因素之外，每一次的變革或者動亂，都是以意識形態作為主導。好的說法是啓蒙，壞的說法是蠱惑。所以受難最多的是知識分子，為禍最烈的也是知識分子。這很接近林毓生所謂「借思想文化以解決問題」，至於他把文化大革命的思想根源一直追尋到「五四」反傳統主義的出發點，顯然是簡單化的。但是每一次變革，都是激進主義占上峰，過於強大的意識形態力量，導致了一系列非理性的暴力和不必要的殘酷，使每一次和平進入現代社會的可能性都和這個民族失之交臂。從事意識形態工作的知識分子，對此要負主要的責任。在《苦難與記憶》一編中，作者分別論述了幾代結束了放逐歸來的知識分子，在新時期的思想和創作，以及懺悔的意識。還需要深入論及的是，幾乎每一代知識分子，都要對歷史的錯誤承擔責任，比如「五七」年的右派們當中有不少是反胡風時候的干將，文化革命當中的被迫害者有不少一開始是迫害者。在歷次政治運動中，充當先鋒的都是知識分子。更何況「四人幫」中，有三個是知識分子。專制的土壤，只能培養出專制的和盲從的性格。一直到九十年代，正如作者所論及的那樣，「一個首先要得到西方文化權威指認和命名、打上洋包裝才能夠發言的無望的族類的時代之降臨」。這就無怪乎西方的學者認為，中國五十年代以後，只有顧準一個人可以稱得上是思想家。對此，作者闢了專章，討論社會健忘症。對於這樣一些只能人云亦云，沒有任何獨立思考能力的人眾，怎麼談得上是「社會的良心」？因此，我覺得知識分子邊緣化，是好事而不是壞事。這至少可以使我們，盡可能地不受意識形態的致幻，更冷靜地面對自己的國情，以更堅實的腳步走向二十一世紀。由是我更欣賞哈姆雷特式的猶豫，那種理性的精神比激情更可貴。至於王朔對知識分子的嫉恨，我不同意作者的評價，以為「王朔代表的，是市民社會中的流氓無產者群落，是那些被視作痞子的年輕人。」我寧可把他看作是一種姿態，是為了把自己和以往那些知識分子區別出來的一種姿態。有人喜歡假裝英雄，有人喜歡假裝聖人，王朔只是喜歡裝流氓而已。他真正代表的是適應了商業化浪潮的，一代新型的知識分子。這些知識分子，也將會建立起一套新的價值體系。這種價值體系，可能和傳統的「士」們所掌握的價值體系完全不一樣，但是它將會為商業社會「立法」。

痞子只是他對時下市民社會的「英雄」，一種藝術的指稱。就像十九世紀的俄羅斯，萊蒙托夫創作的《當代英雄》一樣，痞子是這個商業化時代的弄潮兒。因此，王朔和他所攻擊的那些知識分子的對立，實際上是代表著不同利益集團和與之相適應的價值體系的，不同知識分子群落之間的精神分野。

知識分子的邊緣化，是意識形態淡化的結果。作為主流意識形態的政治思想，失去了統治一切的效力，才會出現多種主義並存的局面。這也是「五四」和文化大革命根本的界限。「五四」是一群具有新的知識結構的知識者，自下而上的一次思想文化運動。它不僅是以反傳統作為自己的口號，也對傳統進行了重新的選擇和多元的整合，而且正如本書作者所言，並因此而開創了中國現代學術的宏大的格局。而文化大革命，則是自上而下的一次政治革命，思想文化領域裏的宣傳，只是為權力鬥爭所做的輿論準備。它以反傳統為名，行復辟最陰暗的封建法西斯主義傳統之實，全面地破壞了整個社會的價值體系，毀滅了中國的學術傳統，扼殺了整個民族的創造力。正如有的學者所論述的那樣，現代迷信的造神運動所採取的宗教形式，也是原始宗教薩滿教的。不僅是山呼萬歲的封建特色，而且是紅海洋和打叉子所代表的原始巫術的信仰，以及一系列帶有政治禁忌的儀式。因此，「五四」和文化大革命的根本區別在於，一個是對傳統的批判性認識，一個是全面的文化虛無主義，是完全不可以同日而語的。

作者在寫作本書的時候，參照了多種有關知識分子的理論。除了上文所提到的余英時的說法之外，還有當代流行最久的「皮毛理論」，以及曼海姆的知識分子理論。這些理論都有中國古代和當代知識分子的心理為印證。由此出發，作者反駁了李澤厚對於知識分子的劃分中文化心理的斷代分類。指出傳統的「士」之人格，一直是中國知識分子的心理原型，灑在二十世紀的文化氛圍之中，而那種傷時憂國、感懷悲己的心態，不絕如縷，久久縈繞，豈是一次兩次歐風美雨的光顧便可斷然根絕的？「中國傳統的文化態度和入世精神，一直是延續於二十世紀知識分子的血脈之中，並且嚴重地影響了他們的學術態度。」對於基於階級論的社會學之上的「皮毛」之說，則是他所發掘出的當代知識分子亦步亦趨惟恐落後的惴惴不安的心態，以及因此而對整個學術風氣的嚴重影響。除此之外，作者討論得最多的是曼海姆的有關理論，由此引申出的知識分子邊緣化及其相應的社會功能的觀點，儘管作者表示了一定的保留，但是可以說是最體現九十年代知識分子心態的思想。新國學的

興起，以及以「學者的人間情懷」代替知識分子的社會良心、形式的合理性，諸種說法都表達了當代知識分子，努力在「十字街頭」的鬥士和「象牙之塔」裏的學者，這種延續了數千年從政和治學的兩難困惑之中，重新抉擇和自我調整的願望，也是九十年代學術風氣扭轉的理論根據和心理基礎。這是現代化全面鋪開之後，市場經濟日漸活躍，意識形態逐漸淡化的產物。與此同時，各種意識形態也在逐步的發揮自己的社會功能。比如，本書第五編第十章的「走向神聖的祭壇」一節，對於知識分子走向宗教的論述，就反映了精神信仰的重新建構和選擇的自由。當然，這是區別於政教合一的宗教的最為原始意義上的宗教。它的社會功能就在於為一個時代的人們，提供精神的平衡，在這個商業化的時代，用以對抗物質與技術的異化的有效精神武器。因此，我不同意作者以之為文化失敗主義結果的觀點，而更傾向於它是意識形態多元化的產物。有人走向基督，有人走向真主，有人走向佛陀，有人呼喚孔子，有人皈依黃老莊周，也得容許有些人信仰金錢拜物教。當然，同時也需要一定的社會機制，進行必要的監督與制約。這是一個漫長的過程，不是一朝一夕就可以完成的。這才是一個正常的社會裏，應有的精神生態。比起全民只有一個主義、一個思想來要好得多。其中一個顯而易見的差別是，老年知識分子對儒學的興趣，意在為混亂的社會提供一個統一的規範。而青年知識分子的宗教熱情，則主要是為了解決自己的精神信仰問題。「目前的主流社會」確實還沒有進入「有序而自動的運轉」，但作為一個趨勢，應該是人們為之奮鬥的目標。邊緣化了的知識分子，是從政、議政，還是走進書齋，就像是務農還是經商一樣，完全是個人選擇的自由。不用擔心知識分子走進書齋，就會導致與社會的隔膜，肯定還會有為數不少的知識分子，會對社會政治保持高度的熱情和責任感。困難的是，知識分子的經濟地位日趨下降，其自救的緊迫大大地強於對社會歷史的使命感。這是比走進書齋，更影響知識分子價值取向的重要現實原因。這也使越來越多的知識分子，拒絕傳統的角色人格。而且，書齋怕也不容易坐穩當。多少當年主張獻身學術，不問政治的知識分子，最後都事與願違，還是捲入了社會的政治漩渦。當下的學人怕也難逃這種命運，誰知道歷史的變幻會給予我們一個怎樣的將來呢？

　　至於文化的前景，我想是既不可過於樂觀，也不可以一味的悲觀。走出精神文化的低谷需要時日，社會的轉型期的調整勢必不會那麼從容。但是試想在典型的現代化社會裏，仍然有著人文知識分子的一席地位，和不可或缺

的使命。今日的中國人文知識分子，都在尋找自己應有的位置。從九四年開始的人文精神的大討論，就是一個最好的例證。當然人文知識分子的作用，不會再恢復到八十年代思想啓蒙時期的輝煌。在一個意識形態消解的時期，他們的社會功能必須隨之轉換。

　　從知識分子的傳統心態，切入對文化思想史的研究，這是一個新的角度，也是一個新的嘗試。做這樣的研究，需要開闊的學術眼光和相當廣博的知識積累。更需要對民族命運關注的熱切，和體察現實的敏銳。張志忠選擇了這個題目，顯示了他的學術眼界。而敍述的激情，則表現了他感同身受的內心體驗深度。如上等等，都說明他本身還保留著知識分子傳統的人格心理。這也說明，傳統的「士」之心理原型，仍然在頑強地置換出有效的能量。傳統是這樣的強大，任何試圖擺脫它的努力，最終都要消解在它強大的力量之中。

本文原載於《讀書》1996 年第 7 期